머더하우스

이가라시 다카히사 장편소설
김지윤 옮김

제우미디어

マーダーハウス by 五十嵐 貴久
MURDER HOUSE

© 2019 Takahisa Igarashi
Original Japanese edition published by Jitsugyo no Nihon Sha, Ltd., Tokyo, Japan
Korean edition published by arrangement with Jitsugyo no Nihon Sha, Ltd.
through Discover 21, Inc., Tokyo and Korea Copyright Center Inc., Seoul.
Book Design: Kikuchi Yu
Photos:iStock / JenniferPhotographyImaging,Shutterstock/ 1000 Words

——

이가라시 다카히사

김지윤 옮김

머더 하우스

MURDER HOUSE

목차

하늘은 어두웠다. 일몰까지는 두 시간 정도 남아 있었지만 두꺼운 구름이 하늘을 뒤덮고 있었다.

"예보에서 말한 대로네." 나는 하늘을 보며 혼자 중얼거렸다.

정오가 지나서 내리기 시작한 비는 어느새 진눈깨비로 변해 있었다. 넓은 정원이 희끗희끗 눈에 뒤덮이기 시작했다. 일기 예보에서 말한 대로 내일 아침까지 눈이 온다면 이 일대에는 설경이 펼쳐지겠지.

나는 양손에 든 두 개의 커다란 검은 비닐을 질질 끌며 정원을 가로질렀다. 도중에 작은 나뭇가지에 걸린 비닐이 몇 센티 찢어지며 그 구멍을 통해 손가락 세 개가 언뜻 보였다. 가느다란 붉은 선이 걷고 있는 나를 쫓아오듯 죽 이어졌다.

나는 테이프로 구멍을 막고 그대로 가던 길을 걸어가 문을 열었다. 조각조각 해체했으나 인간의 두 팔, 두 다리는 의외로 무거웠다.

두 번으로 나눠서 옮길 걸 그랬다는 생각도 들었지만 그러기에는 귀찮았다. "하여튼 이놈의 버릇." 쓴웃음이 새어 나왔다.

벽에 있는 스위치를 눌러 불을 밝혔다. 나란히 세워진 선반에는 검은 비닐 몇 개가 더 놓여 있었다. 안은 냉동고로 개조되어 있었기 때문에 토해 낸 숨이 하얗게 변했다.

밖은 진눈깨비, 안은 냉동고. 나는 들고 있던 비닐봉투를 비어 있는 선반 중간쯤에 난폭하게 쑤셔 넣으며 추위에 불평했다. 이 추위에 내가 왜 이래야 하지.

"다 이놈들 때문이야." 나는 그에 대한 대답을 툭 내뱉었다. 다 이놈들이 멍청해서 생긴 일이다. 이놈들이 아무것도 몰라서. 이것은 업보다.

오른손에 들고 있던 비닐봉투를 벌리자 봉투 입구로 검붉은 고깃덩이의 단면이 보였다.

원한, 공포, 두려움, 당혹, 온갖 감정이 깃든 눈. 눈꺼풀을 눌렀지만 손을 떼자 다시 열렸다. 무언가를 호소하는 듯한 눈.

'불쾌해.'

건조기 옆에 상비된 공구함에서 드라이버를 꺼내 양쪽 안구를 파냈다. 생각보다 출혈은 적었다.

흘러내린 피를 수건으로 닦고 그것으로 끝. 더 이상 시선은 느껴지지 않았다.

미리 준비해 두었던 검은 비닐에 머리와 안구를 쑤셔 넣은 그때, 초인종이 울렸다. 오후 네 시 반.

"그랬지, 참." 하고 중얼거리며 서둘러 계단을 올라갔다. 오늘 새로운 입주자가 오기로 되어 있었다.

인터폰 버튼을 누르자 장발에 몸이 마른 남자가 모니터에 비쳤다. 가죽점퍼를 입고 어깨에는 기타를 매고 있다. 발밑에는 커다란 캐리어가 놓여 있다.

"저, 오늘부터 여기서 신세 지게 된 기누가사라고 합니다."

나는 금방 나가겠다고 대답하고 현관으로 향했다. 문을 여니 남자가 긴 머리에 내려앉은 눈을 두 손으로 털어내고 있었다.

"으, 추워." 간단한 인사와 함께 집으로 들어온 기누가사가 손을 뒤로 돌려 문을 닫았다. "듣긴 했는데, 버스 정류장에서 이렇게 멀 줄은 몰라서……. 특히 저쪽 비탈길은 장난 아니던데요. 길은 미끄럽지, 눈은 계속 내리지, 정말 최악이다 싶은 게……. 아, 죄송합니다. 저 혼자 계속 떠들어대서. 전 기누가사 겐토라고 합니다. 잘 부탁드려요."

악수를 청하던 기누가사가 비닐을 가리키며 뭐냐고 물었다. 나는 음식물 쓰레기라고 대답하며 검은 비닐을 바닥에 내려놓았다. "아, 어쩐지 냄새가 지독하더라." 기누가사가 애매하게 웃었다.

"웰컴 투 써니 하우스."

안으로 들어오라고 하자 기누가사가 큰 소리로 굉장하다고 감탄했다.

"홈페이지에서 본 것보다 훨씬 멋진데요. 와, 진짜 방송에 나오는 곳 같네. 이러고도 월세가 4만 5천 엔이라니 말도 안 돼……. 맞다, 아직 성함도 못 들었는데요."

나는 비닐봉투를 안아 들어 주방 음식물 쓰레기통에 버린 후 기누가사를 향해 돌아섰다.

"제 소개를 하죠."

이름과 나이를 말하자 기누가사가 손뼉을 쳤다. 눈이 계속 내리고 있었다.

제1장

써니 하우스 가마쿠라

1

어깨에서 토트백을 내린 후 커다란 여행 가방을 안아 들고 버스 계단을 내려갔다. 한 번 경적 소리를 낸 후 멀어져 가는 버스를 슬쩍 본 후 후지사키 리사는 걸음을 옮겼다.

가나가와 현 가마쿠라 시, 가지노 정 3가에 위치한 버스 정류장. 넓은 대로였지만 다른 차는 한 대도 다니지 않았다. "이런 느낌이구나." 단정한 입술에서 혼잣말이 새어 나왔다.

가마쿠라는 더 번잡할 거라고 생각했지만 그것은 관광 중심지인 JR 가마쿠라 역 주변에 한정된 이야기인 듯했다. 조사를 통해 가지노 정에는 전철역이 없다는 사실을 미리 알고 왔지만 자신이 나고 자란 니가타와 거의 다를 바 없는 모습이었다. 생각보다 훨씬 촌구석 같다는 게 솔직한 감상이었다.

"뭐 어때." 리사는 여행 가방을 바닥에 질질 끌며 계속 걸었다. 차도는 아스팔트로 포장되어 있었지만 보행로는 흙길이라 이리저리 돌멩이도 굴러다녔다.

걷기에 좋은 길은 아니었지만 자기도 모르는 새에 발걸음이 빨라졌다. 조급한 마음을 억누를 수가 없었다.

손 안에는 미리 프린트해 온 지도가 있었다. 버스 정류장에서 도보로 15분, 약 1킬로. 가까운 거리는 아니지만 발걸음은 가벼웠다.

3월 26일 월요일 오후 1시. 여행 가방만 없으면 이미 산책하고도 남았을 화창한 날씨였다. 공기가 맑아 기분이 상쾌했다.

수백 미터를 걸어가는 사이 조깅을 하는 몇몇 남녀가 스쳐 지나갔는데, 조깅용 코스이기도 한 모양이다. 니가타 서점에서 산 가이드북에도 가마쿠라에는 그런 도로가 많다고 적혀 있었다.

도로 양옆에는 울창한 숲이 이어졌다. 오른쪽 숲 안쪽에는 겐기 공원이라는 유명한 장소 외에도 셀 수 없이 많은 명승고적이 있었다.

'가마쿠라에 오긴 왔구나.' 하고 발걸음을 멈춰 이마에 흐르는 땀을 닦았다. 기분 좋은 바람이 불어와 헐렁한 가우초 팬츠*의 바짓부리를 흔들었다.

지금 걷고 있는 길은 가지노 거리라 불리는 곳이었다. 가마쿠라 시의 서편, 후카야마 지역에 있는 가지노 정은 지리적으로 가마쿠라 중심부보다 후지사와 시에 더 가까웠다.

---

* 남아메리카의 가우초들이 입던, 무릎 밑까지 오는 통이 넉넉한 바지.

가지노 거리는 그 두 개의 시를 연결하는 도로였는데, 숲 안쪽에 드문드문 흩어져 있는 인가를 제외하고는 아무것도 없는 곳이라 솔직히 말해 불편했다.

버스 정류장부터 곧장 5백 미터를 걸어가니 지장보살을 모신 작은 지장당이 나왔다. 다 무너져 가는 붉은 지붕 아래에 30센티도 안 되는 지장보살이 서 있다. 어딘가 익살스러워 보이는 그 표정에 마음이 평온해졌다.

"여기서 왼쪽." 리사는 지도를 확인했다. 정면에 있는 숲이 두 개로 나뉘며 완만한 비탈길이 이어졌다.

폭은 3미터 정도. 눈앞에 등장한 자갈길을 보고 리사는 토트백에서 생수병을 꺼내 물을 한 모금 마셨다.

뱀처럼 구불구불한 길을 올라가려고 하니 땀이 등을 타고 흘러내렸다. 생각보다 험난한 길에 한숨이 새어 나왔다.

양옆은 숲에 가로등 하나 없다. 지금은 낮이라 상관없지만 밤에 혼자 걸으려면 무섭지 않을까. 갑자기 치한이 나타나도 이상할 게 없어 보이는 곳이고 소리를 질러 봤자 주위에는 인가가 없으니.

"좀 위험한 거 아닌가."

잠시 멈춰 서서 숨을 고르며 리사는 저도 모르게 중얼거렸다. 시간이 없었다지만 실제로 보지 않고 결정을 내린 것은 실수였는지도 모른다.

모퉁이를 돌자 갑자기 시야가 트였다. 숲이 끝나고 눈앞에 커다란 양옥이 나타났다.

눈앞의 광경이 믿기지 않는다는 듯 감탄사가 새어 나왔다. 홈페이지에서 본 사진으로 상상했던 것보다 훨씬 규모가 컸다.

2층으로 된 건물에는 거실, 주방, 식당을 제외하고도 방이 8개나 있고 지하실까지 있다고 했는데 이 정도일 줄은 몰랐다.

홈페이지에는 지어진 지 10년 되었다고 적혀 있었지만 그렇게 보이지는 않았다. 파스텔 브라운으로 칠한 벽, 진갈색 지붕. 남프랑스의 별장이라 해도 고개를 끄덕이며 믿었을 것 같다.

역시 올바른 선택이었다며 작게 고개를 끄덕이고 여행 가방을 끌어 문 앞으로 다가갔다.

「Sunny House Kamakura」

이탤릭체로 작게 쓴 간판이 문기둥에 걸려 있었다. 그 아래에 있는 인터폰을 누르자 남자가 밝은 목소리로 "네, 갑니다." 하고 대답했다.

"실례합니다. 오늘부터 여기서 지내기로—."

"왔다, 왔어." 하는 남자의 목소리와 함께 금속제 문이 천천히 열렸다. 전동문인 듯했다.

폭은 5미터 정도에 높이는 약 3미터. 할리우드의 유명인이 사는 호화 저택을 연상케 했다.

리사는 토트백을 고쳐 안고 여행 가방을 끌며 안으로 들어갔다. 10미터 정도 되는 돌계단을 올라가자 현관이 보였다.

노크를 하려고 손을 뻗는데 갑자기 문이 활짝 열렸다. 큰 키에 까무잡잡한 피부를 가진 남자와 비대칭 장발을 한 남자 하나가 널따란 현관에 나란히 서 있었다.

"후지사키 리사지? 반가워." 까무잡잡한 남자가 하얀 이를 드러내며 웃었다. "얼른 들어와. 아침부터 기다렸어."

장발의 남자가 "웰컴 투 써니 하우스."라며 미소로 반기고 리사의 여행 가방을 들어 올렸다. 두 사람 다 젊다. 타입은 정반대지만 양쪽 다 단정한 외모를 가졌다.

오는데 힘들지 않았냐고 말하며 앞장서서 가던 까무잡잡한 남자가 응접실 안쪽 문을 열었다.

"여긴 말이야, 그게 유일한 결점이거든. 그래도 마음에 들거야. 왜냐하면—."

장발의 남자가 "가즈." 하고 입을 열었다. 묵직하고 깊이가 있는 목소리였다.

"잡담은 나중에 해도 되잖아. 거실에서 차라도 한잔하자."

까무잡잡한 남자가 알았다고 건성으로 대답하며 고개를 끄덕였다. 리사는 토트백을 든 손을 고쳐 쥐었다.

오늘부터 새로운 생활이 시작된다. 즐거운 생활이 되리라는 예감이 들었다.

2

두 사람의 안내를 받아 도착한 거실은 대략 20평 정도 되는 크기였다. 저쪽이 주방 겸 식당이라며 까무잡잡한 남자가 한쪽을 가리켰다.

"리사는 뭐가 좋아? 더우니까 차가운 음료가 좋겠지? 와타 형은요?"

페리에로 달라고 장발의 남자가 대답했다. 리사도 같은 것으로 달라며 까무잡잡한 남자의 등에 대고 대답했다.

"저기, 저는 후지사키 리사라고 하는데요. 니치가쿠인 대학 역사학부에⋯⋯."

듣고 있으니 계속하라고 하며 장발의 남자가 3인용 베이지색 카우치 소파에 앉았다. 벽 쪽에는 같은 소파가 나란히 두 개, 그 앞에는 낮은 유리 테이블이 놓여 있다.

장발의 남자는 우두커니 서 있는 리사에게 마음에 드는 곳에 앉으라고 했다. 하지만 처음 보는 남자 옆에 앉을 수는 없는 일. 리사는 소파에 놓인 쿠션을 사이에 두고 한 칸을 띄워 앉았다.

까무잡잡한 남자가 얼음을 가득 채운 잔과 페리에 두 병, 그리고 본인을 위한 코로나 맥주 한 병을 트레이에 담아 가져왔다.

리사는 꾸벅 감사를 표하고 트레이에서 잔과 병을 집어 테이블 위에 나란히 놓았다. "도와줘서 고마워." 까무잡잡한 남자는 맥주병에 직접 입을 대고 마셨다.

"써니 하우스에 온 걸 환영해."

장발의 남자가 잔에 페리에를 따랐다. 탄산이 터지는 소리가 거실에 퍼졌다.

리사는 잘 마시겠다는 인사를 하고 페리에에 입을 댔다. 상쾌한 바람이 부는 것 같았다.

"역사학부라. 대단하다." 장발의 남자가 상냥하게 미소 짓는다. "니치가쿠인이 평범한 사립대이긴 해도 역사학부만큼은 수준이 다르잖아. 역사 좋아해? 나중에 연구직으로 가려고?"

"학부는 다르지만 그래도 제 후배잖아요."라며 까무잡잡한 남자가 다른 한쪽 소파에 다리를 꼬고 앉았다.

"리사는 제가 챙길게요. 형은 그냥 계세요."

니치가쿠인에 다니냐며 리사가 몸을 돌렸다. 까무잡잡한 남자가 고개를 끄덕이며 상학부(商學部)라고 대답했다.

"난 나카타 가즈히코, 스물셋이고 4학년이야. 가즈 선배든 가즈 오빠든 좋을 대로 불러."

4학년, 리사는 가즈를 빤히 봤다. 몸에 딱 달라붙는 어두운 남색 탱크톱에 아래는 짧은 반바지.

새까맣게 그을린 몸에 잘 어울리기는 하지만 지금은 3월이다. 아직 졸업은 안 한 걸까.

"안 했어."라고 대답하며 장발의 남자가 웃었다. 리사의 시선을 보고 무슨 생각을 하는지 알아차린 모양이다.

"가즈는 올 4월부터 두 번째 4학년이야. 본인은 취업 때문에 유급한 거라는데 정확히는 땡땡이 때문이지."

남자는 긴 머리를 쓸어 올리며 자신을 와타누키 신야라고 소개했다. 남 말 하지 말라며 가즈가 입을 비죽 내밀었다.

"스물여섯 먹은 프리터*가 자랑할 만한 경력은 아니죠. 리사, 너도 조심해. 형이 미남은 맞는데 쇼난에서 서핑이나 즐기고 여자애들 꼬시는 것밖에 할 줄 몰라."

와타누키가 쿠션을 집어 냅다 던졌다. 사이좋은 형제처럼 보이는 그 모습에 리사는 저절로 웃음이 나왔다.

"여긴 언제까지 계시려고요? 아무리 편해도 그렇지 벌써 3년이잖아요? 써니 하우스 주인이라도 되려고 그러세요? 이제 그만……."

"스톱." 하고 와타누키가 한 손을 들었다.

"내 얘기는 나중에. 지금은 리사 차례잖아."

가즈가 수긍하며 카우치 소파에 고쳐 앉았다.

"네가 오늘 올 거라고 주인아저씨가 미리 연락 주셨어. 우리 말고도 여기 다섯 명이 더 사는데 다들 널 얼마나 기다렸는지 몰라."

"니가타 사람이라며?"

---

* 일정한 직업이 없이 아르바이트 형태로 여러 가지 일을 하는 자유 직업인.

와타누키의 질문에 리사가 고개를 끄덕이며 그렇다고 했다. 두 사람이 아는 리사의 개인 정보는 그게 끝인 듯했다.

가즈가 쿠션을 끌어안으며 우리 대학은 어떻게 알았냐고 묻는다.

"오래되긴 했지만 전국구 수준은 아닌데⋯⋯. 아니 뭐, 사실 역사학부가 사립대 중에서는 정상급이지."

와타누키가 고개를 갸웃거리며 역사에 관심이 많으냐고 묻는다.

"혹시 역사 덕후, 뭐 그런 거야?"

"그 정도는 아니지만." 하고 리사는 페리에를 한 모금 더 마셨다.

"좋아하기는 해요. 그리고 가마쿠라를 동경해서⋯⋯. 한 번 재수했지만 꼭 니치가쿠인에 가고 싶었거든요."

역사는 아버지의 영향으로 좋아하게 됐다. 초등학교 시절, 아버지와 함께 했던 '겐페이 워즈'라는 게임에 푹 빠져 그때부터 관심을 가지게 됐다.

중학교에 들어간 후로는 동아리 활동 등으로 바빠져서 잠시 멀어지기는 했지만, 고등학교 2학년 진로 상담 때 대학에서는 역사를 공부하고 싶다고 담임 선생님께 말씀드렸더니 그러면 니치가쿠인에 응시해 보는 게 어떻겠냐고 권유하셨다. 가마쿠라 시에 학교가 있다는 말을 듣고 마음이 움직였다.

그때부터 수험 공부를 시작했지만 리사의 성적으로는 합격하기 어려워 첫 번째 해에는 미련도 남지 않을 만큼 시원하게 떨어졌다. 그 후로 니가타 시내에 있는 입시 학원에 다니면서 열심히 공부해 두 번째 해에 합격이 결정됐다. 당시의 기쁨은 잊을 수가 없다.

"근데 써니 하우스에는 어쩌다." 가즈가 주위를 죽 둘러봤다. "아니 그게, 요즘이야 셰어하우스가 흔하다지만 혼자 산다는 선택지도 있었을 거 아냐?"

그것도 고려해 봤다고 말하며 리사가 소파에 손을 짚었다. 차가운 가죽의 감촉이 기분 좋았다.

"제가 니가타에서 나고 자라 혼자 살아 본 경험이 없기도 하고, 니가타 안이면 몰라도 낯선 곳에서 혼자 원룸에 살려니 자신이 없어서……. 제가 외동이라 응석받이로 자란 편이거든요. 니치가쿠인에 합격하고 가마쿠라에 살게 돼서 기뻤지만 불안하기도 했어요."

확실히 귀하게 자란 티가 난다며 가즈가 커다란 입을 활짝 벌리고 웃었다. 고등학교 친구가 셰어하우스도 고려해 보라는 식의 이야기를 했다고 리사가 말했다.

"너는 외로움을 많이 타니까 셰어하우스가 맞을 거라고……. 모르는 사람들과 한 지붕 아래에 사는 게 불안하기는 했지만 좋은 경험이 될 거라고 생각했어요. 인터넷으로 가마쿠라 시내에 있는 셰어하우스를 여기저기 한참 검색하다가 써니 하우스 홈페이지를 발견했어요. 보자마자 마음에 들었어요."

사실은 조금 달랐다. 셰어하우스에 살기로 결정을 내린 까닭은 경제적 이유 때문이었다.

리사의 아버지는 평범한 직장인, 어머니는 전업주부였다. 절대 여유가 있는 집은 아니다. 니치가쿠인 입학금에 수업료 등을 고려하면 배부른 소리는 할 수 없었다.

니치가쿠인 중에서도 특히 역사학부 학생의 대부분은 관동 부근 현 출신이라 작은 연립 주택이나 원룸 등을 빌려서 생활했는데, 그럴 경우 가구나 가전제품을 어느 정도 사서 갖춰야만 했다.

무리하면 가능은 했지만, 더 좋은 방법이 없을까 고민했다. 그런 때에 친구로부터 셰어하우스 이야기를 들었다. 이미 1년 전에 도쿄에 있는 여대에 붙어 재학 중이던 그 친구도 셰어하우스에 살고 있었다.

장점이 얼마나 많은지 모른다며 그 친구가 말했다. 우선은 혼자 자취할 때보다 집세가 20~30% 저렴했다. 그리고 주방 같은 공동 공간이 있어 그릇이며 접시, 포크에 숟가락까지 식기를 하나도 살 필요가 없다고 했다.

냉장고, 세탁기 같은 대형 가전제품도 있고, 셰어하우스에 따라서는 침대나 소파, 책상 같은 가구가 비치되어 있어서 그대로 사용할 수 있는 곳도 있다고 했다.

집에 들어가면 반드시 누군가가 있다는 점도 큰 장점이라고 친구는 말했다. 본인의 경험이 있어서인지 말에 무게가 실려 있었다.

불이 꺼져 있는 집에 들어가면 외롭기도 하고 기분이 우울해진다. 여성의 경우 치한이나 집 안을 훔쳐보는 변태를 만날 위험성도 있다. 그런 점에서 셰어하우스는 안전하다.

누군가와 잡담을 나누기도 하고, 때로는 식사 준비를 하거나 텔레비전을 보면서 함께 시간을 보낼 수도 있다. 반대로 말하면 사생활을 침해받을 수 있다는 말이 되지만, 혼자 있고 싶을 때는 자기 방에 들어가면 그만이다. 그곳은 완전한 개인 공간이라 아무나 무단으로 들어올 수가 없다.

리사도 괜찮을 것 같다고 생각했다. 머리 한구석에 TV에서 봤던 리얼리티쇼가 떠올랐다.

방송에서는 일면식도 없는 여섯 남녀가 셰어하우스 형태로 한집에서 살며 함께 놀고 밥을 만들어 먹고 때로는 고민을 상담하며 연애 관계로 발전하기도 했다. 방송에서 본 그들은 빛나 보였다.

물론 그것은 TV 속에서나 가능한 일이다. 현실에서는 미남 미녀만 모여 사는 셰어하우스 따윈 존재하기 어려울 테니까.

하지만 부러운 마음이 들었다. 니가타 같은 촌구석과 달리 그곳에는 도시 생활이 있는 게 아닐까.

곧바로 검색하니 셰어하우스 매물이 꽤 많이 나왔다. 문제는 니치가쿠인에 통학할 교통수단이었다.

니치가쿠인 캠퍼스는 가지노 정 5번가와 6번가를 건너지르는 형태로 존재했다. 가장 가까운 역은 쇼난 시의 쇼난 모노레일 쇼난마치야 역이다.

학생은 기본적으로 역에서 버스를 타고 통학하게 된다. 하지만 가마쿠라 역에서 출발하는 직통 버스 편은 없다.

무턱대고 고집할 생각은 없었지만 가급적이면 가마쿠라 시내에서 살고 싶었다. 다만 그것을 조건으로 걸게 되면 좋은 집을 찾기가 어려웠다.

집세가 비싸거나 너무 오래되었거나 방이 좁거나, 아무튼 이 조건을 만족하면 저 조건을 만족하지 못하는 식이라 결정하기가 어려웠다.

사실 시기도 좋지 않았다. 어디든 그렇겠지만 3월부터 4월까지는 전근, 입학 시즌이라 조건이 좋은 집은 이미 꽉 찬 상태였고 새로운 집이 잘 나오지도 않았다.

집을 찾기 시작하고 일주일이 지나자 더는 안 되겠다는 생각이 들었다. 포기하고 다른 사람들처럼 연립 주택이나 원룸을 찾아야겠다고 생각한 그때, 가지노 정 3번가의 셰어하우스, 써니 하우스 가마쿠라의 홈페이지가 컴퓨터 화면에 떴다. 공실이 생겼다는 정보가 그곳에 올라와 있었다.

홈페이지 첫 화면에 보이는 서양식 건물은 파스텔 브라운 색상의 벽에 갈색 지붕을 얹고 조금 높은 언덕 위에 아름답게

세워져 있었다. 가루이자와 같은 곳에 있을 법한 싼 티 나는 펜션의 느낌이 아니다. 남프랑스 풍이라는 표현이 잘 어울리는 건물이다.

외관은 정면, 그리고 좌우에서 촬영되었고 2층 건물이라 크기도 제법 컸다. 그 외에 각 방의 사진, 공용 공간, 정원이 찍힌 사진도 있었다. 어느 곳 하나 빠짐없이 아름답고 세련된 느낌이었다.

다만, 사진만 봐서는 구체적인 넓이를 파악하기가 어려웠다. 그 부분은 실제로 보지 않고서는 알 수가 없다.

부자가 아니고서는 이런 곳에 살 수 없다고 생각하며 홈페이지 이곳저곳을 클릭해 보니, 믿기지 않을 정도로 자신이 원하던 조건에 부합했다.

가마쿠라 시내에 있는 원룸의 평균적인 시세는 6만 5천 엔이지만, 써니 하우스는 광열비를 포함해 4만 5천 엔이었다. 잘못 본 게 아닌가 하고 몇 번이나 확인했을 정도다.

써니 하우스의 정보는 줄줄 읊을 수 있을 정도로 읽었다. 지금도 머릿속에 떠올릴 수 있다.

'써니 하우스 가마쿠라는 부지 면적 500㎡, 건물 총 바닥 면적은 600㎡로 각 방은 30㎡의 원룸 형태로 되어 있으며 침대, 책상, 의자, 그 외에 생활에 필요한 가구가 갖춰져 있어 최소한의 필요 물품만 가져오셔도 당일부터 거주 가능합니다.'

30㎡면 대략 다다미 18장(약 9평)을 깔 수 있는 넓이다. 본가에 있는 자신의 방이 다다미 6장 크기니까 그 3배가 되는 셈이다. 심지어 욕실은 각 방마다 따로 있다고 했다. 그야말로 자신이 꿈꾸던 집이었다.

그 밖에 정원에는 10미터 길이의 수영장, 자쿠지, 일광욕용 테라스가 있으며 지하 1층에는 영화 감상실도 완비되어 있다고 했다. 오히려 이상하다고 생각했을 정도다.

이렇게 조건이 좋은 셰어하우스가 존재할 리 없다. 뭔가 목적이 있는 게 아닐까, 일종의 사기 아닐까 생각했다.

하지만 홈페이지를 관리하고 있는 부동산 회사에 전화로 문의하고서 사정을 알게 됐다. 담당자가 한 설명에 따르면 써니 하우스는 시즈오카에 사는 은퇴한 자산가 노부부가 별장으로 쓰려고 10년 전에 지은 건물이라고 했다.

방이 많은 이유는 아들딸 내외와 그 손자 때문이며, 실제로 5년 전까지 일 년의 절반 정도는 그곳에서 지냈다고 했다.

그 후, 아들 내외가 런던으로 전근을 가게 되면서 노부부도 함께 떠나게 됐다고 한다. 시즈오카에 있는 집은 딸 내외가 들어와 살게 됐지만, 문제는 써니 하우스의 관리였다.

아들 내외가 언제까지 해외에서 근무해야 하는지 확실치 않은 상황이라 노부부는 써니 하우스를 매각하는 데 소극적이었다. 하지만 아무도 살지 않는 집은 황폐해지기 마련이라 아들의 제안으로 셰어하우스 임대를 시작하게 됐다.

영리 목적이 아닌 집의 유지와 관리가 목적이었기 때문에
저렴한 가격으로 집을 빌려주고 있다는데, 그런 이유라면 리
사도 이해할 수 있었다. 아버지의 본가가 똑같은 상황이었는
데 조부모님이 돌아가신 후 그 집에 아무도 살지 않게 되자
몇 년 만에 거의 폐가처럼 됐다. 아마 써니 하우스도 마찬가
지가 아니었을까.

담당자는 나긋나긋한 목소리로 갑자기 공실이 생겨 홈페이
지에 게시했으나 워낙 조건이 좋아 이미 여러 명의 입주 희망
자가 신청서를 냈다고 귀띔해 주었다. 순번을 매기면 10번째
가 되니 별로 기대하지 말라는 담당자에게 리사는 자신의 사
정을 얘기했다.

리사가 니치가쿠인의 학생이라는 사실을 전하자 담당자는
셰어하우스의 주인인 노부부와 한번 의논해 보겠다고 약속해
주었다. 원래 노부부 쪽도 대학생을 응원하고 싶어 하는 마음
이 있다고 했다.

리사는 당장 부모님께 얘기해 허락을 받고 부모님을 보증
인으로 세웠다. 홈페이지에 올라와 있는 신청서에 내용을 작
성하고 신분증명서 대신 여권 사본을 첨부해서 보내자 이튿
날에 메일로 답장이 왔다.

추첨 결과, 써니 하우스 202호실을 1년간 빌려줄 수 있게
되었다는 내용에 리사는 자신도 모르게 그 자리에서 소리를
질렀다.

10일 안에 허둥지둥 짐 정리를 끝내고 이불 같은 큰 짐은 택배로 보낸 다음 친구들과 작별 파티까지 마친 리사는 오늘 아침 부모님의 배웅을 받으며 신칸센을 타고 도쿄로 나와 오후나를 경유해서 쇼난마치야 역에 도착했다.

　그 후 버스를 타고 30분을 더 갔으니 총 4시간 이상이 소요된 셈이지만 어찌 됐든 리사는 써니 하우스에 도착했다. 긴 여행이었지만 그 이상으로 기쁨이 더 컸다.

　"여기 굉장하지?"라고 가즈가 웃으며 말했다.

　"정말 놀랍지 않아? 부자라는 게 진짜 있긴 있구나. 이런 데를 다달이 4만 5천 엔에 빌려주다니, 배포가 큰 건지, 뭔지."

　"불편하기는 하잖아."라고 말하며 와타누키가 어깨를 으쓱했다.

　"언덕 위에 덩그러니 있지, 가지노 거리까지 내려가기도 힘들잖아. 또 거기서 버스 정류장까지 5백 미터나 더 가야 하고, 편의점도 없고. 그렇게 따지면 4만 5천 엔도 타당한 가격이라고 볼 수 있지 않나."

　"근데 차도 준비해 주셨잖아요."

　가즈가 밖을 가리켰다. 리사는 앵무새처럼 '차'라는 말을 따라하며 그들에게 물었다. "못 들었어?" 와타누키가 고개를 살짝 갸웃거리며 물었다.

　"지하 차고에 두 대 있거든. 주인아저씨 아들 명의로 된 차

라는데, 마음대로 써도 된댔어. 물론 기름값은 우리가 내야
하지만."

면허를 가지고 있냐는 와타누키의 질문에 리사는 "아뇨."
하고 고개를 저었다. "하긴 그렇겠다." 하고 와타누키가 쿠션
을 공중에 던지며 말했다.

"합격한 지 얼마 되지도 않았는데 면허 딸 시간이나 있었겠
어."

그래도 빨리 따는 게 좋다며 가즈가 목소리에 힘을 실어 말
했다.

"와타 형 말대로 밤에 차가 없으면 움직이기 힘들어. 잠깐
편의점에 가려고 해도 걸어서는 못 가니까. 뭐 물론, 다른 사
람들한테 면허가 있으니까 태워 달라고 하면 그만이지만."

그때 초인종이 울리더니 현관문이 열렸다. 들어온 사람은
화려한 무늬의 원피스를 입은 아름다운 20대 여성이었다.

"어서 와요, 에미 누나."

"쟤가 신입이야?" 에미라 불린 여자가 챙이 넓은 모자를 벗
었다. "우리 잘 지내보자. 난 도야마 에미라고 해. 직업은 간
호사."

리사는 허둥지둥 에미가 내민 손을 잡았다. 외국인 같다고
생각할 새도 없이 힘껏 끌어당기는 바람에 숨이 멎을 것 같았
다.

"진짜 진짜 환영해! 써니 하우스에 잘 왔어. ……근데, 이

름이 뭐야?"

와타누키와 가즈가 손뼉을 치며 웃었다. 리사도 얼굴에 웃음을 지었다.

3

밤을 꼬박 새서 일을 하고 왔다는 에미는 그럼에도 기운이 넘쳤다. 냉장고에서 꺼낸 캔 맥주를 단숨에 들이켜더니 리사도 마시라고 권했다. 하지만 아직 미성년자라 안 된다며 와타누키가 에미를 제지했다.

"열아홉이거든. 한때 불량 청소년이었던 너랑 동급으로 취급하지 마."

그런 말은 왜 하냐며 에미가 와타누키의 어깨를 쳤다. 손길에서 두 사람의 친밀함이 전해졌다.

"미안해. 네가 오는 건 알았는데 그래도 일찍 마치기가 힘들어서. 괜찮았어? 이상한 아저씨 둘한테 둘러싸여서 무섭진 않았어? 성희롱을 당했다거나 그러진 않았고?"

가즈가 소파에서 주르륵 미끄러지며 말도 안 되는 소리를 한다고 정색했다.

"누나, 그런 소리 마세요. 저희 이미지를 떨어뜨려서 뭘 어쩌시려고요."

에미가 리사에게 뺨을 비비며 자신은 귀여운 사람의 편이라고 했다.

"근데, 너 정말 귀엽다. 니가타에서 왔다고? 뽀얀 것 좀 봐. 아키타 미인이라서 그런가? 아냐?"

"제가 뭘요." 하고 리사는 손을 저었다.

"거기다 니가타랑 아키타는 다른걸요."

진지하게 대답하는 모습도 귀엽다며 또다시 에미가 리사를 껴안았다.

"그나저나 너희한테는 잘된 일이네. 지난번 그 여자가 입주할 생각이 없다고 거절해서 리사가 온 거잖아? 운도 좋아."

그 사람이 누구냐는 리사의 질문에 보름 전에 새 입주자가 왔었다고 가즈가 설명했다.

"뭐, 딱히 나쁜 사람은 아니었는데 그 사람은 서른 중반이었거든."

자기 말로는 스물여덟이라고 했다며 웃는 와타누키에게 그건 그 사람 주장이라며 가즈가 차갑게 대꾸했다.

"사실 그건 큰 문제가 아닌데 3일 정도 여기 있었나? 어울리기 힘들다고 느꼈나 봐. 다른 셰어하우스로 가겠다면서 나갔어. 솔직히 우리도 맞춰 주기 힘들었거든. 대화도 잘 안 통했으니까 당연한 일이지 뭐."

"그랬군요." 하고 리사가 고개를 끄덕였다. 그 여성이 갑자기 이곳을 나갔기 때문에 공실이 있다는 글이 홈페이지에 올라온 것이다.

리사에게 안내는 했냐고 물으며 에미가 자신의 원피스 끝자락을 아래로 세게 잡아당겼다. 고작 그 정도로도 몸의 라인이 확연히 드러났다. 같은 여자인 리사가 보기에도 육감적인 몸매였다.

"아직." 이라고 대답하며 와타누키가 자리에서 일어났다.

"그래도 일단은 여자가 있는 편이 나을 것 같아서. 결국은 방 안내도 해야 할 텐데 그것까지 우리가 하기는 좀 그렇잖아."

에미가 서서 1층을 소개했다.

"거실, 식당, 주방. 아침은 챙겨 먹는 편이야? 밥은 알아서 해 먹어야 하니까 토스트처럼 간단한 음식 위주로 하게 될 텐데 주방에 있는 건 뭐든 마음대로 써. 사용한 식기는 대충 씻어서 식기세척기에 넣으면 돼."

그리고 안쪽을 가리키며 남자들이 쓰는 방이라고 소개했다. 가즈가 고개를 끄덕이며 남자 여자는 1층과 2층으로 나뉘어 생활한다고 했다.

"물론 서로 동의했으면 방에 들어가도 상관없어. 근데 너무 자주 드나들진 말고. 같은 남자끼리도 그렇지만 여자도 그렇잖아? 각자의 개인 공간을 존중해 주었으면 하는 마음이 어딘가에는 있잖아."

거실과 식당에서 대화하거나 뭔가를 하는 일이 압도적으로 많다고 와타누키가 말했다.

"옳고 그름의 문제가 아니라 셰어하우스는 그런 부분을 확실히 해 두지 않으면 골치 아파지거든. 적당한 거리감이라고 해야 할까. 규칙이 없으면 옛날 학생 기숙사 같아질 테니까."

에미는 활짝 열린 문을 향해 걸어가며 청소는 매일 하는 거라고 설명했다.

"자기 방은 자기 마음대로 해도 되는데 공동 공간은 순서를 정해서 남자 여자 각각 한 명씩 나와서 매일 청소해. 그 부분은 셰어하우스마다 다를지도 모르지만 규칙은 지켜야 한다는 거. 무슨 말인지 알지?"

네 사람은 그대로 응접실 옆에 있는 계단을 내려갔다. 가즈가 불을 켜며 지하도 공동 공간이라고 설명했다.

"여기가 영화 감상실. 어때, 굉장하지? BOSE 5.1채널 홈 시어터 시스템에 200인치 프로젝터 스크린이야."

간접 조명에 드러난 영화 감상실은 대략 15평 정도였다. 스크린을 둘러싼 여러 개의 스피커, 그리고 소파와 카우치가 세팅되어 있었다.

"혼자서 영화를 봐도 괜찮고 가끔이지만 다 같이 모여서 빌려 온 DVD를 본다거나 하는 경우도 있어. 전부 다 모였던 적은 별로 없지, 아마? 서로 시간도 맞아야 하니까 그건 적당히 알아서 하면 돼."

설명을 이어가는 가즈를 무시하고, 에미가 옆방을 가리키며 라운지라고 설명했다. 약 5평 정도 되는 방에 쿠션이 몇 개 놓여 있다.

"남자끼리, 여자끼리, 아니면 남자랑 여자. 둘이서만 얘기하고 싶을 때나 의논할 게 있을 때 이 방을 쓰면 돼. 뭐, 그런 일은 드물지만."

또 어떤 때에 이용하느냐는 리사의 질문에 "고백할 때."라고 에미가 웃으며 말했다.

"남녀 네 명씩 한 지붕 아래 살다 보니까 별일이 다 있는 거지 뭐. 없는 게 더 이상하잖아. 그리고 개인 방에서 하게 되면 문제가 많지 않겠어? 그대로 이상한 짓이라도 당해 봐. 주위 사람하고도 어색해질 텐데. 그래서 여기서 고백하는 게 암묵적인 규칙이 됐어. 최근에는 아무도 쓴 적이 없지만."

그대로 안으로 더 들어가니 세탁기가 4대, 건조기가 2대 설치되어 있었다. 왼쪽이 여자용, 오른쪽이 남자용이라고 에미가 말했다.

"자기 빨래는 알아서 세탁해야 해. 유일하게 대기가 있는 곳이 여기지 아마? 욕실은 각자 방에 있고 화장실은 1층과 2층에 각각 2개씩 있으니까 기다리는 일이 별로 없거든."

에미의 설명이 끝나자 와타누키가 앞으로 나서서 맨 끝에 있는 문을 밀어젖혔다. 가즈가 차고라고 말했다.

두 사람의 재촉을 받으며 앞으로 걸어가 보니 차 두 대가 서 있는 게 보였다. 두 대 다 일본 차로 세단과 왜건이었다.

리사는 놀란 듯이 말도 안 된다고 중얼거렸다. 방송에서 본 셰어하우스와 모든 조건이 똑같았다.

"진짜 차 없으면 곤란하다니까." 가즈가 빠르게 조잘대며 그 방송하고는 다르다고 말했다. "니가타도 그렇겠지만 지방은 자차로 이동하는 경우가 많잖아? 화려한 가마쿠라 시티도 다를 게 없거든. 여기선 다 같이 모여서 생활을 하니까 식료품을 사러 가야 하는 일도 생기고 그게 양이 제법 된단 말이야. 써니 하우스에서는 차가 없으면 정말 아무것도 못 해."

와타누키가 왜건 차체를 퉁퉁 두드리며 대충 정리가 되면 다 함께 쇼난으로 드라이브를 가자고 했다.

"쇼난이라고 하면 보통은 여름을 떠올리지만 난 봄에 보는 쇼난이 더 좋아. 사람도 많지 않고 바람이 기분 좋거든."

에미가 서운한 듯 상체를 쑥 내밀며 자기한테는 왜 권하지 않느냐고 했다.

"뭐야, 왜 리사한테만 그래? 나도 바다에 가고 싶은데."

다 같이 가자고 한 거라며 와타누키가 쓴웃음을 지었다. 차고 통로를 먼저 앞장서서 걸어가던 가즈가 앞을 가리키며 정원으로 나가자고 했다.

정원으로 나온 리사가 그 크기에 작게 감탄하자 가즈가 "그렇지. 그렇지."라고 하며 고개를 끄덕였다. 가즈에게는 같은 말을 두 번 반복하는 버릇이 있는 듯했다.

"언덕 위에 달랑 한 채뿐이고 교통편도 나쁘니까 땅값이 크게 비싸진 않을걸. 그래도 이렇게 보면 감탄할 수밖에 없지?

흙이 아니라 잔디였으면 더 좋았을 텐데."

와타누키가 웃으며 그러면 관리는 누가 하냐고 말했다.

"정원이 200㎡가 넘는데 이 넓은 정원에 깔린 잔디를 관리하려면 아마추어로는 안 돼. 우리 아버지가 건설 회사에 다니셔서 그런 쪽으로는 잘 알아. 정원사한테 부탁하면 비용이 얼마가 들지도 모르고."

"그나저나 정말 크네요."라며 리사는 주위를 둘러봤다. 불그스름한 흙바닥에 자갈만 깔려 있다. 비가 오면 질퍽거릴 게 분명하다며 가즈가 입을 씰룩거렸다.

"그래도 날이 좋으면 바비큐도 할 수 있고 나랑 와타 형 같은 경우에는 1 대 1로 풋살을 할 때도 있어. 원반던지기나 배드민턴도."

정원은 높이 1미터 정도 되는 울타리에 둘러싸여 있었다. 그 바깥쪽은 절벽이라고 했다.

정원 구석에는 조립식으로 만든 자그마한 오두막이 있었는데 집주인의 간이 창고라고 와타누키가 설명했다.

"창고야, 창고. 문이 잠겨 있어서 우리는 못 써. 주인아저씨도 열쇠를 어디다 보관했는지 잊어버리셨대."

"웃기지?"라고 에미가 조금 카랑카랑한 목소리로 웃었다.

앞장선 가즈를 따라 집 뒤편으로 돌아가니 그곳에는 수영장이 있었다. 세로 10미터, 가로 5미터 정도로 크지는 않지만, 수영장으로서는 그런대로 훌륭했다.

"보고 근사하다고 생각했지."라고 말하며 에미가 볼을 부풀렸다.

"그게 꼭 그렇지만은 않아. 방송이랑 다르게 여긴 우리가 직접 청소해야 하고 부지런히 물을 갈지 않으면 장구벌레가 생기거든. 현실은 그다지 로맨틱하지가 않아."

어쨌든 지금은 사용하지 않는다며 와타누키가 수영장을 가리켰다. 수영장에 물은 채워져 있지 않았고 바닥에는 낙엽이 쌓여 있었다.

"5월 초순이면 다시 사용할 수 있다고 봐야겠지. 그 전에는 추워서 들어가지도 못해……. 자, 그럼 다음은 2층으로 가 볼까."

현관을 통해 안으로 들어오니 응접실을 사이에 둔 반대편 계단을 에미가 오르고 있었다. 가즈는 2층을 여자만의 공간이라고 생각해서 그런지 먼저 올라가라며 리사에게 양보했다.

2층은 복도를 끼고 방이 2개씩 짝지어 서로 마주보게 배치되어 있었다. 맨 끝 방 앞에 커다란 박스가 2개 쌓여 있다. 리사 본인이 보낸 박스다.

와타누키가 박스를 만지작거리며 미리 2층에 올려 두었다고 말했다.

"짐은 이게 다야? 이불이나 옷이지? 다른 건 없어?"

리사는 뭘 챙겨야 할지 몰라 그렇게만 보냈다고 대답했다. 완전히 혼자서 생활해야 하는 자취면 몰라도 셰어하우스에서

는 필요 없는 물건도 있을 것 같아서 정리가 끝나면 고민해
보자는 생각이었다.

에미가 불쑥 가즈와 와타누키를 불렀다.

"리사가 보낸 짐, 방에 옮겨 주도록 해."

그러자 가즈가 난색을 표하며 뒤통수를 문지르듯 긁적였
다. 와타누키도 난처한지 한 걸음 뒤로 물러섰다.

"여자 방에 들어가라니, 저한테는 너무 부담스러운데요."

가즈는 그렇게 말했지만 에미는 팔짱을 끼며 전혀 문제될
게 없다고 했다.

"리사는 아직 입주하기 전이잖아. 이삿짐센터 직원이라 생
각하고 옮겨 주면 되지. 나도 있는데."

와타누키는 에미의 말에 일리가 있다며 복도에 쌓인 박스
에 손을 올렸다. 방에 들어가 보라는 에미의 권유에 리사는
문을 열었다.

넓은 방을 보자 탄성이 새어 나왔다. 오늘만 이게 몇 번째
인지. 하지만 달리 표현할 방법이 없었다.

현내 대학에 다니는 고교 동창과 함께 다른 현에서 온 동급
생이 사는 원룸에 놀러 간 적이 있다. 3평 정도 되는 방에 침
대와 책상을 두니 한 평이 될까 말까 한 공간밖에 남지 않았
다. 여자 셋이 침대에 나란히 앉아 이야기를 나눴는데 마시던
음료를 올려놓을 공간조차 없어서 난처했던 일이 기억났다.

그에 비하면 이 방은 3배 가까이 넓었다. 침대, 책상, 미니

냉장고가 기본으로 딸린 데다 소파와 작은 테이블까지 있는데, 그럼에도 공간에 여유가 있었다.

에미는 리사가 무슨 생각을 하는지 안다는 듯 소파에 걸터앉으며 말했다.

"셰어하우스는 보통 주방이 공동 공간이라 방 안에는 없잖아? 그만큼 방은 덜 복잡해지겠지. 식기 같은 것도 따로 둘 필요가 없으니까 그런 의미에선 참 편리해. 여기가 일반적인 셰어하우스보다 훨씬 넓은 것도 사실이지만."

"텔레비전은 안 둘 거지?"라는 가즈의 질문에 리사는 그럴 생각이라고 답했다. 부모님과 함께 살 때도 그랬지만 방에는 텔레비전을 두지 않았다. 보고 싶은 방송은 노트북으로 봤고 DVD 역시 마찬가지였다.

요즘에는 컴퓨터조차 두지 않고 전부 스마트폰으로 해결하는 사람도 많다. 노트북은 여행 가방 안에 들어 있었다. 나중에 인터넷 회선을 연결해야겠지만 당장은 그럴 필요가 없었다.

와타누키와 가즈는 방 한구석에 박스를 놓아두고 아래층에 있겠다는 말을 남긴 채 방을 떠났다. "두 사람한테 들었겠지만." 하고 운을 떼며 에미가 소파에 발을 뻗었다.

"써니 하우스에 대단한 규칙은 없지만 그래도 기본적인 매너는 지켜줘. 방이 벽으로 나뉘어 있다고 해서 말도 안 되게 볼륨을 올려서 음악을 크게 튼다거나 하면 남에게 피해를 주겠지? 그건 뭐, 매너 이전에 상식 문제지만."

리사는 잘 안다며 고개를 끄덕였다. "그런데 잘 모르는 사람도 있단 말이지." 하고 에미가 씁쓸한 표정을 지었다.

"노크도 없이 할 얘기가 있다며 서슴없이 들어오는 일도 있었고. 그래도 여긴 각자의 방이 유일한 개인 공간이라 그런 일을 당하면 나만의 공간을 흙발로 짓밟힌 것 같아서 불쾌해지거든."

리사는 또 한 번 고개를 끄덕이며 비슷한 얘기를 들은 적이 있다고 했다. 셰어하우스의 장단점은 친구를 통해 직접 전해 듣기도 했고, 인터넷에도 실제 사례가 많이 올라와 있었다. 대강은 파악하고 있는 셈이다.

"뭐, 서로 너무 깊이 발을 들이지 않도록 조심하는 게 이곳에서 잘 지낼 수 있는 비결 아닐까?" 바닥에 발을 내린 에미가 크게 기지개를 켰다.

"그만큼 기분 파악이라고 해야 하나, 뭐 아무튼 분위기 파악을 제대로 못하면 셰어하우스에서는 지내기 힘들지도 몰라. 난 서로 간에 궁합이 있다고 보거든. 사람들하고 잘 맞으면 다행이고 아니라는 생각이 들면 그냥 여길 떠나면 그만이지만 말이야."

"슬슬 자야겠다." 하고 자리에서 일어난 에미가 눈을 비볐다.

"자세한 이야기는 다음에 다시 하자. 예를 들면, 친구는 불러도 되지만 자고 가는 건 안 된다, 뭐 그런 거. 자고 가게 두면 시간도 잊고 이야기에 열중하느라 자기도 모르게 주위 사람한테 피해를 주게 되거든. 이런 규칙은 자연스럽게 생긴단 말이지. 남자를 방에 들일 때도 본인이 허락한 경우라면 문제없지만, 이때 문은 반드시 열어 둘 것. 입실 금지까진 아니지만 역시 분위기가 나빠지거든. 야한 짓은 제발 밖에서 하라는 얘기가 나올 수도 있어서."

그런 짓은 안 한다며 리사는 고개를 저었다. 그러자 그렇게 정색할 필요 없다며 에미가 큰 소리로 웃었다.

"리사도 그 방송 본 적 있지? 방송이니까 각본대로 벌어지는 일도 있을 거야. 근데 우리 나이대의 남녀가 한집에서 사는데 당연히 연애도 할 수 있지 않겠어? 오히려 안 하는 게 부자연스럽지 않나. 이런 말 듣기 싫겠지만, 정도는 지키라는 뜻이야."

할 말을 마친 에미는 손을 흔들며 인사를 하고 방을 나갔다. 리사는 작게 한숨을 쉬며 박스에 붙은 테이프를 뜯기 시작했다.

4

노크 소리에 리사는 눈을 떴다. 박스에 들어 있던 옷가지를 벽장에 넣을 때까지는 좋았으나 그 후 힘이 다해 잠들고 말았다.

어젯밤도 푹 못 자고 오늘 아침에도 6시에 일어나 신칸센에 올라탔다. 잠이 부족한 상태였으니 당연히 잠들어 버릴 수밖에 없었다.

"네." 하고 얼굴을 닦으며 대답하자 문틈으로 에미가 얼굴을 살짝 내밀었다.

"다른 사람들도 왔어. 다들 리사가 보고 싶대. 아래층으로 내려와. 저녁 먹지 않을래?"

손목시계를 보니 밤 7시가 훌쩍 넘은 시간이었다. 에미의 말을 듣고서야 배가 고프다는 사실을 깨달았다. 생각해 보니 오늘 먹은 음식은 신칸센에서 먹은 샌드위치가 다였다.

옷매무새를 다듬고 1층으로 내려가니 박수 소리가 들렸다. 주방과 식당 벽에 'Welcome!'이라 적힌 보드가 붙어 있었다.

언제 이런 준비를 했나 하고 기뻤던 나머지 저도 모르게 마지막 두 계단은 풀쩍 뛰어내렸다.

"처음 뵙겠습니다. 니가타에서 온 후지사키 리사라고 합니다." 꾸벅 머리를 숙여 인사했다. "4월부터 니치가쿠인 대학 신입생이 됩니다. 잘 부탁드립니다."

몸집이 작은 남자가 진짜 귀엽다고 좋아하며 가즈의 어깨를 세게 두드렸다. 몸집이 작다고는 했지만 리사보다는 조금 키가 크니 160센티 정도는 될 것이다. 다부진 체격을 보고 운동선수임을 한눈에 알아봤다.

"여기 이 인간은 스즈키 간타로. 쇼난 체육대학 3학년 레슬링부 주장." 가즈가 스즈키의 어깨를 감싸며 소개했다. "이름에서 영감님 냄새가 풀풀 나지? 요즘 누가 간타로 같은 이름을 쓰냐."

"뭐 내가 지었나." 하고 스즈키가 느긋하게 대꾸했다. 쇼난 체육대학이라고 하면 올림픽 금메달리스트를 배출하기로 유명한 대학이다. 주장이라고 했으니 레슬링 실력은 일본 대표급이 아닐까.

"난 나가마쓰 요코라고 해." 호리호리한 몸매의 근사한 여성이 자리에 앉은 채로 몸을 기울였다. "지금 써니 하우스에서는 내가 제일 나이가 많나? 스물일곱이고 가마쿠라 역 근처에 있는 회사에서 웹디자이너를 하고 있어."

그녀는 잘 지내보자며 손을 내밀어 악수를 청했다. 짧은 머리에 검은 테 안경이 무척 잘 어울리는 이지적인 미인이다.

주방에서 볼을 섞고 있던 키 큰 여성이 한 손을 들어 올리며 "나도 잘 부탁해." 하고 소리쳤다.

"오타 레나, 가마쿠라 여자 학원에 재학 중이고 올해 2학년이야. 편하게 레나라고 불러."

"리사예요." 하고 꾸벅 머리를 숙였다. 2학년이라고 했지만 나이는 같을 것이다.

가마쿠라 여자 학원은 명문가 출신이 아니면 들어갈 수도 없다는 일본 3대 여대 중 하나로 레나의 분위기만 봐도 알 수 있었다. 천진난만하고 밝은 모습을 통해 얼마나 좋은 환경에서 자랐는지가 전해졌다. 남자들이 좋아할 만한 타입이다.

미남 미녀가 한 곳에 모여 있는 모습에 리사는 속으로 감탄했다. 가즈, 와타누키, 에미, 스즈키, 요코, 레나까지 저마다 분위기는 달랐지만 번듯한 외모를 가졌다는 점은 같았다. 정말 리얼리티쇼를 보는 기분이었다.

에미와 가즈가 주방에 들어가 레나를 돕기 시작했다. 리사도 함께 돕고 싶어 했지만 와타누키가 환영 파티라는 이유로 리사를 요코 옆에 강제로 앉혔다.

"다들 너 보려고 일찍 온 거야. 마침 타이밍도 좋았어. 에미는 야간 근무였고 요코 누나도 평소보다 일찍 퇴근할 수 있었거든."

스즈키가 유리잔에 캔 맥주를 따르며 자기는 연습을 빼먹고 온 거라 했다.

"졸업생도 와 있었는데 빨리 오면 절대 후회 안 할 거라고 가즈가 라인으로 계속 닦달하잖아."

가즈가 주방에서 큰 접시를 옮겨 오며 "그래도 내 말이 맞았지?" 하고 묻는다. 접시 위에는 다양한 전채 요리가 담겨 있었다.

"캬, 그럼. 진짜 고맙다, 가즈." 맥주를 마시며 스즈키가 카나페를 입에 집어넣었다. "계속 귀엽다, 귀엽다 하면서 이모티콘을 보내는데, 가즈는 여자만 보면 아무한테나 귀엽다고 하니까 믿을 수가 있어야지. 근데 보고 깜짝 놀랐잖아. 혼혈 모델인 줄 알았어."

요코가 동의한다는 듯 고개를 끄덕이며 피부가 정말 뽀얗다고 칭찬했다. 니가타 출신이라 그렇다며 리사는 쑥스러움을 감추려고 혀를 살짝 내밀었다.

사실 리사 스스로도 뽀얀 피부에 자부심이 있었다. 아름다운 피부를 강조하려고 염색도 하지 않고 검은 머리로 다녔다. 고등학교 때는 같은 반 친구에게 일본 인형 같다는 말도 들었지만 그 말은 빼자.

에미와 레나가 차례차례로 요리를 테이블 위에 올렸다. 로스트 치킨이랑 키슈 같은 음식은 밖에서 사 와 접시에 옮겨 담기만 했지만 다른 몇몇 요리들은 셰어하우스 사람들이 직접 만든 음식이었다.

만두피를 이용한 미니 피자, 밀기울 떡과 아보카도를 올린 핀초스, 양상추와 생햄으로 만든 샐러드. 리사가 작은 소리로 굉장하다고 감탄하자 레나는 겸손하게 별일 아니라고 하며 앞치마를 벗었다.

"의외로 간단해. 인터넷에 있는 레시피대로 만들었을 뿐인데 뭘. 어떻게 할래, 음료는 뭐로 줄까?"

에미가 대략 10종의 데마키용 회가 담긴 큰 접시 두 개를 테이블 위에 올리며 메인이라고 소개했다.

"토르티야로 준비하려다 모처럼 리사를 위해 환영회를 여는데 회가 더 낫지 않나 하는 생각이 들어서. 아, 근데 니가타 출신이라서 회는 이미 질렸나?"

리사는 고개를 세차게 저으며 아니라고 했다.

"기뻐요. 이렇게까지 신경 써 주시니까……. 뭔가 좀 죄송스러운데요."

"처음만 이렇게 해 주는 거야."라는 스즈키의 너스레에 그 자리에 있던 모두가 웃었다. 가즈가 잔을 들며 모두에게 다시 건배를 청했다.

와타누키와 에미는 화이트 와인, 요코와 레나는 칵테일, 가즈와 스즈키는 맥주였다. 리사는 미성년자라는 이유로 오렌지 주스를 선택했다.

"와타누키." 하고 요코가 눈짓을 했다. 대답과 함께 고개를 끄덕이며 와타누키가 자리에서 일어났다.

"자, 보다시피 오늘부터 써니 하우스에 새로운 입주민이 들어와 살게 됐어. 스즈키, 잔 내려놔. 지금부터 건배할 거니까."

스즈키가 짧은 머리를 벅벅 긁으며 미안하다고 사과했다.

"여기는 후지사키 리사. 니가타에서 왔고 4월부터 니치가쿠인에 다니게 될 거야. 지금까지는 부모님과 함께 살아서 독립은 처음이기도 하고 셰어하우스는 생각도—."

요코가 스톱을 외치며 와타누키의 팔을 잡아끈다.

"그런 건 본인한테 들을게. 설명이 너무 길어."

와타누키는 고개를 숙여 가볍게 사과한 후 잔을 높이 들었다.

"리사, 써니 하우스에 잘 왔어. 여기 있는 모두가 널 환영해. 자, 건배!"

"건배!" 하고 모두가 와타누키를 따라 외쳤다. "먹자, 먹자."라고 말하며 가즈가 핀초스를 집어 들었다.

에미가 걱정스럽게 리사의 손을 쥐며 왜 그러냐고 물었다.

"뭐야, 울어? 이런 거 싫어해?"

리사는 눈가를 닦으며 아니라고 답했다.

"실은 많이 불안해서……. 아까 와타누키 오빠 말처럼 부모님 곁을 떠나 본 게 처음이고, 한 달 전까지는 셰어하우스 같은 거 생각해 본 적도 없었거든요. 물론 동경하는 마음은 있었지만 잘해 나갈 수 있을지 걱정했는데……. 이렇게 환영해 주실 줄은 몰라서 정말 기뻐요. 감사해요."

리사의 말에 연어 데마키를 입에 던져 넣은 가즈가 어색하게 무슨 그런 말을 하냐며 웃었다.

"그래, 겁먹을 수 있어. 나도 처음에는 그랬거든. 그래도 이제 리사는 우리랑 함께하는 동료잖아. 일일이 고맙다고 인사하거나 그러진 마. 아마 잘 지낼 수 있을 거야, 그렇지?"

와타누키가 가즈의 어깨를 두드리며 웬일로 제대로 된 말을 하냐고 칭찬했다.

"서로 조심은 해야지. 지나치게는 말고. 한눈에 보기에도 넌 잘할 것 같아. 걱정 말고 즐겁게 잘 지내보자."

리사는 웃는 얼굴로 고개를 끄덕이며 "네." 하고 짧게 대답했다. "너도 살짝 마셔 버려." 하고 장난기 가득한 눈으로 에미가 말했다.

"세 살 난 어린애도 아마자케(甘酒)*정도는 마시잖아? 오늘만 특별히. 리사가 이 환영 파티의 주인공인데 조금 마신다고 뭐 문제 되겠어?"

그렇게 말하며 리사의 오렌지 주스에 레드 와인을 부었다. 억지로 마실 필요 없다고 요코가 말했지만 조금 정도는 괜찮다며 리사는 잔에 입을 댔다. 남자들이 손뼉을 쳤다.

스즈키는 리사를 붙임성이 좋은 아이라고 칭찬하며 세 번째 캔 맥주의 뚜껑을 땄다.

"누구하고 달라도 한참 달라."

그만하라고 스즈키를 말리며 와타누키가 고개를 저었다. 무슨 뜻인가 하고 좌우를 두리번거리는 리사에게 여기 없는 사람 얘기라고 스즈키가 혀 꼬부라진 소리를 냈다.

"와타 형, 하자마 형님 어떻게 좀 안 돼요? 아니 뭐, 회사원이니까 당연히 바쁘겠지만 오늘 같은 날은 일찍 올 수도 있잖아요."

와타누키는 어깨를 으쓱하며 자기에게 불평하지 말라고 했

---

* 일본식 감주로 멥쌀 또는 찹쌀을 죽 상태로 끓이고 누룩을 넣어 만든 음료다.
  이름에는 '술'(酒)이 들어가지만 알코올 함유량은 극히 낮아 일본에서는 청량음료로 취급되어
  판매되고 있다.

다. 하자마 씨가 누구냐는 리사의 질문에 에미는 리사에게만
들릴 작은 목소리로 여기 사는 다른 입주민이라고 소곤거렸
다.

"가마쿠라 야마노베 정에 있는 문구 제조 회사 영업소에서
영업 직원으로 일하는 사람이야. 나쁜 사람은 아닌데 우리하
고는 좀 안 맞는다고 해야 하나……."

그런 이야기는 그만하자며 와타누키가 와인 쿨러에서 새
와인을 꺼냈다.

"오늘은 우리 다 같이 광란의 밤을 보내 보자, 어때?"

레나가 작은 소리로 "어휴, 아저씨." 하고 중얼거렸다. 그
러자 와타누키는 너무하다고 우는 척을 하며 와인을 사람들
의 잔에 따랐다. 밤은 이제 막 시작되었다.

제2장

오리엔테이션

1

환영 파티의 진행은 가즈가 도맡았다. 전체적인 상황을 보면 가즈가 파티의 분위기를 살리는 위치였고 본인도 싫어하는 눈치는 아니었다.

코로나 맥주병을 마이크 대신 잡은 가즈가 이제 질문 시간을 가져 보자며 리사에게 윙크를 했다.

"우리도 얘기할 거지만 우선은 리사부터. 더 개인적인 얘기 좀 해 봐. 계속 니가타에서 산 거지?"

리사는 고개를 끄덕이며 그렇다고 답했다. 셰어하우스의 원칙상 서로 사생활에 깊이 관여해서는 안 된다고 들었지만 한 지붕 아래에서 살게 된 이상 아무 얘기도 하지 않으면 오히려 부자연스럽고 실례가 아닐까. 리사 본인도 자신을 알아주었으면 하는 마음이 있었다.

"5월이면 스무 살이에요. 1년 재수했거든요."

스즈키가 나지막이 자기는 삼수했다고 중얼거리자 그 자리에 있던 모두가 웃었다. 고등학교는 남녀 공학이었냐고 레나가 물었다.

"네. 공립이라……. 시내에 있는 학교였는데, 반 친구들 대부분이 같은 초등학교에서 올라온 아이들이었어요."

"동아리는?"

일단은 응원단이었다고 하자 세 남자가 동시에 놀랍다고 하며 박수를 쳤다.

"진짜야? 굳이 따지자면 리사는 문과 계통일 것 같았는데."

이미지랑 다르다는 말을 자주 듣는다며 리사는 관자놀이 부근을 검지로 긁적였다.

"문학 작품이나 만화 좋아하는 그런 쪽 아니냐고. 물론 저도 책이나 만화는 읽지만, 몸을 움직이는 취미도 좋아하거든요."

와타누키가 놀란 듯 믿기지 않는다고 하며 와인을 잔에 따랐다. 2년 반을 했지만, 정규 선수는 되지 못했다고 리사는 말했다.

"선수가 될 자질이 전혀 없었거든요. 저는 저대로 충분히 즐거웠지만……. 그리고 취미라고 하기는 좀 그런데 역사를 좋아해요. 니치가쿠인 역사학부에 꼭 들어가고 싶었고 가마쿠라도 동경하고 있었어요."

"제 후배니까요."라며 가즈가 자리에 모인 사람들의 얼굴을 차례차례 쳐다봤다.

"리사는 제가 챙길 겁니다. 이의 없으시죠?"

"안 돼." 하고 에미가 가즈의 어깨를 툭툭 쳤다.

"너 같은 바보한테 어떻게 맡기냐. 여자는 여자끼리, 리사는 우리가 알아서 돌볼게."

스즈키가 가즈의 어깨에 팔을 두르며 포기하라고 하자, 가즈는 천장을 올려다보며 애석함을 표했다.

"젠더리스 시대에 남자니 여자니, 그게 무슨 상관이야? 뭐, 이번에는 포기할 수밖에 없지만……. 그나저나 어때? 남자 친구는 있어? 없을 리가 없나. 하긴, 이렇게 귀여운데."

다들 리사의 대답을 기다렸다. 연애담 앞에서는 남자도 여자도 없다.

"사귀었던 사람은 있지만……." 하고 리사는 부끄러워하며 답했다.

"근데 이성 교제보다는 사이좋은 친구 같은 느낌이라……. 동급생 남자아이였는데 그 친구는 졸업 후에 나가노에 있는 대학으로 가고 저는 재수생이어서 그 이상 진전되지는 못했어요."

"헤어졌구나." 하고 레나가 안타까워하며 말했다. 리사는 자연적으로 끝난 관계에 가깝다고 답했다.

니가타와 나가노는 이웃한 지역이지만 그래도 꽤 거리가 있어서 재수 생활을 하던 리사에게 매주 남자 친구를 만나러 갈 여유는 없었다. 대놓고 이별을 이야기하지는 않았지만 니치가쿠인에 합격하고 문자로 소식을 알렸을 때를 제외하고는 벌써 반년 이상 연락을 주고받지 않았다.

"젊었을 때는 이런저런 일이 있기 마련이지. 그런 경험도 중요해. 우리만 믿어. 괜찮은 남자 찾아줄 테니까."

"젊었을 때라뇨, 에미 언니도 스물다섯이면서." 레나가 물고 늘어졌다. 와인을 고작 두 잔만 마셨을 뿐인데 얼굴이 새빨갛다.

"스물다섯이면 아줌마지. 으, 끔찍해. 얘기하고 싶은 마음이 뚝 떨어졌어."

에미가 오프숄더 블라우스의 옷매무새를 매만졌다. 훤히 드러난 양쪽 어깨 라인이 아름다웠다.

그 후 순서대로 한 사람씩 자기소개를 했다. 세 남자에 관해서는 이미 분위기로 대강 파악하고 있었다.

오히려 리사는 여자들 쪽이 더 궁금했다. 도쿄에서 셰어하우스 생활을 하고 있는 친구도 여자를 더 조심해야 한다고 말했고 경험상으로도 그것은 틀림없는 사실이었다.

셰어하우스에서는 남자보다 여자와 더 깊은 관계를 맺게 된다. 그리고 여자들 사이에는 그들만의 독특한 우위 관계가 존재한다.

셰어하우스에 살지 말지 끝까지 고민한 이유도 그래서였다. 여자와 소통하는 일이 리사에게는 더 어렵게 느껴졌다.

레나는 별문제 없을 거라고 처음부터 생각했다. 고등학교에도 비슷한 성향의 친구들이 적지 않았다.

자기도 모르는 사이에 무리에서 막내가 되어 주위 사람들이 만만하게 보더라도 상관없었다. 본인이 생각해도 그런 면이 있었으니까. 나이도 같으니까 너무 조심스럽게 대할 필요는 없지 않을까.

오히려 에미는 조금 무서웠다. 기분파라 기분이 좋을 때는 상냥하겠지만 어디에 지뢰가 묻혀 있는지 알 수 없는 일이다.

기분 상하는 일이 생기면 끈덕지게 달라붙어 살살 성질을 긁어 대지 않을까. 응원단의 부주장이 그런 사람이었는데, 한번 눈 밖에 나면 이후로 성가셔지는 타입이다.

최연장자인 요코는 그다지 걱정되지 않았다. 남자들을 포함해 써니 하우스의 입주민 중에서도 가장 차분하다는 인상을 받았다.

의지할 수 있는 언니 같은 사람이라고 하면 될까. 한눈에 봐도 훌륭히 자립한 여성임을 알 수 있었다.

세 여성은 저마다 타입이 다르지만 미인이라는 공통점이 있었다. 레나는 아직 스물에 앳된 얼굴이라 아름답다기보다 귀여운 외모에 속했지만 아이돌 그룹의 멤버라고 해도 위화감이 없었다.

에미는 반대로 섹시한 여성의 매력이 있어 다른 의미로 남성에게 인기가 있어 보였다. 본인도 명백히 의식하고 있는지 몸매가 훤히 드러나는 노출이 많은 옷을 입었다. 잘 어울리는 스타일임은 부정할 수 없었고 특히 가슴의 크기가 눈에 띄었다.

요코도 미인이었다. 이목구비의 반듯함으로 따지자면 누구보다 뛰어났고, 화장, 헤어스타일, 패션 등도 통일감이 느껴졌다. 자기 자신을 잘 파악하고 있지 않으면 그런 스타일은 낼 수 없다.

스물일곱이라지만 피부의 상태나 아름다움은 에미보다 훨씬 뛰어났다. 피부 관리에 상당히 신경 쓰고 있는 게 아닐까.

파운데이션 아래에 옅은 기미가 언뜻 보였지만 스물일곱이라면 당연한 일이고 그것도 요코만이 가진 매력이 됐다.

어쩌면 파업 같은 노동 문제에도 열심인, 이른바 '의식 있는 여성'인지도 모른다.

머릿속에 인간관계 상관도를 떠올리며 괜찮을 거라고 가볍게 고개를 끄덕였다. 나는 잘 해낼 수 있어. 이 사람들과 함께라면 써니 하우스에서 즐겁게 지낼 수 있어.

식사를 마치고 다들 거실로 이동해 소파나 바닥에 앉아 대화를 이어 갔다. 무슨 바람이 불어서인지 세 남자가 테이블에서 팔씨름을 시작했다.

체격은 제일 작았지만, 스즈키가 압도적으로 강해 와타누키와 가즈가 몇 번을 도전해도 스즈키가 가볍게 팔을 눌러 제압했다. 술에 취한 가즈가 양손으로 도전하게 해달라고 말한 그때, 문이 열리는 소리가 들렸다.

순간 그 자리에 있던 모두가 침묵했다. 들어온 사람은 양복을 입은 장신의 남자였다.

2

자리에 서 있던 가즈가 "하자마 형님, 늦었잖아요."라며 투덜댔다.

"벌써 10시거든요? 오늘 써니 하우스에 새로운 입주민이 온다고 들으셨잖아요. 바쁘신 거 아는데, 그래도 오늘 같은 날은 빨리 들어오시면 좋잖아요?"

하자마는 야근이었다고 하며 작게 한숨을 내쉬고는 어깨에서 가방을 내렸다. 스물여덟이라고 들었는데 지칠 대로 지친 옆모습은 중년 남성 그 자체였다.

에미가 소파에 자리를 비우며 일단 앉으라고 권했다.

"소개할게요. 이 아가씨가 후지사키 리사, 편하게 리사라고 부르시면 돼요. 4월부터 니치가쿠인에 다니게 될 신입생. 리사, 이쪽이 하자마 오빠야. 아까 얘기했지. 야마노베 정에 있는 문구 제조 회사 영업소에서 영업직으로 일하셔."

자리에서 일어나 잘 부탁드린다고 정중하게 인사하며 고개를 숙인 리사에게 하자마는 형식적인 짧은 대답만을 하고 가방을 고쳐 안으며 등을 돌렸다.

"저기 그게 다예요? 뭐 더 할 말 없어요?"

피곤하다고 답한 하자마가 자기 방으로 들어갔다. 하자마의 모습이 사라짐과 동시에 가즈와 스즈키, 그리고 에미가 양손 엄지손가락을 아래로 내렸다.

"아, 저 사람 좀 어떻게 안 되나." 스즈키가 불만스러운 듯 아랫입술을 삐죽 내밀었다. "저럴 거면 셰어하우스에 살 이유가 있나? 저런 사람이 왜 여기 있는 거지?"

비협조적이라면서 에미가 불만을 표했다. 가즈가 "맞아, 맞아." 하고 동의하며 격하게 고개를 끄덕였다.

"뭔 생각인지, 원. 아니, 그야 셰어하우스라 해도 사고방식은 다양하니까 개인주의인 사람이 있을 수도 있어. 근데 저런 사람이 있으면 이쪽까지 불편해진단 말이야."

와타누키와 요코, 그리고 레나는 아무 말이 없었지만 저마다 불만은 있어 보였다. 하자마가 사람들과 어울리지 못하는 타입임은 그를 처음 보는 리사조차도 금세 알 수 있었다.

가즈가 불만스러운 듯 "나갈 생각은 없나." 하고 툭 내뱉었다.

"저런 아저씨 말고 대학생이라든가 아무튼 훨씬 어린 사람이 여기에는 더 잘 어울리는데."

이제 그만하라며 요코가 제지했다.

"셰어하우스니까 저마다 사정은 다른 거야. 텔레비전 안에서나 다 같이 즐겁게 지낼 수 있는 거지 현실은 달라. 저런 사람이 있어도 난 그냥 그러려니 해."

어른스러운 의견이라며 와타누키가 박수를 쳤다. 그 후로 조금 더 대화를 나누었지만 분위기는 좀처럼 달아오르지 않았다.

30분 정도가 지나고 우선은 요코, 그리고 가즈가 방으로 돌아갔다. 이만 파하자며 와타누키가 일어서자 자리에 남아 있던 스즈키와 레나가 설거지를 시작했다.

리사도 함께 돕겠다며 나서자 당번이니까 그냥 두라며 와타누키가 고개를 저었다.

"이런 규칙만큼은 꼭 지켜줘. 안 그러면 어제는 나도 도왔는데 왜 안 도와주느냐, 내가 안 해도 누군가가 하겠지, 뭐 이런 일들이 생길 수 있거든. 분쟁은 꽤 시답잖은 이유로 일어난단 말이야. 하지만 규칙만 확실히 정해 두면 그런 문제는 일어나지 않아."

"리사도 피곤하지."라며 에미가 2층을 가리켰다.

"첫날부터 너무 달리면 나중에 힘들어서 아무것도 못하니까 오늘은 일찍 자."

리사는 먼저 들어가겠다며 꾸벅 인사하고 에미와 함께 계단을 올라 방으로 돌아갔다. 문을 닫자 그것만으로 혼자만의 공간이 생겨났다.

길게 한숨을 내쉬며 침대에 누웠다. 눈을 감자 금세 졸음이 몰려왔다.

옷을 갈아입어야 한다고 생각했지만 그대로 깊은 잠 속으로 끌려 들어갔다.

3

다음 날부터 일주일 동안은 순식간에 시간이 흘렀다.

셰어하우스의 최대 장점은 전기, 가스, 수도 등을 직접 계약할 필요가 없다는 것인데, 이른바 진짜 자취를 했더라면 어땠을지 리사는 짐작도 할 수 없었다. 계약에 필요한 절차나 입회만으로도 상당한 시간을 잡아먹지 않았을까.

친구 말로는 밥그릇 하나, 접시 한 장 필요 없다고 했지만, 아무리 그래도 젓가락이나 컵 같은 물품까지 공유할 수는 없었다. 방에 구비된 침대 같은 가구는 그대로 사용할 수밖에 없지만, 침대 시트랑 커버, 베개 등은 개인 물품을 쓰고 싶었다.

그밖에도 생활에 필요한 물건은 얼마든지 있었다. 꼭 필요하진 않지만 있으면 더 편리한 물건을 사기 위해 나가 봐야 했는데, 이왕이면 가마쿠라 시내 중심부에 있는 가게에서 사고 싶었다. 다이소 같은 염가 판매점도 가지노에는 없다.

상황이 이러니 써니 하우스의 최대 결점, 불편한 접근성이 문제가 됐다. 버스나 전철을 갈아타면서 가면 시간도 허비되고, 짐이 많아질 경우 혼자서 들고 오기도 힘들다.

하는 수 없이 차를 빌려 타야 했는데, 와타누키와 가즈가 흔쾌히 수락해줘서 그 점은 걱정을 덜게 됐다.

입학식 전날인 4월 1일 일요일, 식료품을 사러 나갈 때 함께 가지 않겠냐고 와타누키가 먼저 말을 걸었다. 가즈와 레나도 동행한다고 했다.

물론 정말 장도 봐야 했겠지만, 함께 쇼핑하고 싶어서 동행하는 것을 알고 기분이 좋아졌다. 상상 이상으로 셰어하우스 사람들은 친절하고 생활은 쾌적했다.

매일 아침 일찍 집을 나서 밤늦게 돌아오는 하자마는 차치하고, 다른 여섯 명은 리사에게 친절히 대했고 여자들은 특히 더 그랬다.

에미와 레나도 다방면에서 세심히 신경 써 줬고, 최연장자인 요코는 한발 물러나 있지만 곤란한 일이 생기면 언제든 얘기하라며 미소 띤 얼굴로 말했다.

리사로서는 처음으로 부모님 곁을 떠나 생활하게 된 입장인지라 자취든 셰어하우스든 불안하기는 마찬가지였다. 셰어하우스의 경우 인간관계가 중요하다 보니, 원만하게 지내지 못했다면 최악이었을 텐데 다행히 아무 문제도 없었다.

아주 화창한 일요일이었다. 최종적으로는 가마쿠라 역 근처에 있는 쇼핑몰에 가기로 했는데, 이렇게 화창한 날은 좀처럼 없다며 와타누키의 제안에 따라 유이가하마 쪽을 돌아서 드라이브하기로 했다.

새로 생긴 이탈리안 레스토랑이 있다고 운전을 하던 가즈가 말했다.

"지난달에 오픈해서 아직 이 지역 사람들밖에 몰라. 이럴 때 안 가면 나중에는 가이드북에 실려서 들어가지도 못할 걸."

레나가 정말 그렇다고 고개를 끄덕이며 저렴하다는 얘기를 들었다고 했다.

"제 친구가 가 봤는데 분위기도 좋고 바다도 잘 보인대요. 한번 가 보고 싶다."

"그럼 정해졌네." 하고 와타누키가 손가락을 튕겼다. 네 사람은 에노시마 전철의 하세 역을 경유해 유이가하마로 향했다.

호수 냄새가 난다며 차창을 완전히 내린 레나가 코를 킁킁거렸다.

"가마쿠라는 참 신기해. 어디를 가든 녹음이 우거져 있고, 산이 있잖아. 가지노 정은 아예 산과 숲뿐이잖아? 바다는 상상도 못할 곳인데 조금만 나오면 이렇게 경치가 확 달라져."

리사는 고개를 끄덕이며 그 말에 동의했다. 미나모토노 요리토모가 가마쿠라에 막부를 열었을 무렵 지금의 가지노 정 부근에 전쟁을 대비해 지휘소를 설치했다는 전설이 남아 있는데, 적이 공격해 왔을 때 수비에 용이했을 거라고 어떤 책에 적혀 있던 것이 떠올랐다.

세단이 국도 134호선, 통칭 쇼난 도로를 달리고 있다. 오른

편에 바다가 보였다. 바다 수면에 반사되는 빛이 눈이 부실 정도다.

"와, 진짜 끝내준다." 가즈가 가볍게 경적을 울렸다. "봐봐. 이렇게 아름다운 바다는 나도 처음 보는 것 같은데."

정말 그렇다며 와타누키와 레나가 고개를 끄덕였다. 레나는 딱 1년 전, 대학에 입학하며 처음으로 가마쿠라에 와 봐서인지 "처음이야, 처음." 하고 같은 말을 몇 번이나 반복했다. 반면 와타누키는 3년 전에 서핑을 하러 사이타마에서 가마쿠라로 온 적이 있다고 한다.

처음이라는 말은 과장 섞인 표현이겠지만, 사실 이만큼 아름다운 바다는 보기 드물었다.

"니가타에서 보는 바다하고는 다르네요."라며 리사도 차창을 활짝 열었다.

"빛이 다르다고 해야 하나……. 동해 같은 경우에는 아무래도 좀 어두운 느낌이 들거든요. 근데 가마쿠라에서 보는 바다는 굉장히 밝은 느낌이에요."

일요일이었지만 유이가하마 해수욕장에 사람은 거의 없었다. 구름 한 점 없이 맑은 날이라지만 아직은 쌀쌀했기 때문이다.

유이가하마 4번가 모퉁이에서 왼쪽으로 돌아 바다를 등진 채로 얼마간 달리다가 골목길에 들어가자마자 가즈가 주차장에 차를 세웠다. 정면에 '플럼 로지'라 적힌 나무 간판이 있는 그곳이 네 사람의 목적지인 이탈리안 레스토랑이었다.

2층 오픈 테라스에 자리를 잡고 앉으니 그곳에서 바다가 한눈에 들어왔다. 리사는 가마쿠라에 오길 잘했다고 새삼 실감했다.

바람이 상쾌하다. 여기만큼 편안한 분위기에서 쉴 수 있는 곳이 또 있을까.

네 사람은 이 집에서 제일 유명하다는 수타 파스타가 포함된 런치 세트를 먹으며 대화를 나눴다. 화제의 중심은 내일 있을 리사의 입학식이었다.

니치가쿠인은 비교적 작은 학교라 학부도 5개밖에 없다. 학생 수는 전부 다 해서 약 6천 명, 대략 계산해 보면 1학년은 약 천오백 명 정도다. 입학식은 학교 강당에서 열릴 예정이었다.

별거 없으니까 긴장하지 말라고 가즈가 말했다.

"이사장인지 학장인지가 나와서 인사하고, 신입생 대표가 선서하고, 뭐 대충 그런 식이야. 다 끝나면 학부 교수 하나가 나와서 기념 강의를 하는데 그건 빠져도 돼."

입학식 자체는 1시간도 걸리지 않는다고 했다. 다만, 니치가쿠인에서는 그 후 신입생을 대상으로 오리엔테이션을 여는데 수강 신청을 금요일까지 해야 해서 그게 더 골치라고 가즈가 잘 안다는 듯 우쭐한 표정으로 말했다.

"다른 대학은 보통 오리엔테이션을 다른 날에 한다며? 하루 만에 전부 끝내고 싶은 마음은 알겠는데 학생들은 왜 배려를 안 하냐는 말이야."

레나가 파스타를 포크에 감으며 일반적이지는 않은 것 같다고 평가했다. 와타누키는 우롱차를 마시며 그 학교만의 독특한 풍습 아니겠냐고 결론지었다.

"그나저나 좀 어때? 리사. 써니 하우스에 온 지 일주일 정도 지났는데, 뭐 불편한 점은 없어?"

리사는 차가운 복숭아 파스타를 먹으며 딱히 없다고 했다. 노트북은 와이파이를 썼기 때문에 따로 회선을 연결할 필요가 없었고, 와이파이 설정은 웹디자이너인 요코가 도와주었기 때문에 큰 어려움 없이 끝났다.

"굳이 찾자면 침대 위치요. 창가랑 가까워서 옮기려고 했는데……."

"다리가 고정되어 있지."라고 말하며 가즈가 따로 주문한 콥샐러드를 자기 접시에 덜었다.

가구 위치는 처음부터 정해져 있어서 바꿀 수가 없었다. 방의 넓이가 30㎡나 된다지만 침대 위치를 변경하지 않는 이상, 책상이나 기본 옵션인 미니 냉장고 같은 물품도 지금 위치에 둘 수밖에 없다.

불편하지는 않지만, 여자 입장에서는 배치를 바꾸고 싶은 마음이 들었다. 불만이 있다고 하면 그것 정도일 것이다.

"아, 그리고 바람 소리가 제법 들리던데요. 매일은 아니지만, 밤중에 바스락바스락하고 뭔가 이상한 소리가 들리던데 다른 방도 그래요?"

정원이나 숲에 있는 나무가 서로 가지끼리 부딪치면서 내는 소리가 아니냐고 가즈가 말했다.

"난 한번 잠들면 누가 업어 가도 몰라서 신경 써 본 적은 없는데 가끔 정원 쪽에서 그런 소리가 나는구나."

내 방도 그렇다며 레나가 끄덕였다.

"근데 그냥 그러려니 했어. 써니 하우스 주변에는 아무것도 없잖아? 그러니까 당연히 조그마한 소리도 들릴 수밖에 없다고……. 처음에는 나도 신경 쓰였는데 이젠 익숙해. 리사도 곧 익숙해질 거야."

리사가 조심스럽게 "써니 하우스 문제는 아닌데." 하고 세 사람의 얼굴을 차례로 쳐다봤다.

"하자마라는 분이요, 늘 그렇게 늦으세요? 10시, 11시는 보통이고, 그저께 같은 경우에는 새벽 2시에 오셨어요. 그분, 문을 좀 쾅쾅 닫는 편이시잖아요. 그래서 잠이 깨는 바람에……."

와타누키가 변명하듯 주의는 주고 있다고 했다.

"일이 바쁜 건 아는데 늦게 들어올 때는 조용히 좀 해 달라고 부탁했어. 본인도 조심하겠다고는 하는데, 버릇 같은 건가 봐. 다음에 내가 다시 얘기할게."

리사는 몇 가닥 안 남은 파스타를 포크로 찌르며 하자마 씨는 어떤 사람이냐고 물었다.

하자마는 써니 하우스에 처음 온 날 인사만 나누어 봤을 뿐, 그 후로는 말 한 번 섞은 적이 없었다. 얼굴도 한 번인가 두 번밖에 마주치지 않았다.

"나도 잘은 몰라." 하고 와타누키가 말했다.

"내가 3년 전에 써니 하우스에 들어왔는데, 그 후 반년 정도 지나서 하자마 형님이 들어왔어. 그때는 그래도 지금보다는 말을 많이 했거든. 키튼이라는 문구 회사 알지? 도쿄에 있는 대학을 졸업하고 거기에 취직했대. 그리고 대학생 때는 신문 장학생이었고. 부모님이 운영하시는 선술집이 잘되는 편이 아니었나 봐. 옛날식으로 말하자면 고학생이지."

레나가 깜짝 놀라며 눈을 동그랗게 떴다. 자세한 사정은 이번에 처음 들었다고 한다.

"키튼은 1부에 상장된 회사니까 직장으로서 썩 나쁜 곳은 아닐 거야. 근데 입사하고 몇 년 만에 갑자기 가나가와 지점으로 파견하더니 그것도 모자라 가마쿠라 영업소로 돌린 거야."

나도 흔한 악덕 기업이란 말은 들었다고 가즈가 말했다.

"본인도 그만두고는 싶은데 부모님께 꼭 돈을 보내야만 하는 사정이 있어서 그럴 수가 없다나 봐. 그 이상 자세한 이야기는 못 들었지만……. 써니 하우스도 집세를 아껴 보려고 온 모양이야."

어쩌다 보니 우울한 이야기를 하게 되었다며 와타누키가 씁쓸하게 웃었다.

"한 번은 밤중에 거실에서 마주친 적이 있는데요."

레나가 바람에 흐트러진 머리를 정돈하며 운을 뗐다.

"꽤 취한 상태였는지 갑자기 야근이 어떻다느니, 상사랑 말이 안 통한다느니, 영업 일은 자기하고 안 맞다, 그러면서 계속 푸념을 늘어놓는 거예요. 불만이 많은가 보다 하고 넘어갔는데 그렇다고 제가 뭐 도와줄 수나 있나요."

가즈가 불만이 많다는 소리에 동의하며 포크를 내려놓고 기지개를 쭉 폈다.

"나하고 스즈키도 몇 번 붙잡혔어. 귀찮아서 적당히 흘려 듣고 자리를 떴거든. 그러고 끝이니까 성격이 나쁘다고는 할 수 없는데 아무튼 사람이 너무 어두워. 빨리 나가 주면 안 되나."

와타누키가 직장인에게는 직장인만의 고통이 있는 거라고 말하자 형이 그런 말을 할 처지냐고 가즈가 테이블을 탕탕 두드려대며 웃었다.

"무사태평 프리터한테 그런 말을 듣고 싶겠어요? 그건 저희도 마찬가지겠지만요. 집에서 보내주는 용돈으로 편하게 생활하는 대학생이 뭘 알겠나 싶겠죠. 뭐, 그쪽이 어떻게 생각하든 관심 없지만."

레나가 화제를 바꾸자고 말했다. 뭘 사러 가겠냐는 와타누키의 질문에 중고 옷 가게가 있냐고 리사가 물었다.

내가 알고 있다며 가즈가 손을 들었다.

4

네 사람은 오후 7시가 지나서야 써니 하우스에 돌아왔다. 일요일이라 요코와 하자마는 집에 있는 게 분명했지만, 거실에 모습은 보이지 않았다. 두 사람 다 방에 있는 듯하다.

에미는 야간 근무, 스즈키는 레슬링부 연습이 있다고 각자 연락용 화이트보드에 메모를 남겨 놓았다.

저녁은 어떻게 하겠냐는 가즈의 질문에 와타누키는 피곤하다고 대답했다. 돌아오는 길에 어디든 들러서 해결하면 좋았겠지만, 하루에 두 번이나 외식을 하면 지갑에 타격이 크다.

가즈는 적당히 해결하자고 했고 네 사람은 각자 자기 방으로 돌아갔다.

미리 사다 두었던 과자를 먹으며 리사는 오늘 사 온 중고옷을 정리하기 시작했다. 운이 좋았다는 말이 저절로 새어 나왔다.

마침 가즈가 가르쳐 준 옷가게가 할인 행사 중이라 계획했던 예산의 절반만 가지고도 원하는 옷을 손에 넣을 수 있었다. 찾아보면 더 괜찮은 물건이 있지 않았을까. 다음에는 혼자 가 볼까.

옷장에 사 온 옷을 정리해 넣고 일단락 지은 시각은 8시였다. 정신을 차리고 보니 포테이토칩 한 봉지를 다 먹은 뒤였다. 자기 관리는 어쩌나 한숨이 새어 나왔다.

여럿이 모여 사는 셰어하우스지만 결국은 독립된 생활을 하는 곳이니 본인의 식생활은 본인이 알아서 관리해야만 한다. 아무리 젊다 해도 자기 좋을 대로 정크 푸드만 먹어대면 몸매를 유지하기가 힘들다.

오늘은 이 이상 아무것도 먹지 않기로 하고 욕실에 들어갔다. 본가에 있을 때도 그랬는데 반신욕으로 조금이나마 칼로리를 소비할 생각이었다.

욕조는 일반적인 사이즈라 따뜻한 물이 금세 채워졌다. 입고 있던 옷을 벗어 던지고 한 번 샤워를 한 다음 물속에 하반신을 담갔다.

품에는 패션 잡지 한 권이 있었다. 무게가 제법 나가서 부하를 거는 데도 도움이 된다.

가지고 들어온 휴대폰으로 좋아하는 음악을 틀고 아무 생각 없이 잡지 페이지를 넘겼다. 신진대사가 활발해져서 금세 이마에 땀이 배어났다.

집주인인 자산가 노부부는 욕실까지 공을 들일 생각은 없었는지 기능에는 충실하지만, 흔히 볼 수 있는 구조로 욕실 내부를 꾸몄다. 욕조, 샤워기, 그리고 작은 거울과 샴푸 등을 놓을 수 있는 금속제 욕실 선반.

수도꼭지에는 사자 머리 커버가 씌어 있어 입에서 온수나 냉수가 나왔는데, 귀엽다고 할 수 있는 디자인은 아니었다. 썩 마음에 들진 않지만 그대로 둘 수밖에 없어 보였다.

"또 깜박했네." 하고 혼잣말이 새어 나왔다. 세숫대야는 이미 사 두었는데 몸이나 머리를 씻을 때 사용할 목욕 의자를 깜박하고 사지 않았다.

다이소에서 판다는 사실은 알았는데 써니 하우스에 온 뒤로 두 번이나 갔지만, 씻을 때만 사용하는 물건이라 그런지 의도치 않게 자꾸 깜박깜박했다.

"역시 없으니까 불편하구나. 다음에는 꼭 사야지."

리사는 부모님의 철학 때문에 신용 카드를 가지고 있지 않았다. 아버지는 입버릇처럼 고등학생에게는 아직 이르다고 하셨고 니가타에 있을 때는 별 필요성을 느끼지 못했다.

동급생의 절반 가까이가 비슷한 상황이어서 크게 신경 쓰지 않았는데, 신용 카드 결제가 필요한 인터넷 쇼핑몰 등을 이용할 수 없어서 그 부분이 꽤 불편했다. 이제 대학생이 되었으니 빠른 시일 내에 신청해야겠다고 생각했다.

그렇다고는 하나 목욕 의자 수준의 저렴한 물품은 인터넷 쇼핑몰로 구입할 경우 오히려 비싸게 느껴진다. "절약이 제일이지." 하고 중얼거리며 다시 잡지로 눈을 돌렸을 때 희미한 소리가 들려 고개를 들었다.

지금까지 몇 번이나 들었던 소리다. 바스락하고 무언가가 서로 스칠 때 나는 소리다.

와타누키나 다른 사람들은 정원이나 숲에 있는 나무가 바람 때문에 서로 스치며 나는 소리라 했고 리사도 그렇게 생각했다. 듣고 보니 나뭇가지가 스치는 소리 같기도 했고 정말 작은 소리라 심하게 신경 쓰이는 정도는 아니었다.

다만, 지금까지는 한밤중에 들렸는데 방금은 달랐다. 9시도 채 되지 않은 시간이다.

욕조에서 일어나 욕실 상부에 있는 환기구를 통해 밖을 엿보았다. 바람 소리가 들렸지만 강한 바람은 아니었다. 정원에는 여기저기 수목이 심겨 있었는데 그곳에서 나는 소리는 아니었다.

하지만 크게 개의치 않고 다시 한번 따뜻한 물에 하반신을 담갔다. 정원이든 숲이든, 어디서 소리가 들려오든 상관없었다. 바람을 멈출 수 있는 방법 따윈 없으니까 익숙해지는 수밖에 없다.

무거운 패션 잡지를 품에 안은 채로 반신욕을 하고 있는 자신의 모습이 흐린 거울에 비쳤다. 수행승 같다고 중얼거리며 리사는 다음 페이지를 넘겼다.

5

다음 날 아침, 7시에 일어나 입학식에 참석하기 위해 온 정신을 집중해 화장을 했다.

가즈가 말하기로는 입학식 그 자체는 크게 중요하지 않다고 했지만, 신입생이 되어 처음으로 대학 문을 통과하는 날인데다 지인이 하나도 없었다.

니치가쿠인은 관동 부근 현에서 온 입학생이 많은 편이라 니가타에서 온 시골 아가씨로 여겨지고 싶지는 않았다.

입학식 후에 오리엔테이션이 있다는 설명은 학교에서 메일로 보낸 설명용 자료에도 적혀 있었다.

처음 보는 사람들과 자연스럽게 얘기할 수 있을지 불안하기도 했고 먼저 말을 걸 수 있는 성격도 아니라, 열심히 꾸며서 좋은 인상을 주면 상대가 먼저 말을 걸어 주지는 않을까 하는 기대감도 있었다.

입학식 때 입으려고 집에서 가져온 새 남색 정장을 입어 보니 그런대로 모양새는 괜찮았으나 내심 조금 불만이었다. 하얀색 블라우스에 베이지색 스타킹, 영락없는 채용 설명회에 나온 인사 담당자의 모습이었다.

"어쩔 수 없지." 하고 고개를 절레절레 저었다. 학교 쪽에서 입학식 때 입을 옷까지 지정하지는 않았지만, 그렇다고 일부 여대처럼 하얀색이나 분홍색 원피스를 입고 참석할 수는 없었다. 그런 학풍이라 들었고 상식적으로도 화려한 옷을 입고 갈 자리는 아니었다.

물론 입학식이 끝나면 어떤 옷을 입어도 상관없으니 오늘

하루만 참으면 된다고 중얼거리며 여성용 서류 가방을 어깨에서 내렸다. 요코가 빌려준 가방인데 오리엔테이션에서 제법 많은 양의 자료를 나누어 준다고 하니 유용하게 쓰일 것 같다.

1층으로 내려가니 식당에서 스즈키가 전혀 어울리지 않게 컵라면과 바나나로 아침 식사를 하고 있었다. "왔어?" 한 손을 살짝 든 스즈키가 "아, 그렇지." 하고 고개를 끄덕였다.

"오늘 입학식이구나. 정장 입으면 사람이 달라 보인다는 말이 이런 거구나. 보기 좋네, 잘 어울리고."

미소 띤 얼굴로 고맙다고 인사한 후 냉장고에서 꺼낸 우유를 컵에 따랐다.

"뭔가 먹고 가는 게 나을 거야." 하고 두 번째 바나나를 덥석 깨문 스즈키가 하나 먹으라며 바나나를 내밀었다.

"나도 잘은 모르는데 입학식 끝나고 바로 오리엔테이션 한다며. 그거, 꽤 걸릴걸. 오늘 안에 다 결정하라고 하진 않겠지만 설명 같은 것도 길고 말이야. 배고파서 쓰러지기라도 하면 졸업할 때까지 놀림감 확정이야."

그 말에 납득한 리사는 선반에 있던 시리얼 상자를 집어, 볼에 그래놀라를 담았다. 뭔가 먹고 가는 게 나을 거라는 스즈키의 조언은 아마 틀림없을 것이다.

"다른 사람들은요?"

"와타 형이랑 에미 누나는 베란다."라며 스즈키가 커다란 창을 가리켰다. 두 사람은 머그컵을 손에 들고 담배를 피우고 있었다.

써니 하우스 안은 금연 구역이었지만 베란다나 정원에서는 흡연을 해도 상관없었다. 두 사람이 담배를 피운다는 사실은 리사도 알고 있었다.

"뭔가 두 분, 사귀는 사이 같아 보이네요." 시리얼에 우유를 붓고 숟가락으로 뒤적이며 리사가 말했다.

"저런 게 어른들의 연애인가 봐요."

그렇게 보이지만 본인들은 부정한다고 말하고서 스즈키가 컵라면 국물을 단숨에 들이켰다.

"두 사람 정말 잘 어울리기는 해. 뭐, 나하고는 상관없는 일이지만……. 근데 가즈는 뭐 하는 거지? 아직 자나?"

계단 위에서 "안녕." 하는 목소리가 들려왔다. 뒤돌아보니 티셔츠에 짧은 반바지를 입은 레나가 눈을 비비며 내려왔다.

"오오, 딱 봐도 입학식이네. 입학 축하해!"

잘 어울린다며 정장을 한 번 슥 만진 레나가 냉장고에서 꺼낸 오렌지 주스 팩을 흔들더니 "에이, 뭐 어때." 하고 직접 입을 댄 채 주스를 마셨다. "하자마 형님은 이미 한참 전에 출근하셨어."라고 스즈키가 말했다.

"여전히 바쁘게 사시나 봐. 요코 누나는?"

모르겠다고 대답한 레나가 크루아상을 토스트기에 넣었다.

"커피 탈 건데, 마실래?"

직접 하겠다며 리사가 일어나자 레나는 손을 저으며 그냥 앉으라고 했다.

"리사는 입학식을 앞둔 몸이니까 오늘은 얌전히 앉아 있어. 혹시라도 옷에 쏟으면 정말 답도 없으니까."

리사가 미안하다고 하자 신경 쓰지 말라고 하며 레나는 다시 손을 저었다.

최근 일주일 사이에 나이가 같다는 공통점도 있어서인지 레나와 꽤 친해졌다. 자연스럽게 대화를 나눌 수 있게 된 것만으로도 마음이 꽤 편해졌다.

식당에 모인 사람들의 기척을 느꼈는지, 베란다 창을 연 와타누키와 에미가 식당으로 들어왔다. "오, 입학식." 하고 두 사람이 동시에 웃었다.

"하, 생각난다. 내가 대학에 입학했던 게 벌써 7년 전 일이구나." 젊음이 부럽다며 과장된 말투로 에미가 말했다. "이런 기분을 뭐라고 하지. 흐뭇하다고 하나, 무슨 말인지 알지? 보기 좋아. 남자들이 마구마구 대시할걸."

가즈는 뭘 하냐고 와타누키가 주위를 둘러보며 말했다.

"같은 대학 후배잖아. 그 녀석이 리사를 챙겨야지, 안 그러면 곤란한데……. 스즈키, 가서 깨우고 와. 보나 마나 자고 있겠지."

"가즈가 깨운다고 일어나겠어요." 하고 회의적으로 말하며 스즈키가 단백질 셰이커를 흔들기 시작했다.

"어디서 미사일이 날아와 박혀도 그대로 자고 있을 놈이에
요. 그 정도면 병인 것 같은데, 그 인간."

금세 체념하고 쓴웃음을 띤 와타누키가 긴장하지 말라고
하며 리사를 응시했다.

"극단적으로 말하자면 입학식 같은 거 사실 안 가도 상관없
어. 그냥 형식이니까."

그 말에 동의하며 에미가 고개를 끄덕였다. 입학식이라고
해서 특별하지는 않다. 하지만 기념해야 할 행사임은 분명하
다.

"슬슬 나가야 하는 거 아냐?" 크루아상을 베어 문 레나가
말했다. "9시부터지? 아무리 입학식이라지만 지각하면 큰일
아냐?"

와타누키가 차로 데려다주겠다고 했지만, 마냥 기댈 수는
없었다. 다음 주부터는 수업도 시작된다. 매일 와타누키나 가
즈가 데려다줄 수는 없다.

"가지노에서 가려면 버스밖에 없잖아." 그게 바로 써니 하
우스의 불편한 점이라고 스즈키가 말했다. "가지노 거리까지
내려가는 데만 15분, 니치가쿠인까지는 버스로 20분 정도지?
운행하는 버스 대수도 적고 기다리는 시간까지 포함하면 꽤
걸릴 텐데."

리사는 이만 출발해야겠다며 일어나 자신이 사용한 잔과
볼을 대충 헹궈 식기세척기에 집어넣었다. 조심히 가라며 그

자리에 있던 사람들이 전부 현관까지 배웅을 나왔다.

"근데 생각해 보니까, 좀 이상한데." 와타누키의 말에 와르르 웃음이 터졌다. "고작 입학식인데 다들 나와서 배웅할 필요까지는 없지 않나."

"그래도 이런 거 좋지 않아?" 하고 에미가 말했다.

"리사한테도 좋은 추억이 될 거야. 여자는 이런 일 못 잊으니까."

그럴지도 모른다며 리사는 고개를 끄덕였다. 평소 같으면 가족에게 배웅을 받거나 혼자서 학교로 향했을 텐데 지금은 네 사람이 나와서 배웅을 해 주고 있다. 그 사실이 어쩐지 기뻤다.

"그럼 저 다녀올게요!"

조심히 다녀와라, 힘내라는 소리에 떠밀려 현관을 나섰다. 하늘은 푸르르고 구름 한 점 없다.

최고의 출발이라고 중얼거리며 리사는 평평한 돌이 깔린 경사면을 내려갔다.

6

입학식은 들었던 이야기보다 훨씬 지루했다. 잡담할 분위기도 아니고 할 상대도 없었다. 한 시간도 채 걸리지 않아 끝났지만, 그 이상은 견딜 수 없을 것 같은 이벤트였다.

오히려 성가신 쪽은 그 후에 이어진 오리엔테이션이었다. 자료 배포를 시작으로 도서관 안내, 인터넷 수강 신청 방법 설명, 해외 프로그램 강습, 학점 인정 설명회, 그 외에도 학생 전원이 이용하는 PC 셋업 강습회 등 내용을 받아 적는 손이 따라가지 못할 정도였다.

완전히 끝난 시각은 오후 4시로 다행히 점심시간은 주어졌지만 학생 식당의 위치도 몰랐고 근처에 있는 가게도 몰라서 학교 안을 정처 없이 걸으며 시간을 때우는 수밖에 없었다. 시리얼이라도 먹고 오길 잘했다고 진심으로 생각했다.

그래도 어떻게든 오리엔테이션은 무사히 끝났고, 같은 역사학부 여자 신입생들과 대화도 나눌 수 있었다.

니치가쿠인에는 부속 고등학교가 없어서 기본적으로 학생들은 서로를 모르는 상태다 보니 오히려 말을 걸기가 편했다. 어느새 정신을 차리고 보니 처음 보는 여학생들과 서로 궁금한 점을 질문하는 등 자연스럽게 대화를 나누고 있었다. 그 자리에서 라인 아이디를 교환하는 사람도 있을 정도였다.

역사학부는 다른 학부와 달리 입학한 후 일주일 뒤에 기본적인 전공 코스를 정해야만 했다. 교양 과목과 별도로 개인별로 교수에게 붙는 형식이라 1학년부터 세미나*에 들어가는 것이나 다름없었다.

---

* 보통 대학교 2학년부터 시작하고 3, 4학년까지 진행한다.
  5명에서 15명 정도의 학생들과 교수님이 같이 특정 분야에 관한 토론을 하며 진행한다.

그것이 니치가쿠인만의 독자적인 제도로, 덕분에 1학년부터 전문 과정을 수강할 수가 있고 역사학부의 수준이 높은 이유도 그 때문이라고 했다.

단, 결정은 다음주 월요일까지라 그때까지 전공 코스 내용을 설명 듣고 교수들과 면담을 해야 했다. 당장 내일부터 시작되지만, 역사학부 학생에게는 오히려 이쪽이 더 중요했다.

1학년 때 정한 전공 코스는 3학년 때까지 변경할 수 없다. 잘못 선택했다는 말 한마디로 간단히 변경할 수 있는 일이 아니라는 말이다.

신중히 고민해야 했고 가능하다면 선배의 의견도 참고하고 싶었다. 써니 하우스에 돌아가면 가즈에게 역사학부 친구를 소개받아야겠다고 생각하며, 학교 정문 앞에 있는 버스 정류장에서 집으로 돌아가기 위해 버스를 기다렸다.

버스를 타고 가지노 정 3번가에서 내려 1킬로쯤 되는 길을 걸어 써니 하우스에 돌아오니 역시나 피로감이 느껴졌다.

다녀왔다고 인사를 하며 현관문을 열자 이야기 소리가 들려왔다. 처음 듣는 목소리다. 누군가 친구를 데려온 것일까.

"―기누가사 겐토 씨 말입니다."

거실 문을 살짝 열어 보니 거기에는 와타누키와 에미, 가즈이 세 사람, 그리고 중년 남성과 30대 초반으로 보이는 마른 여성이 있었다. 두 사람 다 정장 차림이다.

"아, 어서 와, 어서 와." 하고 자리에서 일어난 가즈를 눈으로 제지한 와타누키가 기누가사와 아는 사이가 맞다고 대답하며 입술을 비죽 내밀었다.

"이쪽은." 하고 중년 남자가 리사 쪽으로 시선을 돌렸다. 함께 살고 있는 입주민 중 하나라고 와타누키가 설명했다.

"근데, 여기 온 지 일주일밖에 안 돼서 아무것도 모릅니다."

상황을 제대로 이해하지 못한 채로 리사는 살짝 고개를 숙여 인사했다. 리사의 인사에 중년 남자는 가볍게 양해를 구하고 재킷 안쪽 주머니에서 꺼낸 수첩을 세로로 펼쳤다.

위에는 사진이 포함된 신분증이 있고 노지마 세이지라는 이름과 경사라는 직함, 그리고 아래에는 금색 배지 같은 것이 붙어 있었다. 정면에는 POLICE, 가나가와 현청이라는 글자가 보였다.

"니시카마쿠라 서 형사과 소속 노지마입니다. 이쪽은 와타나베 순경이고요."

여성이 아무 말 없이 희미하게 미소를 띠었다. 셰어하우스 사람들 쪽으로 눈을 돌린 리사에게 우리도 무슨 일인지 잘 모르겠다며 가즈가 쿠션을 안은 채로 대답했다.

"일주일 전부터 여기 살게 되셨단 말씀이죠? 그럼 가셔도 좋습니다. 이야기는 저쪽 세 분께 듣겠습니다."

뭐 어떠냐고 말하며 에미가 앉아 있던 소파를 가볍게 탁탁 쳤다.

"리사도 앉아. 형사님이랑 이야기해 볼 기회가 얼마나 있겠어. 흥미롭지 않아? 그래도 되죠?"

에미의 손짓에 리사는 그 옆으로 가서 앉았다. 딱히 상관없다고 노지마가 대답했다.

"조금 전에도 말씀드렸다시피 형식적인 절차라……. 이곳 셰어하우스에 1년 전까지 기누가사 겐토라는 분이 사셨다는데, 사실입니까?"

와타누키가 퉁명스럽게 그렇다고 대답했다.

"네, 여기 살았습니다. 저는 3년 전부터 써니 하우스에서 살게 됐는데 겐토 형은 저보다 조금 빨리 입주했다고 들었습니다."

가즈는 일 년 전쯤에 입주했기 때문에 겐토 형은 거의 스치듯이 잠깐 봤을 뿐이라고 말했다.

"와타 형보다 한 살 많았죠? 그럼 지금은 스물일곱인가. 회사원이라고 들었는데 별로 얘기해 본 적이 없어서 그 이상은 잘 모르겠네요."

"그쪽에 계신 분은요." 하고 와타나베가 입을 열었다. 반년 정도 알고 지냈다고 에미가 대답했다.

"난 1년 반 전부터 여기 살았거든. 그래서 겐토 오빠하고 같이 지냈던 시기도 있었어. 어디였더라, 후지사와에 있는 악기점에서 일한다고 했지? 뮤지션이 될 거라느니, 뭐 그런 소리를 했는데. 가끔은 여기서 기타도 치고……. 실력은 괜찮은데 프로가 되기에는 좀 부족하지 않나, 뭐 그런 얘기를 모여서 했던 게 생각나네요."

도중에 말투를 바꾼 이유는 상대가 형사라고 의식했기 때문인 듯하다. 노지마가 메모를 훑으며 후지사와 시에 있는 시라사와 악기점이라고 대답했다.

"악기점에서 근무하며 밴드 활동도 병행했다고 합니다. 본인을 포함해 밴드가 프로를 지향해서 실제로 오디션을 본 적도 있다고 하더군요."

그런 내용까지는 모른다고 하며 에미가 고개를 저었다. 지난달, 기누가사의 양친으로부터 수색 요청을 받았다고 하며 노지마가 수첩을 덮었다.

"기누가사 씨는 도치기 현 출신으로 기누가사 씨의 부모님도 우츠노미야에 거주하고 계십니다. 요코하마 사립대를 졸업한 후 시라사와 악기점에서 근무하게 됐는데, 이 이야기는 들으셨습니까?"

자기 얘기는 별로 안 하는 사람이었다고 와타누키가 말했다. "그렇습니까." 하고 노지마가 혼잣말처럼 중얼거렸다.

"악기점 사장님께 듣기로는 기누가사 씨가 계약직이었다고 하더군요. 밴드 활동을 우선시했기 때문이라고요. 잔업을 할 필요가 없으니 시간을 자유롭게 쓸 수 있었겠죠. 다만, 돈이 없다고 푸념하는 소리를 악기점 사장님과 밴드 동료들이 들었다고 했습니다. 이 셰어하우스에서 살게 된 데에는 집세가 저렴하다는 이유도 컸을 겁니다."

수색 요청은 어떻게 된 일이냐고 에미가 질문했다. "실은 저희도 자세히는 모릅니다."라며 노지마가 콧등을 문질렀다.

"기누가사 씨는 올해 스물일곱으로 도치기 본가에서 나온 지는 대략 10년 정도 됐습니다. 대학생 때는 5월이나 여름 방학에 본가로 돌아갔었다고 하는데 졸업할 즈음에는 연락도 거의 없었다고 기누가사 씨의 부모님께 전해 들었습니다. 이해 못하는 바는 아닙니다. 스물두 살 된 남자가 매일 꼬박꼬박 부모님께 전화하다니, 그건 말도 안 되는 일이죠."

"저도 그래요." 하고 말한 와타누키에게 노지마는 자신도 그렇다며 웃어 보였다.

"이쪽에서는 2년 조금 넘게 살았다고 알고 있는데 1년 전에 여길 나갔다는 말씀이죠? 이유는 들으셨습니까?"

밴드를 그만두고 제대로 된 직장에 취직해 여자 친구와 둘이 산다느니, 그런 말을 했었다고 말하며 와타누키가 관자놀이에 손가락을 댔다. 노지마와 와타나베가 눈빛을 교환하더니 고개를 끄덕였다.

"집에도 그런 내용으로 문자가 왔다고 하더군요. 자리 잡으면 연락하겠다, 여자 친구도 소개하겠다고요. 이런 말은 좀 그렇지만 기누가사 씨의 부모님도 아들을 반쯤 포기한 상태라고 말씀하셨는데, 별일 없이 살면 그걸로 됐다, 뭐 그 정도로 생각하셨던 것 같습니다. 어쨌든 벌써 스물일곱이고 프로 연주자를 목표로 하고 있었으니까요. 부모 입장에서는 아들이 무슨 말을 해도 듣지 않을 거라고 생각하셨겠죠."

"어느 집이나 부모님들은 다 그렇죠." 하고 와타누키가 어깨를 으쓱했다.

"저도 부모님과 연락 안 한 지 3년 가까이 됐습니다. 스물여섯에 직장도 없이 아르바이트나 하는 아들은 아마 안중에도 없으시겠죠."

노지마는 확신이 없는 말투로 그렇지는 않을 거라고 하며 시선을 피했다.

"그 후에도 몇 번 더 문자로 연락이 왔는데 반년 전부터는 그것마저도 끊겼다고 합니다. 기누가사 씨의 부모님께 직접 여쭤보니 솔직히 걱정하진 않으셨다고……." 무소식이 희소식이라 생각하셨던 것 같다며 노지마가 이해한다는 듯 끄덕였다. "그런데 올해 2월에 기누가사 씨의 조모님이 돌아가셔서 장례식을 치르게 되었답니다. 친척들이 다 모여서 장례를 치르게 되었는데 당연히 손자인 기누가사 씨도 참석해야만 했습니다. 처음에는 문자로, 다음에는 전화로 연락을 취했지만 답이 없었다고 합니다."

그러고 보니 그런 면이 좀 있었다고 에미가 말했다.

"겐토 오빠는 하우스 규칙을 지키지 않는 사람이었어요. 청소는 교대제였는데 깜박하고 하지 않는다든지……. 뮤지션이라 그런지 너무 자유분방하다며 다들 모여서 불평하고 그랬거든요."

밴드 멤버들도 그런 말을 했다면서 노지마가 고개를 세차게 끄덕였다.

"연습 시간에는 늦게 오고, 써 오기로 한 가사를 깜박한 적도 있고 심할 때는 라이브 공연장에 나타나지 않은 적도 있다고 하더군요. 결국 연락이 닿지 않은 채로 장례식이 끝나고 기누가사 씨의 어머님이 정말 수백 번도 넘게 전화를 해봤지만 전원이 꺼져 있는지 아무튼 연결이 되지 않았다고 합니다. 문자도 마찬가지였고요."

듣고 보니 정말 이상하다고 가즈가 말했다. "기누가사 씨의 부모님도 그렇게 느끼셨던 것 같습니다."라며 노지마가 이야기를 이어 갔다.

"고등학교 친구며 대학 친구까지 되는 대로 연락해서 물어보셨다고 했는데 친구들도 1년 가까이 기누가사 씨와 연락이 안 된다는 사실만 알게 되셨다고 합니다."

셰어하우스를 떠난 비슷한 시기에 밴드를 그만두겠다는 라인이 멤버들에게 왔었다고 와타나베가 말했다.

"그분들도 화를 내시더군요. 아무리 그래도 라인 한 통만 보내고 그만두는 건 심했다고……. 다른 밴드로부터 스카우트 제의를 받았다고 적혀 있었다는데 멤버들로서는 납득하기가 어려웠겠죠. 기누가사 씨는 메인 기타리스트셨으니까요. 한 번 만나서 얘기하자고 몇 번이나 라인을 보냈지만 전부 읽기만 하고 무시해서 그냥 포기하고 새로운 기타리스트를 영입했다고 하시더군요."

이 일과 관련해서 밴드 사정은 중요하지 않다며 노지마가 이야기를 이어받았다.

"요컨대 부모, 친구, 밴드 멤버들이 연락을 해도 답이 없는 상태가 1년 가까이 계속됐다는 겁니다. 1년 전까지는 여기에 살았다, 나간 후의 소식은 전혀 알 수 없었다는 사실은 확실합니다. 저희가 여기 찾아온 이유도 여러분 중에 뭔가 자세한 사정을 아는 분이 계실지도 모른다고 생각했기 때문이고요."

"어땠더라." 하고 가즈가 쿠션을 몇 번 퍽퍽 쳤다.

"언제 나갔는지도 잘 기억이 안 나거든요. 3월 말이었던 것 같은데. 와타 형은 기억나요?"

"작년 봄이지? 나는 그즈음에 한 달 가까이 하와이에서 지내느라 여기 왔을 때 겐토는 이미 없었어."

"난 좀 기억나는데." 하고 에미가 손을 들었다.

"화이트보드에 '그동안 신세 졌습니다' 뭐 그런 식으로 써 있었어. 나갈 거라는 식의 이야기는 오다가다 들은 적이 있어서 '아, 그렇구나. 오늘이구나.' 하고 요코 언니랑 얘기했던 기억이 나요. 제대로 얘기해줬으면 송별회든 뭐든 해줬을 텐데 하고."

"여길 나가서 어디로 갈 생각이다, 뭐 그런 얘기는 듣지 못했습니까?"

서로 얼굴을 마주본 세 사람이 없었던 것 같다며 나란히 고개를 저었다. 와타나베가 여자 친구에 대해 물었다.

"밴드 멤버에게 확인해 보니 기누가사 씨에게는 열렬한 팬이 몇 명 있었다고 하더군요. 하지만 특정 상대와 깊은 관계가 되지는 않았다고 했습니다. 기누가사 씨는 부모님께 여자 친구와 살겠다고 문자를 보냈었고, 여기를 나가게 된 계기도 그것 때문이었죠. 이제 막 조사를 시작한 참이라 확실하게 말씀드릴 수는 없지만, 정말 특정 상대가 존재했는가, 그렇다고 한다면 어떤 여성이었는가, 혹시 알고 있는 사실이 있으십니까?"

그런 얘기는 하고 싶어 하지 않는 인간이었다고 와타누키가 말했다.

"그런 점에서는 밴드 하는 사람답지 않았는데……. 인기가 많다느니 그런 얘기는 몇 번 했어요. 근데 꼭 그런 녀석들 보면 실제로는 상대가 없다거나 그렇잖아요? 겐토 형이 허세가 좀 심했거든요. 그건 장담해요."

가즈가 공중에 쿠션을 던지며 다른 밴드로 옮기려고 여자 핑계를 댔을 수도 있다고 말했다.

"여러분과는 직접적인 이해관계가 없었으니 사실을 얘기해도 아무 문제 없었을 겁니다. 밴드 멤버에게는 다른 밴드로 간다고 전하고, 부모님께는 여자 친구 때문에 밴드를 그만둔다고 문자를 보냈지만, 제가 기누가사 씨였다면 반대로 전했겠죠."

생각해 보니 정말 그렇다며 가즈가 선뜻 고개를 끄덕였다. 그래서 3월 초에 부모님이 우츠노미야 서에 실종 신고를 했다고 노미야가 말했다.

"솔직히 말씀드리자면 스물일곱이나 된 남성과 연락이 닿지 않는다는 이유만으로 경찰이 움직이지는 않습니다. 하지만 기누가사 씨의 아버님이 우츠노미야 서의 서장님과 대학 동창이라 친분이 있으셨거든요. 가나가와 현청 쪽에서 확인이라도 해 달라며 요청이 와서……. 사정은 이런데 뭔가 알고 계십니까?"

리사는 세 사람의 얼굴을 차례대로 봤지만 다들 당황한 표정을 짓고 있었다. 아무것도 아는 게 없어서가 아닐까.

리사가 이상한 이야기 아니냐고 속닥거리자, 이상한 사람이어서 그렇다고 에미가 답했다.

거실 문이 열리고 안으로 들어온 레나가 손님이냐고 물었다. 아무도 대답하지 않았다.

제3장

사고

1

두 형사는 그 후 1시간 정도가 지나서야 써니 하우스를 떠났다.

노지마와 와타나베는 그 사이에 돌아온 레나, 요코, 그리고 스즈키에게도 이야기를 들었지만 기누가사에 대한 정보는 앞서 이야기한 사람들과 똑같은 수준이라는 사실을 알게 됐다.

현관을 나서자마자 노지마가 뒤돌아보며 사건으로 발전될 가능성은 없는 것 같다고 했다.

"실종 신고만 했을 뿐이지 기누가사 씨의 부모님도 아들에게 무슨 일이 있으리라 생각지는 않으십니다. 실은 경찰도 그렇고요. 말이 좋아 수색이지 솔직히 어디를 수색해 봐야 하는지도 모르겠고⋯⋯. 괜히 번잡하게 해 드려 죄송합니다."

문이 닫힘과 동시에 "와, 놀래라." 하고 말한 스즈키가 입고 있던 운동복을 벗고 티셔츠 차림이 됐다.

"경찰이라고 해서 나는 또 가즈 잡으러 온 줄 알았잖아."

그런 소리 말라며 가즈가 뺨을 세게 비볐다. "너 조심해라." 하고 가즈의 어깨에 손을 올린 와타누키가 다들 커피라도 마시겠냐고 물었지만 요코는 필요 없다고 하며 고개를 저었다.

"난 옷 좀 갈아입고 올게. 갑자기 경찰이라면서 이야기 좀 들려 달라고 하는 바람에—."

요코는 아직 일이 남아 있다고 하며 빠른 걸음으로 2층에 올라갔다. 가즈도 지쳤다면서 그 자리를 떠났다.

"제가 타 올게요." 하고 레나가 주방으로 갔다. 에미가 겨우 들릴 만한 목소리로 "무슨 일일까." 하고 소곤거렸다. 전혀 짐작도 가지 않는다며 리사는 고개를 갸웃했다.

"모르는 게 당연하지."라고 말하며 스즈키가 소파에 자리를 잡았다.

"기누가사 형이 딱 1년 전에 여기를 나갔지? 리사는 이름도 모르는데 어떻게 대답하겠어."

스즈키에게 이 일을 어떻게 생각하느냐고 묻자, 할 얘기가 없다며 기지개를 쭉 폈다.

"내가 기누가사 형보다 1년 늦게 써니 하우스에 들어왔거든. 2년 전 3월이었어. 솔직히 처음 봤을 때부터 나하고는 안 맞겠다고 생각했어. 그쪽은 치렁치렁한 머리에 누가 봐도 밴드 하는 사람이고, 나는 딱 봐도 대학에서 운동하는 레슬링 선수지? 나이도 형이 더 많고 같은 집에 살기 시작했다고 해서 '오늘부터 우린 친구' 이렇게 되진 않잖아?"

에미가 소리 없이 웃으며 스즈키에게 솔직히 말해 보라고 했다.

"둘이 자주 싸웠잖아. 한 번은 서로 주먹다짐도 했지? 내가 말려서 큰 싸움으로 번지지는 않았지만."

스즈키가 입을 비죽 내밀며 주먹다짐 같은 게 아니라고 했다.

"무슨 이유인지 저쪽에서 화가 나서 먼저 때리길래 저도 갚아 준 거예요. 물론 잘 지냈다고 말하기는 어렵지만 그게 사이가 나빴다는 뜻은 아니죠. 좋다 나쁘다를 따질 정도의 교류가 없었거든요. 다들 비슷하잖아요?"

"기누가사는 일주일 중 절반 이상 이곳에 없었으니까."라며 와타누키가 고개를 끄덕였다.

"악기점에서 일하면서 밴드 멤버들하고 연습도 하고 라이브도 했잖아. 친구도 그럭저럭 있었을 거고. 나보다 한 살 많지만 정말 활기차게 사는구나 생각했어. 밤에도 늦게까지 안 돌아오고, 아침에 들어왔나 싶으면 낮에 또 나가는 식이었으니……. 주체 못 할 정도로 에너지가 넘쳤었나? 잘은 모르겠지만."

이야기를 듣고 써니 하우스 안에 친한 사람이 없었다는 사실은 리사도 어렴풋이 눈치챘다.

"오빠도 예전에 한 번 엄청 화냈으면서."

와타누키 옆에 앉은 에미가 한쪽 눈을 찡긋했다. 와타누키가 쿠션을 퍽퍽 치며 그럴 수밖에 없었다고 했다.

"아까도 누가 그랬지. 에미였나? 기누가사는 규칙을 하나도 안 지켰잖아. 셰어하우스에 산다고 해서 다들 사이좋게 지내야 한다고 생각하진 않아. 그건 개인의 사고방식이지. 근데 그 녀석은 최소한의 일도 안 했잖아. 그 녀석이 한 번이라도 쓰레기 내놓은 적 있어? 먹은 그릇도 씻지 않고 다 마신 페트병은 근처에 아무렇게나 내버려 두고……. 한마디하는 게 당연하지."

오빠가 시어머니냐며 에미가 큰 입을 활짝 벌리고 웃었다. 커피 다 됐다며 레나가 트레이로 가져온 컵을 사람들 앞에 나란히 내려놓았다.

와타누키와 에미, 그리고 스즈키 세 사람이 기누가사를 헐뜯기 시작했다. 리사와 레나는 당사자를 모르니 가만히 듣고 있을 수밖에 없었다.

마지막으로 와타누키가 셰어하우스에서 살 사람이 아니었다고 말했다.

"생판 처음 보는 사람들끼리 한 지붕 아래에서 사는데 상식도 안 지키면 어떻게 되겠어. 항상 생글생글 웃는 얼굴로 분위기 맞추라든가 그런 걸 강요할 생각은 없는데, 그래도 혼자 사는 게 아니니까 제멋대로 행동하면 곤란하지. 이제 와서 하는 말인데, 취해서 큰 소리로 노래를 부르질 않나, 방에서 볼

륨을 최대로 해 놓고 헤비메탈 음악을 틀지 않나……. 나가
줘서 얼마나 후련했는데."

그런 말을 할 정도냐며 스즈키가 쓴웃음을 지었다. "좀 심
했나." 하고 자리에서 일어난 와타누키가 잘 자라고 손을 흔
들며 인사한 뒤 방으로 돌아갔다.

스즈키와 에미가 그 뒤를 따라 방으로 돌아가고, 자리에 남
은 리사와 레나가 커피를 마시고 남은 잔을 정리하기로 했다.
물에 헹궈 식기세척기에 넣기만 하면 되니 딱히 귀찮은 일은
아니다.

의외였다고 리사가 레나에게 소곤거렸다.

"와타누키 오빠……. 더 냉정해 보인다고 해야 하나, 차분
한 사람이라고 생각했는데 기누가사라는 사람은 되게 나쁘게
말했지."

레나가 커피잔에 남은 물기를 닦으며 "그 사람, 기분파잖
아."라고 말했다.

"셰어하우스는 정말 맞는 사람이 있고 아닌 사람이 있으니
까. 리사도 그 방송 봤지? 약간 동경한다거나 그런 마음도 있
었지? 나도 그랬어."

"뭐, 그렇지."

그래도 역시 현실은 다르다며 레나가 실망한 듯 어깨를 으
쓱했다.

"한 번 삐끗하면 나중에 엄청 성가셔져. 결국은 남이잖아?

사소한 일 때문에 마음이 틀어져서 고작 그런 일로 결국에는 말도 안 섞는다든가 하는 일이 흔하대. 와타누키 오빠 말이야, 가끔 저래. 좋은 사람 같아 보이지만 실은, 되다 만 인간이잖아?"

"되다 말았다니?"

"스물여섯인데 아직도 아르바이트나 하면서 살잖아."라며 레나가 조심스럽게 소리를 낮추고 말했다.

"프로 서퍼가 되겠다느니 알아먹지도 못할 소리를 하는데 당연히 말도 안 되지. 제대로 연습도 안 하는 전형적인 육지 서퍼야. 당연히 미래가 불안할 수밖에 없지. 지금은 즐겁겠지만 순식간에 서른이잖아. 정말 어쩔 거야? 계속 여기에 있을 수도 없는데."

리사는 속으로 그런 생각을 했다는 사실에 놀라며 식기세척기 안에 커피잔을 가지런히 정리해 넣었다. 의외라면 의외였다.

레나는 해맑은 여동생 같은 이미지라 어떤 의미에서는 아무 생각 없는 아이처럼 보였는데 그렇지만은 않았나 보다.

키도 크고 잘생겼지만 그런 장점은 유통 기한이 짧다고 말하며 레나는 핸드 타월에 손을 닦았다.

"리사도 조심해. 둘이서만 드라이브 가자든가, 밥 먹으러 가자든가, 분명히 그런 식으로 접근할 거야. 나한테도 그랬거든. 바람둥이인 거 너도 어렴풋이 눈치챘지?"

맨날 헌팅하기 바쁘다고 가즈 오빠도 그랬다며 리사는 고개를 끄덕였다.

"그래, 인기 있는 거 알아. 쇼난에서 서핑 한다고 하면 걸려드는 여자도 있겠지. 근데 써니 하우스에서도 그런다고? 나빠 보이진 않았는데 사람이 좀 달라 보인다."

"에미 언니하고……그런 관계인 건 알아?"

"역시 그랬구나." 하고 리사는 식기세척기 뚜껑을 닫았다. 여자들만의 비밀 이야기는 왜 이리도 흥분되는 걸까.

"정식으로 사귄다거나 그래 보이진 않는데 확실해."

리사는 얼굴을 찌푸린 레나에게 요코 언니는 어떠냐고 물으며 천장을 가리켰다. 와타 오빠 타입이 아니라고 말하며 레나가 어깨를 으쓱했다.

"요코 언니는 좀 무서워하잖아. 나이도 위고, 보면 늘 조심스럽던데. 뭐, 뒤에서는 험담 엄청 하지만. 안경잡이 아줌마라느니, 실제로는 서른 넘은 아줌마가 확실하다느니……. 아무튼 그 인간, 어린 여자만 좋아하니까 너도 조심하는 게 좋아. 대놓고 노리던데, 뭘."

"맙소사." 하고 리사는 절레절레 고개를 흔들었다. 와타누키가 여자에게 인기가 많고 여자를 대하는 데 익숙한 타입이라는 건 알았지만 리사는 오히려 그런 부류의 인간이 거북했다.

써니 하우스에 입주한 뒤로 와타누키가 신경을 많이 써 주고 있다는 사실도 알았고 고맙기도 했다. 하지만 그렇다고 해서 연애 대상이 될 수는 없다.

리사는 확실히 또래보다 늦은 편에다 사람에게 선뜻 다가가지 못하는 성격이다. 고교 시절, 다카세 히로시와 교제를 할 때도 손은 잡아 보았지만, 키스까지는 해 본 적이 없었다.

히로시를 좋아했고 상대도 분명 같은 마음이었다. 장거리 연애가 되는 바람에 관계는 자연스럽게 흐지부지됐지만, 아직 잊지 못했다. 와타누키가 무슨 말을 하건 마음이 움직일 리 없다.

레나가 허둥대며 "오빠가 싫어서 한 말은 아냐." 하고 눈을 계속 끔벅거렸다.

"다들 착하고 좋은 사람들이야. 불만이라기보다……. 그냥 네가 잘 모르는 일도 많다고 말해 주고 싶었던 것뿐이야."

안다고 대답한 뒤 리사는 계단으로 향했다. 레나가 와타누키를 좋아하는 것 같은 감이 왔다.

매일 와타누키를 보고 있으니 그만큼 잘 아는 것이 아닐까. 어쩌면 레나가 고백을 하고 차였는지도 모른다.

하지만 여자들에게는 본심을 묻지 말라는 암묵적인 규칙이 있다. 본인이 밝히지 않는 한 이쪽에서는 아무 말도 해서는 안 된다.

계단을 올라가고 있는데 레나가 뒤에서 불을 껐다. 써니 하우스는 고요했다.

2

다음 날인 화요일부터 주말까지는 눈이 빙글빙글 돌 정도로 바빴다.

오리엔테이션도 아직 다 끝나지 않은 데다 1학년부터 들어갈 전공 코스를 결정하는 데 필요한 교수 상담회도 남아 있었다. 교수들이 각자 본인의 수업 내용을 설명해 주는데 선택을 잘못하면 나중에 힘들어질 수 있어서 멍하니 듣고 있을 수만은 없었다.

니가타에서 리사가 다녔던 학교는 사립이라 매일 학교 측에서 정한 시간표대로 수업을 받았지만, 대학에서는 필수 과목을 제외한 일반교양 과목이 선택제였다.

매일 지켜야 할 시간표는 본인이 직접 짜야 했다. 익숙하지 않은 일이라 더욱 신경이 쓰였다.

그 외에도 페이스북을 통해 동아리 권유를 받았는데 그쪽에도 답을 해야 했다. 얼굴도 이름도 모르는 사람들이지만 양쪽을 다 아는 친구를 통해 인터넷상에서 친구가 되었는데 대부분이 니가타 현 사람이었다. 최근에는 그런 식으로 모집하는 일이 많다며 스즈키가 가르쳐 주었다.

동아리에 들어갈 마음은 처음부터 없었다. 모처럼 니치가 쿠인에 들어왔으니 공부에 무게를 두고 싶었고 무엇보다 시간적으로나 경제적으로나 여유가 없었다.

부모님께 용돈을 받고 있지만 힘들게 보내주시는 돈임을 알고 있었다. 그래서 집세는 어쩔 수 없어도 생활비는 스스로 해결하자고 입학 전부터 마음먹고 있었다.

주말인 금요일 저녁에 학교에서 돌아와 보니, 스즈키와 에미, 그리고 레나가 거실에서 느긋하게 쉬고 있었다. 마침 잘됐다며 세 사람에게 아르바이트에 대해 의논하려고 하자 에미가 두 손을 들며 자기는 이야기에서 빠지겠다고 했다.

"이래 봬도 간호사잖아. 아르바이트는 생각해 본 적도 없거든. 어디서 구해야 하는지도 잘 몰라."

레나도 아르바이트는 하지 않아서 잘 모르겠다고 고개를 저었다. 레나는 명문가 출신이 아니면 다닐 수도 없다는 가마쿠라 여자 학원에 재학 중인 여대생이다. 이렇다 할 이야기는 못 들었지만, 그런대로 잘사는 집이 확실했다.

집에서 넉넉히 보내주는 용돈이나 받고 동아리 활동이라는 명목으로 사람들과 여기저기 어울려 다니며 즐거운 하루하루를 보내는 이른바 인싸에 속했다. 아르바이트도 할 필요가 없을 것이다.

써니 하우스에서 지내는 이유도 본인이 말한 것처럼 방송을 보고 동경했기 때문이고 지금 당장은 아니지만 언젠가는 분명히 이곳을 나가리라 어렴풋이 느끼고 있었다.

디자인 회사에 근무 중인 요코, 문구 제조 회사에서 영업 사원으로 근무 중인 하자마도 아르바이트는 고려해 보지 않앉을 것이다. 기회가 있으면 물어봐야겠다고 생각했지만 에미와 마찬가지로 잘 모른다는 대답이 돌아오지 않을까.

와타누키는 아르바이트로 생활비를 벌고 있지만, 프리터에 가까워서 그다지 도움이 되지 않았다.

그렇다면 믿을 사람은 가즈와 스즈키뿐이다. 두 사람 다 현역 대학생이니 그럭저럭 괜찮은 아르바이트 자리를 알고 있을 법하다.

도움이 될지 모르겠다며 스즈키가 고개를 갸웃했다. 어디까지나 레슬링부 활동에 중점을 두고 있어서 임시로 경비원 일만 하고 있다고 했다.

여자가 할 만한 일은 아니라며 스즈키가 미안하다는 듯이 말했다.

"그런 쪽은 가즈가 제일 잘 알아. 그 녀석 한 번에 여러 군데서 일한 적도 있고 학교에 친구도 많거든. 니치가쿠인 학생과에서도 소개해 줄 것 같은데, 가즈한테 물어보는 게 제일 낫지 않을까."

리사는 그럴 것 같다며 고개를 끄덕였다. 가즈는 같은 니치가쿠인 선배이기도 하다. 참견하길 좋아하는 성격이니 다양한 조언을 해줄 것이다.

"써니 하우스에 살면 제일 문제가 되는 게 바로 아르바이트야." 단백질 보충제를 한 모금 마신 스즈키가 입가를 닦았다. "단순히 보면 가마쿠라 중심지에는 조건 좋은 아르바이트가 널렸어. 가지노도 가마쿠라 시에는 속하지만 끄트머리에 있잖아. 가게도 얼마 없고. 강의가 끝난 뒤에 일한다고 하면 저녁 이후에나 가능하지? 그럼 꽤 늦은 시간에 써니 하우스에 돌아와야 할 거야. 아무래도 여자 혼자서 돌아오려면 좀 위험하니까 그 점은 잘 생각해 보는 게 좋아."

"나는 야간 근무도 하는데."라고 말한 에미에게 "누님 걱정은 해본 적이 없습니다!" 하고 스즈키가 경례 포즈를 취했다.

"치한이 나타나도 누나는 흠씬 패서 쫓아 버릴 거잖아요? 근데 리사는 그게 안 되니까."

너무하다며 웃던 에미가 아차 하고 일어섰다.

"오늘 나 야간 근무였어. 준비해야겠다."

"하긴 언덕 위니까." 하고 레나가 방으로 돌아가는 에미의 뒷모습을 보며 고개를 끄덕였다.

"버스도 9시대가 마지막이라 시내에서 돌아오려면 고생할 것 같은데. 나도 늦어질 때는 다른 사람한테 데려다 달라고 부탁하거나 친구 집에서 자고 오거든. 써니 하우스는 이상적인 셰어하우스지만 그게 큰 결점이란 말이야."

"정 안 되면 연락해. 그러면 누군가 차로 데리러 갈 거야. 근데 매일 부탁하기에는 네가 더 부담되지?" 스즈키가 싹 비운 셰이커를 테이블 위에 올려놓았다. "우린 상관없는데 아무래도 미안한 마음이 들 거야. 현실적인 조언을 하자면 토, 일이나 수업이 없는 날에 할 수 있는 일로 범위를 좁혀서 찾는 편이 낫지 않을까."

"수업 없는 날이 없어요." 하고 리사는 휴대폰에 있는 시간표를 열었다.

"역사학부는 출석 관리가 엄격하다고 가즈 오빠가 그랬어요. 1학년이라 교양 수업도 많고⋯⋯. 3학년이 되면 그럭저럭 여유 시간이 생기는 모양이던데."

점점 더 조건이 까다로워진다고 말하며 스즈키가 고개를 끄덕였다.

"나도 레슬링부 후배나 아는 사람한테 물어볼게. 쇼난 체육대는 체육계 대학이라 다양한 분야에 인맥이 있거든. 니치가 쿠인하고 다르게 말도 안 된다 싶은 억지가 통하기도 해. 여대생, 토, 일 근무, 저녁 시간까지, 이런 조건도 흔한 편이니까 되도록 시급이 괜찮은 일자리로 찾아올게."

왜 이렇게 친절하냐며 레나가 놀리듯이 말했다.

"리사한테만 너무 잘해 주는 거 아녜요? 오빠가 저한테 이만큼 잘해 준 적은 없는 것 같은데."

스즈키가 아니라고 하며 콧방귀를 뀌었다.

"와타 형이나 가즈하고 다르게 난 체육계 인간이거든. 후배가 곤란에 처해 있으면 무조건 도와야 한다는 생각이 박혀 있단 말이야. 엄격하면서도 다정한 선배다, 이 말이야. 체육계는 선후배 관계가 생명이거든."

그러고는 곧장 텅 빈 셰이커를 들고 방으로 돌아갔다. 레나가 재미있다는 듯 "쑥스러워하는 거 봤지." 하고 웃었다.

"오빠가 너한테 그런 마음이 좀 있나 봐. 보는 눈이 다른데 뭘."

말도 안 된다며 손사래를 쳤지만 사실 짐작 가는 바가 있었다. 와타누키나 가즈, 그리고 여자들도 친절하게 대해 주고는 있지만 스즈키는 조금 달랐다.

연애 감정은 아니다. 곤란한 사람을 그냥 지나칠 수 없는 성격인데다 리사가 연하라서 내버려 둘 수 없는 것이다. 여동생을 걱정하는 오빠의 마음에 가장 가깝지 않을까.

그런 의미에서 리사도 스즈키와 얘기할 때 가장 편했다. 하자마는 논외고 와타누키는 자신이 남자임을 전면에 내세워 다가왔고, 가즈는 너무 가벼웠다.

써니 하우스의 네 남자 중에 체육계인 스즈키가 제일 남자다웠지만, 본인은 그 점을 별로 내세우지 않았다. 좋은 뜻으로 남자 냄새가 나지 않았다. 리사가 편하게 이야기할 수 있었던 이유 중에 시원시원한 성격도 한몫했다.

"아르바이트는 내가 잘 몰라서 그런데 요코 언니한테도 물어보지 그래? 친구도 제법 있을 거고 무엇보다 나이는 허투루 먹는 게 아냐. 와타 오빠도 그렇고 가즈 오빠도 그렇고, 그래도 뭔가 도움이 될 거야."

"물어볼게." 하고 리사는 고개를 끄덕였다. 창문을 통해 바깥을 보니 주위가 어두워지고 있었다.

3

에미는 야간 근무를 하러 병원에, 스즈키는 레슬링부 야간 연습을 갔다. 거실에서 레나와 텔레비전을 보며 이야기를 하고 있는데 가즈와 요코가 돌아왔다.

"뭐야, 뭐야, 여대생 콤비." 가즈가 평소와 같은 밝은 목소리로 말했다. "둘밖에 없어? 다른 사람들은?"

레나가 화이트보드를 가리키자 "다들 바쁘구나." 하고 리사 옆에 앉았다.

"뭐, 됐어, 됐어. 저기, 저녁은 어떡할까?"

가즈의 질문에 리사는 외려 어떻게 하고 싶으냐고 되물었다. 사람들이 몇 시에 돌아올지 몰라서 저녁은 어떻게 할지 레나와 의논을 시작하려던 참이었다.

"내가 만들까?" 하고 생수를 마시던 요코가 물었다. "오늘은 일찍 오셨네요."라고 말한 레나에게 가끔은 그런 날도 있다며 웃어 보이고는 냉장고 문을 열었다.

"흐음, 저번에 사 온 양고기가 있으니까 구워서 먹자. 리사, 좀 도와줄래? 마카로니 샐러드가 먹고 싶어서 재료는 사 왔어. 일단은 그것부터 시작해 볼까."

리사는 짤막하게 대답하고서 요코 옆에 나란히 섰다. 가즈가 레나의 어깨를 툭툭 치며 무슨 이야기를 하고 있었냐고 물었다.

"고민 상담이요." 그러고는 금세 농담이라고 말하며 레나가 빙긋 웃었다. "아, 근데 완전히 틀린 말은 아닌가? 리사, 아르바이트 찾고 있대요. 근데 가지노에는 아무것도 없잖아요? 오빠, 혹시 괜찮은 데 몰라요?"

아무것도 없다고 할 정도는 아니라고 말하며 가즈가 소파 등받이에 팔꿈치를 걸쳤다.

"조금 멀지만 편의점도 있잖아. 거기는 늘 일할 사람을 구하거든. 학교 주변에는 카페나 패밀리 레스토랑도 있는데 적당히 고르면 되는 거 아냐?"

편의점은 좀 힘들지 않냐고 말한 요코가 양고기를 전자레인지에 넣고 해동 버튼을 눌렀다.

"써니 하우스에서 거기까지 거의 2킬로잖아. 리사는 면허도 없어서 왕복하는 데만 1시간 가까이 걸릴걸. 그럼 피곤해서 아르바이트고 뭐고 아무것도 안 돼."

그럴 수도 있겠다며 가즈는 요코의 말에 순순히 수긍하고 고개를 끄덕였다. "그래도 학교 근처에는 가게가 많던데." 하고 아쉬워하며 리사가 냉장고에서 꺼낸 양상추를 이등분했다.

"생각보다 1학년은 수업이 많아서 공강 시간이 없더라고요. 저녁에 일 끝나고 까딱하다가는 버스가 끊겨서 집에 못 올 수도 있고."

"남자들은 모르겠지만." 하고 운을 떼며 요코가 능숙한 솜씨로 향신료 병을 늘어놓았다.

"운 좋게 막차를 타도 3번가 버스 정류장에 도착하면 9시 반이었나? 주변은 깜깜하고 써니 하우스까지 1킬로도 넘게 걸어야 하잖아. 거기다 지장당부터는 계속 오르막이고 숲에는 가로등도 없어. 그런 곳을 여자 혼자서 걸어가다가 무슨 일이라도 생기면 어쩌려고? 아니면 가즈가 매일 배웅 나가 줄 거야?"

가즈가 머리를 긁적이며 어려울 것 같다고 말했다. 써니 하우스가 지내기는 편해도 교통이 불편하다는 사실은 부정할수가 없다고 하며 요코는 해동된 양고기에 굵게 간 후추를 듬뿍 묻혔다.

"나도 밤길은 여전히 무서워. 집주인이 여기에다 집을 지은 이유는 본인들이 어지간해서는 밤에 나갈 일이 없어서고, 노인들이라 실제로도 크게 불편하진 않았겠지만 우리한테는 좀……. 사실 집세가 저렴해진 이유도 그래서 아니겠어? 어느 쪽을 우선시하냐가 선택의 기준이 되겠지."

리사는 손으로 양상추를 찢으며 어디 아는 곳이 없냐고 묻고는 사람들의 얼굴을 차례차례 들여다보았다. 가즈가 아주 없지는 않다고 말하며 크게 기지개를 켰다.

"결국은 학교 근처나 가마쿠라 중심지밖에 없을 거 같은데. 나도 니치가쿠인 학생이니까 1학년 때 수업이 얼마나 많은지는 알아. 수업 마치고 일을 하겠다고 하면 아무래도 음식점을 고를 수밖에 없고 그럼 꽤 늦은 시간까지 일해야 하거든. 평일은 포기하고 토, 일로 좁히면 어때? 그럼 시내에 있는 가게에도 나갈 수 있을 거고 저녁에 여기로 돌아오는 데도 별문제 없지 않을까?"

문이 열리는 소리에 레나가 반가운 인사로 상대를 맞이하자 칙칙한 얼굴을 한 하자마가 나지막한 목소리로 인사에 답했다. 가즈가 엉거주춤한 자세로 일어나며 어쩐 일이냐고 물었다.

"별일이네요. 형님이 이런 시간에 집에 다 오고⋯⋯. 이제 7시 지났는데요?"

일찍 오면 안 되는 거냐고 웃음기 없는 얼굴로 하자마가 말했다. 가즈가 다시 자리에 앉으며 그런 뜻으로 한 말은 아니었다고 얼버무렸다.

"하자마 씨, 식사는요? 같이 드실래요?"

요코가 말을 걸자 하자마가 아무 말 없이 가방에 손을 넣었다. 가방에서는 편의점 도시락이 나왔다.

"오는 길에 샀어. 난 방에서 먹을게."

요코는 알았다고 하며 고개를 끄덕였다. 가즈가 자리에서 일어나 방으로 향하려는 하자마를 불러 세웠다.

"리사가 아르바이트를 찾고 있거든요. 소개해 줄 곳 없어요? 야마노 근처면 시내보다 가깝고 가게도 제법 있잖아요."

"아르바이트라."라며 하자마가 뒤돌아봤다.

"참 좋으시겠어, 대학생은. 다들 사람을 못 구해서 난리인데. 널리고 널린 게 아르바이트 아닌가? 난 내 일만으로도 벅차서 그런 데에 신경 쓸 여유 없어."

"왜 그런 식으로 말해요." 하고 가즈가 목소리에 날을 세웠다. 요코가 양고기를 뒤집으며 가즈를 말렸다.

"나도 그렇지만 회사에 다니다 보면 그런 일에는 관심이 없어져. 아르바이트 모집 공고를 봐도 나하고 상관없는 일이라면서 무시하게 되거든. 나도 아르바이트 쪽은 잘 몰라. 우리 회사에서 모집하면 몰라도."

묵묵히 듣기만 하던 하자마가 자신의 방으로 들어갔다. 문이 닫히는 소리와 동시에 "기분 더럽네." 하고 가즈가 불평했다.

"아니, 저도 알거든요. 누나도 그렇고 형도 그렇고 회사원이니까 아르바이트는 잘 모르는 게 당연하죠. 근데 저런 말투는 좀 아니잖아요? 동생이다 생각하고 찾아봐 달라는 말까지는 저도 할 생각 없거든요. 근데 저건—."

요코가 신경 쓰지 말라고 가즈를 달래며 끓고 있는 냄비에 마카로니를 넣어 삶기 시작했다.

"사람이 다 같을 수는 없잖아. 저 사람은 자기와 관련된 일 외에는 관심이 없어. 그렇다고 화를 내면 달라지는 게 있을까? 그보다는 가즈가 리사를 더 챙겨 줘야 하지 않겠어? 학

교 후배잖아. 당연히 네가 곁에서 도와줘야 한다고 생각하는
데."

가즈가 일단은 검색해 보겠다며 주머니에서 꺼낸 휴대폰
화면을 쓸어 넘겼다. 요코가 양고기를 프라이팬에 올리자 고
기를 굽는 냄새가 거실에 퍼졌다.

4

방으로 돌아온 리사는 욕조에 물을 채우며 "의외로 어렵구
나." 하고 중얼거렸다.

인터넷으로 알아보니 가지노에도 음식점 등 아르바이트생
을 모집하는 가게는 몇 군데나 있었다. 학교 주변, 혹은 가마
쿠라 중심부로 범위를 넓히면 셀 수도 없을 정도였다.

다만, 시급이나 근무 시간 등을 고려하면 애매한 곳들뿐이
라 입맛에 딱 맞는 일자리는 보이지 않았다. 근무 요일은 토,
일로 한정되고 퇴근 시간이 늦어지는 일도 불가능했다.

낮 시간대는 시급이 낮았다. 배부른 소리를 할 수 있는 처
지는 아니지만 조금이라도 조건이 좋은 아르바이트를 원하는
마음은 대학생이라면 누구나 같을 것이다.

10시 전에 집으로 돌아온 와타누키가 리사는 예쁘니까 토
킹 바에서 일하면 어떻겠냐고 제안했다. 곧장 농담이라며 웃
었지만 리사는 웃을 수 없었다.

같은 고등학교를 졸업한 선배 중에 도쿄나 타 지역 대학으로 진학했지만 어렵게 생활하는 사람들이 있다는 말은 들었다. 그중에는 토킹 바나 유흥업소, 혹은 원조 교제까지 하는 사람도 있다고 했다. 그렇게까지 하지 않으면 생활을 이어나갈 수 없는 것이 여대생의 진짜 현실이었다.

그런 여대생들이 처음부터 불량했다면 그나마 이해할 수 있다. 그렇지 않고 대학에 진학해 그럭저럭 성적도 좋고 품행도 올발랐다. 하지만 다른 방법이 없어서 물장사나 풍속업에 발을 들이게 된 사람들이 있다.

저마다 다양한 사정이 있으니 쉽게 옳다, 그르다고 할 수는 없다. 다만 자신은 그렇게 되고 싶지 않았다. 편하게 돈을 벌 수 있을지는 몰라도 뭔가 아니라는 생각이 들었다.

리사의 집도 가난하다고 할 정도는 아니다. 부유하다고 할 수 없을지는 몰라도 평균적인 생활은 했다.

그렇지만 딸을 대학에 보내 입학금과 수업료 등을 지불하고 집세와 생활비까지 보내려면 부담이 꽤 컸다.

"양극화 사회구나." 하고 한숨을 쉬던 그때, 누군가 방문을 두드리는 소리가 들렸다. 11시에 가까운 시간이었지만 지금까지도 자주 있었던 일이라 대수롭지 않게 생각했다.

문을 여니 운동복을 입은 스즈키가 서 있었다. 세 명의 여자 입주민 중 하나일 거라고 생각했던 터라 깜짝 놀라며 소리를 지르고 말았다.

미안하다며 스즈키가 두 손을 모아 사과했다.

"학교에서 연습하느라 지금 왔어. 늦은 시간에 찾아와서 미안."

리사는 괜찮다고 하며 문을 조금 더 활짝 열었다. 스즈키의 운동복에는 땀이 배어 있었다.

"금방 끝날 이야기라……. 왜, 아까 내가 나가기 전에 아르바이트 찾는다고 했었지? 그래서 연습하러 온 부원들한테 물어봤거든. 어디 괜찮은 아르바이트 자리 없냐고."

미안해하며 고개를 숙이는 리사에게 서점은 어떠냐고 스즈키가 물었다.

"서점이요?"

"후배 중에 오카와라는 애가 있는데 걔 친구가 거기서 아르바이트를 한대. 이름이 뭐더라……. 아니 뭐 됐고, 아무튼 그 녀석 근무 시간이 꽤 **빡빡**해서 평일에는 거의 매일 서점에서 일만 한대. 뭐 어쨌거나 체육대라서 제대로 수업에 안 나오는 녀석들은 널리고 널렸거든. 동아리 활동도 안 하는 녀석들은 다들 시간이 남아돌아서 주체를 못 할 지경이니까."

정말 그렇냐며 웃는 리사에게 사실이라고 말하면서 스즈키는 한심하다는 표정으로 머리를 긁적였다.

"동호회 같은 곳은 물론이고 정식 동아리에 들어가지 않은 녀석들도 많아. 우리 애들처럼 동아리 활동만 하는 것도 좀 그렇지만. 레슬링부 같은 경우에는 일요일 외에는 24시간 체재로 연습한단 말이야. 완전 악덕 동아리지." 이야기가 옆길로 새어 버렸다며 스즈키는 또다시 머리를 긁적였다. "아무튼 그 서점에서 토, 일에 일할 사람을 찾고 있대. 시급은 천엔, 높은 편은 아니지만 그렇게 낮은 편도 아니지. 시간도 얘기해서 조정할 수 있다는데 어떻게 생각해?"

리사는 서점이라는 말에 기꺼이 하겠다며 고개를 끄덕였다. 원래 독서를 좋아했고 니가타에서 살았을 때는 학교에서 돌아오는 길에 거의 매일 서점에 들렀었다. 물론 손님과 아르바이트생은 입장이 다르지만 그래도 적응하기 쉬울 것 같았다.

내일도 하루 종일 연습이 있다며 스즈키가 고개를 좌우로 꺾었다. 우두둑우두둑 믿기지 않을 정도로 큰 소리가 났다.

"근데 일요일은 오전에만 자율 연습이고 그 후에는 자유 시간이거든. 오카와한테는 내일 얘기해 둘 테니까 일요일 오후에 만나서 같이 서점에 가자."

그렇게까지 할 필요는 없다며 리사는 고개를 저었다.

"저 혼자 갈게요."

사양할 필요 없다며 스즈키가 하얀 이를 드러내고 웃었다.

"그 서점이 우리 학교 근처라서 얼마 걸리지도 않아. 소개하는 사람 체면이 있지. 오카와한테 모범을 보이려면 내가 그 자리에 있어야 하지 않겠어? 선후배 관계라는 게 참 어려워. 후배는 선배 명령에 따라야 하지만 이쪽에서 손 놓고 구경만

하면 불만이 생기기 마련이거든. 네가 어떻게 생각하는지는 모르겠지만 나도 서점 정도는 가. 뭐, 만화밖에 안 보지만 진짜거든."

그럼 부탁드리겠다고 하며 리사는 다시 한번 고개를 숙였다. 나만 믿으라고 말하며 스즈키가 두 팔에 알통을 만들었다.

"오카와한테는 친구도 데려오라고 부탁해 둘게. 마치면 1시 정도 될 것 같은데 구체적으로 이야기가 되면 내일 라인으로 연락할게."

써니 하우스 입주민들과 라인 아이디는 전부 주고받은 상태였다. 늦은 시간에 찾아와서 미안했다며 스즈키가 한 발 뒤로 물러섰다.

"서점 쪽에서도 급하게 사람을 찾고 있다더라. 서두르지 않으면 다른 사람을 뽑을 수도 있다고 해서 일단 확인 정도는 해 두고 싶었어. 이제 자려던 참이지?"

그렇다고 리사는 대답했다. "내일 라인 보낼게."라고 말한 스즈키가 리사 쪽으로 얼굴만 쑥 들이밀었다.

"있잖아, 그러니까 말이야, 그……너만 괜찮으면 서점 일 마무리 짓고 그 후에 차라든가, 그 뭐냐……밥이라도 같이 먹을까?"

얼굴을 마주한 채로 두 사람은 동시에 웃음을 터트렸다. 리사에게 호감을 갖고 있다는 사실을 스즈키는 숨길 생각이었겠지만 부끄러워하는 바람에 오히려 티가 나고 말았다.

본인도 그 사실을 안 것 같다. 그러니 웃고 말았던 것이다.

솔직히 리사는 그렇게까지 스즈키를 의식하지 않았다. 아직 써니 하우스에 오고 한 달도 지나지 않았고 대학 생활도 이제 막 시작했을 뿐이다.

새로운 환경에 적응하는 일만 해도 머리가 터질 것 같아서 스즈키에 한해서가 아니라 다른 생각을 할 여유가 없었다.

다만, 호감을 가지고 대해 준다는 사실은 기뻤다. 따지자면 그렇게까지 자신이 좋아하는 타입은 아니지만 거부감이 드는 타입도 아니다. 오히려 친밀함이 느껴졌다.

"저 쇼난 체육대 쪽은 한 번도 가 본 적이 없어서 아는 데가 하나도 없어요. 알아서 데리고 다니셔야 할 텐데 그래도 상관 없다고 하시면 갈게요. 서점 일 하게 되면 제가 감사의 의미로—."

무슨 말이냐며 스즈키가 휘휘 손사래를 쳤다.

"나보다 어린 사람한테 얻어먹다니 내 방침에 어긋나는 일이야. 가게는 내가 찾아 둘게."

들릴락 말락 한 소리로 연락하겠다고 말한 스즈키가 계단을 내려갔다. 리사는 혼잣말처럼 잘 자라고 인사한 후 문을 닫았다.

5

토요일 아침, 1층으로 내려가니 요코와 가즈, 그리고 레나가 제각각 아침을 먹고 있었다. 써니 하우스의 입주민은 대학생도 있지만 직장인도 있다. 와타누키 같은 프리터도 있다.

요코와 하자마처럼 정시에 회사로 출근하는 사람과 간호사인 에미처럼 그날그날 근무 시간이 변경되는 사람은 생활하는 시간대가 달랐다.

에미를 제외한 일곱 명은 기본적으로 토, 일이 휴일이지만, 휴일을 보내는 방법은 저마다 달랐다. 이 세 사람이 같은 테이블에 앉아 있는 일은 드물었다.

"안녕히 주무셨어요." 하고 아침 인사를 한 후 냉장고에서 요구르트를 꺼냈다. 토스트 먹을 생각은 없냐고 가즈가 말을 걸었다.

"이상하게 엄청 배가 고파서 일어났거든. 먹다 남긴 볶음밥을 먹었는데 그래도 모자라는 것 같아서 토스트 두 장을 구웠더니 갑자기 먹고 싶은 마음이 딱 사라지지 뭐야. 손은 안 댔으니까 먹고 싶으면 너 먹어."

리사는 괜찮다고 하며 고개를 가볍게 저었다. 체면치레 때문이 아니라 아침에는 늘 시리얼과 요구르트만 먹었다. 고등학교 때부터 계속된 습관이다.

요코는 커피와 오렌지 주스, 스크램블 에그와 샐러드를 먹고 있었다. 그것도 평소와 똑같았다.

정해진 메뉴를 먹는 습관은 모두 다 비슷했다. 매일 메뉴를 고민하기가 귀찮아졌기 때문이 아닐까.

버터와 잼을 듬뿍 바른 크루아상을 먹고 있던 레나 옆에 앉아 숟가락으로 요구르트를 휘저었다. "에미 언니는 정오까지 근무래."라고 레나가 말했다.

"간호사도 진짜 힘들겠어. 야근하면 낮에 돌아와 봤자 피곤해서 아무것도 못 한다고 투덜거렸거든."

다른 사람들은 어디 갔냐고 물으니 "와타 형은 바다."라고 대답하며 가즈가 창밖을 가리켰다.

"파도 좀 보고 오겠다는데 웃음 참느라 진짜 고생했어. 뭔 폼을 잡고 난리야……. 스즈키는 학교에 레슬링 연습하러 갔어. 하자마 형님은 자고 있고."

커피를 마시던 요코가 안경을 벗고 눈가를 닦았다.

"평소에는 토요일에도 부지런히 나가더니 오늘은 쉬는 거야? 가즈가 이런 시간에 일어나는 일 자체가 드문데, 오늘은 비가 오려나."

눈이 올지도 모른다며 가즈가 진지한 얼굴로 말했다. 레나가 리사 쪽으로 고개를 돌려 오늘 일정은 어떻게 되냐고 묻자, 수강 신청도 하고 담당 교수도 정해야 한다고 리사가 대답했다.

"수강 신청은 학교로 메일만 보내면 끝인데 교수님은 좀 진지하게 고민해야 할 것 같아서……. 잘못하면 그거 하나로 4년 동안의 학교생활이 결정될 수도 있대. 월요일 안에 결정해야 하는데, 지금 그게 제일 고민이야."

역사학부는 힘들겠다고 하며 가즈가 토스트를 반으로 찢었다. 먹을 마음이 든 모양이다.

"우리 학교 대표 학부라 그런지 다른 학부하고 분위기가 완전 달라. 나는 상학부라서 조언이고 뭐고 아무것도 못 해 주지만…… 그래도 리사가 공부해 보고 싶은 시대가 있을 거 아냐? 근세인지 중세인지, 아니면 더 예전 시대인지. 어떤 쪽에 관심이 있느냐, 어떤 쪽으로 공부해 보고 싶으냐에 따라 또 달라지잖아. 그리고 교수님과 궁합이 맞냐 안 맞냐 그런 문제도 있지 않아? 중세 담당인 스기야마 교수님은 꼭 피해야 한다거나 그런 얘기도 있잖아, 너도 들었겠지만."

근대 역사 담당인 구리하라 교수님은 학점을 짜게 주기로 유명하다며 리사가 빼꼼 혀를 내밀었다.

"우*는 절대로 안 주고 양도 드물대요. 근데, 반대로 구리하라 교수님 세미나 출신이라고 하면 그 자체로 믿을 만한 사람이다, 뭐 이런 식으로 받아들여지기도 한대요."

결국은 본인이 뭘 하고 싶은지가 중요하지 않겠냐고 말한 요코가 신문을 반으로 접고 리사 쪽으로 몸을 돌렸다.

"가마쿠라도 이 지역과 관련된 역사에 관심이 있어서 좋아하는 거지? 예를 들면 겐페이기부터 해서 무로마치 시대 같은."

---

* 성적을 수, 우, 양, 가, 불가로 나눈다.

"그렇기는 한데." 하고 리사는 고개를 끄덕였다.

"요즘에 갑자기 무로마치 시대가 사람들한테 인기 있잖아요. 관련 도서가 베스트셀러에 오르면서 그렇게 됐다는데 유행에 편승하는 기분이라 좀 별로더라고요."

레나가 그런 거 신경 쓸 필요 없다고 하며 커다란 컵에 가득 담긴 우유를 한 모금 마셨다.

리사가 레나의 말에 수긍하며 고개를 끄덕이던 그때, 청바지 주머니에서 작은 소리가 들렸다. 라인이다.

'오카와랑 얘기해 봤어. 내일 1시, 쇼난 체육대 정문 앞에 있는 부치라는 카페에서 만나기로 했어. 오카와 친구도 그쪽으로 갈 거라니까 이야기는 빨리 끝낼 수 있을 거야.'

메시지 바로 뒤에는 스마일 이모티콘이 첨부되어 있었다. 알았다는 메시지와 함께 리사도 브이 이모티콘을 보냈다.

이제 막 9시가 지난 참이라 이야기가 꽤 빨리 끝났다며 놀랐는데, 생각해 보니 레슬링부 아침 연습이 6시부터라고 들은 적이 있다. 아마도 그 사이에 후배와 이야기할 시간이 있었던 모양이다.

낑낑대며 주머니에 휴대폰을 집어넣는데 레나가 얼굴을 자세히 들여다보며 "너 왠지 히죽대는 것 같다?"라고 말했다.

"설마 학교에서 운명적인 만남이라도 있었어? 역사학부 남학생이야?"

정말이냐고 놀라며 가즈가 대화에 끼어들었다.

"너 이거 아주 중요한 충고니까 잘 들어. 까놓고 말해서 역사학부 남자는 글렀으니까 포기해. 그놈들은 죄다 역사 덕후에다 거기서 증세가 더 심각해지면 자기를 '소생'이라 부르는 놈들이야. 내가 더 심한 말은 안 할 테니까 역사학부 남자만큼은 포기해."

그럼 어느 학부 남자가 괜찮으냐고 레나가 묻자 가즈가 의기양양하게 가슴을 펴며 "당연히 상학부지."라고 대답했다.

그러자 말도 안 되는 소리라며 요코가 쓴웃음을 지었다.

"가즈가 유급도 안 하고 4학년까지 올라갈 수 있었던 학부잖아. 수업에 제대로 들어간 적도 거의 없지? 영 믿음이 안 가."

언어폭력이라고 외치며 가즈가 머리를 감쌌다. 그 모습을 보며 리사는 셰어하우스가 참 좋은 곳이라고 생각했다.

만약 혼자 살았다면 아침에도 혼자였겠지. 이야기를 나눌 사람이 없으니 빈둥대며 시간을 보냈을 거고.

본가에 살았을 때도 그랬지만 부모님과 함께 아침 식사를 하는 경우는 거의 없었고, 있다 하더라도 이야기꽃을 피우는 일은 없었다. 중얼중얼 성의도 없이 그저 형식적인 대화만 나누었다.

몇 시에 자고 몇 시에 일어날지, 그 날을 어떻게 보낼지는 스스로 정해야 했지만, 셰어하우스에는 알게 모르게 암묵적인 규칙이 있어서 그에 맞춰 행동하게 됐다. 주변에 휩쓸리기 쉬운 성격이라서 자신에게는 그 편이 더 잘 맞았다.

이곳에는 동료들이 있다. 즐거운 시간을 보낼 수 있다. 고독함을 느낄 일도 없다.

가즈가 아르바이트를 다녀오겠다는 인사와 함께 집을 나섰고, 요코와 레나는 방으로 돌아갔다. 리사는 식사 후에 나온 식기를 정리하며 내일은 무슨 옷을 입고 가면 좋을지 고민했다.

6

일요일 오후 12시 반, 리사는 아사히 정에 있는 쇼난 체육대학 앞 버스 정류장에서 내렸다. 마음이 급해서 서둘렀던 것은 아니고, 지각하면 안 된다고 생각해서 조금 일찍 써니 하우스를 나섰더니 원래 타려던 버스보다 앞선 시간대의 버스를 탈 수 있었다.

약속 시간보다 30분 일찍 도착했지만 상대를 기다리게 하는 것보다는 기다리는 편을 좋아했기 때문에 딱히 신경 쓰지는 않았다.

스즈키가 보낸 메시지에 있던 부치라는 카페는 곧바로 알아봤다. 학교 정문 바로 맞은편에 있는 낡은 가게였는데, 요즘에는 좀처럼 볼 수 없는 기와지붕이 얹혀 있었다.

가게 안은 넓었지만 손님은 다 셀 수 있을 정도로 적었다.

점심시간이라 붐비지는 않을까 걱정했는데 부치는 쇼난 체육대학 사람들의 전용 가게였는지 일요일에 더 여유가 있었다.

창가 자리로 안내를 받은 후 밀크티를 주문하자 얼마 지나지 않아 커버를 씌운 티 포트와 잔이 테이블로 옮겨졌다. 건물은 낡았지만 꽤 세련된 가게였다.

집에서 가져온 책을 읽으며 밀크티를 마셨다. 독서를 좋아하는 사람들은 집중하면 시간 감각이 사라진다는 공통점이 있다. 정신을 차리고 보니 어느덧 1시가 지나 있었다.

혹시 몰라 라인으로 도착했다는 메시지를 보냈다. 스즈키는 오늘 아침에도 자율 연습을 하러 학교로 간다고 했으니 조금 늦을 수도 있다고 생각했다.

그건 상관없었지만 후배라는 사람과 그 친구를 이 가게에서 만나 그대로 서점 아르바이트 면접을 보러 가기로 했으니, 너무 늦으면 곤란한 상황이 생기게 될까 봐 그게 더 걱정이었다.

가만히 화면을 몇 분 동안 지켜보았지만 읽음 표시는 뜨지 않았다. 어쩔 수 없이 창밖으로 눈을 돌렸다.

가즈 혹은 와타누키가 이렇게 늦었다면 대수롭지 않게 생각했겠지만, 스즈키는 시간을 잘 지키는 타입이라고 생각했다.

레슬링부는 리사 머릿속에서 군대에 가까운 이미지였다. 5분 전 집합이 당연한 세계.

리사도 고등학교 때는 응원단에 들어갔었지만 화려한 분위기와 달리 실제로는 완전히 체육계였다. 가즈나 와타누키에 비해 스즈키에게 친밀감을 느꼈던 이유는 그 때문이다.

그래서 더욱 남자로 의식하지 않았는지도 모른다. 동아리에는 남자도 여자도 없으니까.

어쩔 수 없이 다시 책을 펼쳤지만 이번에는 집중이 되지 않았다. 1분마다 홈 버튼을 눌러 답장이 오지 않았는지 확인하는 사이에 1시 반이 되어 있었다.

당황스러워서 가게 안을 둘러봤다. 가게를 착각했나?

그럴 리가. 부치라는 이름의 가게가 또 있을 리는 없고 쇼난 체육대학 정문 앞이라고 하면 여기밖에 없을 텐데.

약속을 잊어버렸나 하는 생각도 잠깐 했지만 스즈키의 성격으로 미루어 보아 그렇다고 보기는 어려웠다. 어젯밤 써니 하우스에서 마주쳤을 때도 "내일 1시 맞지?" 하고 몇 번이나 확인했을 정도다.

써니 하우스 사람과 단둘이 밖에서 만나는 일은 처음이라 방송 촬영을 하는 것 같은 기분이었다. 아르바이트 자리 소개가 목적이라지만 함께 밥을 먹자는 약속도 했다.

나름 신경 써서 화장을 하고 평소 아끼던 원피스도 골라 입었다. 즐거운 하루가 되리라는 예감이 들었다.

그것은 스즈키도 마찬가지라 생각했고 그래서 약속을 잊을 줄은 몰랐다. 피치 못할 사정이 있어서 늦는다 해도 연락은 했을 텐데.

"저, 실례합니다. 혹시 후지사키 씨인가요?"

눈앞에 두 남자가 서 있었다. 한 사람은 STU라는 글자와 로고가 들어간 바람막이를 입고 있다. STU는 쇼난 체육 대학의 약칭이다.

"저는 오카와라고 합니다. 쇼난대 2학년이고 스즈키 선배의 레슬링부 후배입니다." 오카와는 옆에 있는 남자를 가리키며 이치키라고 소개했다. "레슬링부는 아니고 저하고 같이 온 친구입니다."

서점에서 아르바이트를 하고 있는 분이냐고 묻자 그렇다고 대답하며 고개를 끄덕인 오카와가 스즈키 선배는 아직 안 오셨냐고 물었다. 자기도 기다리던 중이라고 말한 리사는 맞은편 자리로 시선을 돌렸다.

"이 가게에서 만나 후배와 친구를 소개한 다음 곧장 면접을 보러 가자고……. 1시에 보기로 약속했는데 아직 안 오셨어요."

자리에 앉은 두 사람이 동시에 휴대폰을 꺼냈다. 1시 40분이 되어 있었다.

"저희도 그러면 되겠다고 생각했거든요, 그렇지?" 하고 오카와가 이치키에게 동의를 구했다. "저도 스즈키 선배도 점장님하고 직접적으로 아는 사이는 아니라서 이 녀석한테 중간 역할을 해 달라고 부탁했거든요. 근데 이상하다, 왜 아직 안 오셨지."

"나는 상관없는데." 하고 이치키가 입을 열었다. 키는 크지만 몸은 믿기지 않을 정도로 말랐다. 목소리도 여자처럼 높았다.

"점장님이 지금 기다리고 계시잖아. 좋은 분이시긴 한데 시간에는 엄격하셔서……. 1시 반에 가겠다고 말씀드렸는데 이러면 좀 곤란해. 가게까지 여기서 5, 6분 정도 걸리는데 2시에 도착하게 되면 면접이고 뭐고 없을걸."

"오빠한테 연락은 해 보셨어요?"

리사의 질문에 오카와가 휴대폰 화면을 열었다. 라인 화면에 '도착!'이라는 글자가 보였다. 메시지를 보낸 시각은 12시 45분이었지만 읽음 표시가 없었다.

오카와는 부지런한 성격인지 그 후로도 5분 간격으로 스즈키에게 메시지를 보낸 상태였다.

'이치키도 도착했어요', '뭐라도 마시고 있을게요', '1시에요', '아직 안 오셨어요?', '지금 어디세요?', '재촉하는 건 아니고'.

하나같이 읽음 표시가 없었다. 어떻게 된 일일까.

자신도 라인 보냈다며 리사도 자신의 휴대폰을 보여줬다. 숨길 만한 이야기는 없었다.

"휴대폰을 안 보시나."라며 오카와가 고개를 갸우뚱했다.

"그러진 않으실 텐데. 오늘 일요일이라 연습도 쉬는 날이고……."

아침 연습을 하러 간다고 들었다며 리사는 휴대폰에서 손을 뗐다.

"자율 연습이라고 하던데……. 지금 학교일까요?"

"레슬링이라 매트도 필요할 거고, 근력 운동용 기구 같은 것도 있으니까요. 그나저나 선배는 진짜 이상한 사람이에요. 레슬링을 대체 얼마나 좋아하는 건지. 매일 하는 연습만 해도 저는 녹초가 돼서 평소 같으면 일요일에는 하루 종일 자거든요. 4학년 중에 자율 연습 하는 사람은 스즈키 선배 말고는 들어 본 적도—."

갑자기 리사의 휴대폰이 울렸다. 번호 표시에 레나의 이름이 떴다.

"리사? 너 지금 어디야?"

목소리가 떨리고 있었다. 쇼난 체육 대학 근처라고 리사는 대답했다.

"스즈키 오빠가 아르바이트 소개해 준다고 해서 만나기로 했어. 근데 오빠가 아직……."

진정하고 들으라며 레나가 목소리를 낮췄다.

"있잖아, 나도 자세히는 모르는데 와타 오빠가 경찰한테서 연락을 받았거든."

"경찰?"

"어떻게 된 일인지는 모르겠는데 스즈키 오빠가 죽었

대……."

"……그게 무슨 소리야?"

"그러니까 나도 잘 모른다고 했잖아."라며 레나가 비명처럼 소리를 높였다.

"학교 동아리방에 죽어 있는 걸 발견했다고 했나, 아무튼 그런 식으로 말했대……. 어떻게 된 일인지는 아직 잘 모르나 봐. 와타 오빠랑 가즈 오빠가 쇼난 체육 대학으로 가겠다고 해서 요코 언니랑 같이 차로 출발했어. 그쪽에서 신원 확인을 해 달라고 했나 봐. 지금 집에는 나밖에 없어서 어떻게 해야 할지 전혀 모르겠는데—."

"저기요." 하고 오카와가 리사를 불렀다.

"살짝 들렸는데……. 스즈키 선배한테 무슨 일 생겼어요?"

리사는 잠시 기다려 달라고 한 다음 휴대폰을 귀에 바짝 댔다. 휴대폰에서는 레나가 훌쩍거리며 우는 소리만 들렸다. 레나를 불러 봤지만 대답은 없었다.

"……셰어하우스 쪽에 경찰이 연락을 했다는데요."

자신의 목소리가 멀리서 들려오는 것 같은 착각이 들었다.

"확실하지는 않은데 스즈키 오빠가 동아리방에 죽어 있었다나 뭐라나, 그런 소리를 했다고……. 같이 셰어하우스에 살고 있는 사람이 학교 쪽으로 오고 있다고 그러던데, 설마 그런 일이—."

무슨 말인지 이해가 안 된다며 오카와가 고개를 세차게 저었다.

"동아리방에 스즈키 선배가 죽어 있었다고요? 무슨 말도 안 되는 소리예요. 선배가 죽다니, 절대로 그럴 리 없어요."

같은 생각이라고 하며 리사는 고개를 끄덕였다. 스즈키는 레슬링부 주장이다. 죽음 따위는 상상조차 할 수 없었다.

직접 전화해 본다며 오카와가 휴대폰을 든 순간 전화가 걸려왔다. "모르는 번호인데." 하고 중얼거리며 화면을 쓸어 넘겼다.

일어서 있던 오카와가 순간 그대로 자리에 주저앉았다. "정말입니까." 하고 중얼거리는 목소리가 떨렸다. 경찰에게서 온 전화임을 리사도 직감했다.

천천히 손을 뻗어 요코의 번호를 찾았다. 확인하기가 두렵다. 하지만 확인해야만 한다.

정말일까. 정말로 스즈키가 죽은 걸까.

통화 연결음이 10번 정도 울리더니 음성 사서함으로 넘어갔다. 당황하며 다시 전화를 걸려던 손가락이 멈췄다.

가즈에게서 전화가 걸려 왔다.

"……리사?"

그 목소리를 듣고 사실임을 깨달았다. 리사는 휴대폰을 귀에 댄 채로 자리를 떠났다.

제4장

각자의 추억

1

가게를 나온 직후 오카와의 휴대폰에 전화가 걸려 왔다. 레슬링부 관계자인 듯했다.

고개를 끄덕이던 오카와가 굳은 목소리로 곧 가겠다고 대답하고서는 휴대폰을 운동복 주머니에 쑤셔 넣었다.

"……정말인가 봐요. 감독님이 전화 주셨는데, 동아리방에 죽어 있는 스즈키 선배를 1학년 부원이 발견했대요."

목소리가 떨렸다. 이치키는 말이 없다. 어떤 상황인지 제대로 파악하지 못한 듯하다.

"오늘은 일요일이라 학교에 있는 부원이 아무도 없어서 제가 부치에 있다고 말씀드렸더니 일단 동아리방으로 가 보라고……."

레슬링부의 동아리방은 교정 뒤편에 있다고 했다. 들어온 지 얼마 되지 않은 1학년만으로는 대처하기 난감했을 것이다. 그 상황은 리사도 상상이 갔다.

"지금 감독님은 요코하마에 있는 자택에 계신대요. 금방 도착하겠지만 학교 직원한테도 연락해야 한다고 말씀하셨어요. 도착할 때까지 일단은 저보고 대처하라고. 죄송한데 저, 가 봐야 할 것 같아서……."

리사는 오카와에게 함께 가겠다고 했다. 와타누키와 가즈도 쇼난 체육 대학으로 향하고 있다. 자신도 함께 있는 편이 나을 거라 생각했고, 사실 그보다는 스즈키의 죽음이 믿기지 않았다.

그런 일은 있을 수 없다. 너무나도 건강하고 밝았던 스즈키와 죽음을 연결 지어 생각할 수가 없었다.

간다고 해서 달라지는 일은 없을 것이다. 그래도 자기 자신을 납득시키기 위해 사실을 확인하고 싶었다.

일하러 서점으로 돌아가겠다는 이치키와 헤어지고 리사는 오카와와 함께 정문을 통해 교내로 들어가 빠른 걸음으로 걸었다. 갑자기 두려워졌다.

믿기지 않는다. 믿고 싶지 않다. 뭔가 착각한 게 틀림없다.

머릿속이 혼란스러워서 아무 생각도 할 수 없었다. 오카와도 아무 말이 없었다. 두 사람은 입을 굳게 다문 채로 쉴 새 없이 곧장 걸어갔다.

축구, 럭비, 그리고 야구장을 지나자 체육관이 보이기 시작했다. 저쪽이라며 오카와가 체육관을 가리켰다.

문득 정신을 차리고 보니 어디선가 나지막한 사이렌 소리가 들려왔다. 구급차는 아니다. 경찰차도 오고 있는 듯하다.

체육관 옆을 빠져나와 구석진 곳으로 나오니 좁다란 길 하나를 끼고 자그마한 조립식 건물 여러 채가 나란히 서 있었다. 길에는 구급차, 그리고 경찰차가 서 있다. 제복을 입은 경찰관도 보인다.

그쪽으로 다가간 오카와가 학생증을 보여 주고 설명을 시작했다. 무선으로 확인을 마친 경찰관이 아무 말 없이 길을 비켰다.

2층짜리 조립식 건물이 열 줄로 서 있다. 안쪽에는 같은 형태로 지어진 조립식 건물이 있다. 동아리방 마을이라고 오카와가 말했다.

"저희는 그렇게 부릅니다. 레슬링부 동아리방은 제일 안쪽입니다."

오카와의 뒤를 따라가니 제일 안쪽 동아리 건물 주위에 구급대원과 경찰관이 나란히 서 있었다.

오카와를 누군가가 부르는 소리가 들렸다. 달려온 사람은 몸집이 작고 비쩍 마른 남자였다.

키는 리사와 거의 차이가 없었다. 중학생이라 불려도 이상하지 않을 정도로 앳된 느낌이 남아 있는 얼굴이었다.

"아라후네." 하고 오카와가 고개를 까딱했다. 죽어 있는 스즈키를 발견했다고 하는 1학년인 듯했다. 뺨이 희미하게 떨렸다. 오카와가 괜찮으냐고 물으며 아라후네의 어깨에 손을 었었다.

얼굴을 잔뜩 일그러뜨린 아라후네의 눈에서 커다란 눈물방울이 뚝뚝 흘러넘쳤다. 오카와가 진정하라고 하며 아라후네의 등을 조심스럽게 어루만졌다.

"대체 어떻게 된 거야? 무슨 일인지 얘기 좀 해 봐. 스즈키 선배가 죽었다는 말, 사실이야?"

흐느껴 울던 아라후네가 "네." 하고 짤막하게 대답했다. "대체 왜⋯⋯." 하고 중얼거리던 오카와가 주위를 둘러봤다.

동아리방에서 막 나온 정장 차림의 젊은 남자, 그리고 짙은 남색 블루종을 입은 중년의 남자가 소곤대며 이야기를 나누기 시작했다. 시선을 느꼈지만 지금은 아라후네의 이야기가 우선이다.

"저도 전혀 모르겠어요. 뭐가 어떻게 돌아가는 건지⋯⋯." 아라후네가 몇 번이고 반복해서 눈을 끔뻑거렸다. "오늘 제가 빨래 당번이라 1시 전에 동아리방으로 갔거든요. 근데 가 보니까 벤치 프레스에 주장이 누워 계셔서 말을 걸었는데 대답이 없어서⋯⋯. 뭐 하시냐고 가까이 다가갔더니 주장이 그런 모습으로⋯⋯."

자기 목에 손을 댄 아라후네가 괴로운 듯이 크게 신음했다.

"바벨 샤프트가 주장의 목에 파묻혀 있었어요. 눈은 튀어나와 있고 입에서 혀가 삐져나와 있는데⋯⋯. 사람 얼굴이 그런 거, 난생 처음 봤어요. 너무 무섭고 당황스러워서⋯⋯."

아라후네의 무릎이 꺾이더니 그대로 땅바닥에 털썩 주저앉았다. 옆구리에 손을 넣어 아라후네를 일으켜 세운 오카와가 숨을 깊게 들이쉬라고 시켰다.

"아무튼 일단은 바벨을 치웠는데 말이죠." 하고 호흡을 고르며 아라후네가 목소리를 쥐어 짜냈다.

"주장이 숨을 쉬고 있지 않았어요. 바로 감독님께 전화 드렸더니 당장 학교로 갈 테니까 구급차를 부르라고 하시는데……. 그런 생각조차 할 정신이 없었던 거예요, 제가. 119에다 전화는 했는데, 도저히 무서워서 그 자리에 있기가……."

오카와의 팔을 뿌리친 아라후네가 "무서웠다고요!" 하며 고함치고는 땅바닥에 푹 엎드렸다. 정신 차리라고 하며 오카와가 무릎을 꿇고 아라후네의 어깨를 흔들었다.

"대충 무슨 일이 일어났는지는 알겠어. 혼자서 벤치 프레스를 하는 와중에 바벨이 미끄러진 거겠지. 조심하라고 주장이 늘 우리한테 경고했었는데. 얼마나 위험한지 알았을 텐데 대체 왜……."

그럼 사고냐고 힘없이 중얼거리는 리사에게 그런 것 같다고 대답하며 오카와가 일어섰다.

"저희 대학에서는 처음 있는 일이지만 동네 헬스장 같은 데서는 가끔 있는 일이라고 들었어요. 바벨 중량을 이기지 못했거나, 손이 미끄러졌거나, 바벨을 랙에 걸다 실수를 해서……. 샤프트가 목을 누르는 바람에 질식사하거나 목뼈가 부러졌을 거예요."

리사는 자기도 모르게 눈을 질끈 감았다. 머릿속에 무참히 죽은 스즈키의 모습이 또렷하게 떠올랐다.

"스즈키 선배가 그런 초보 같은 실수를 하다니."라며 오카와가 얼굴을 찌푸렸다.

"저희 부는 보조자 없이는 벤치 프레스를 못 하게 되어 있어요. 감독님도 그렇고 스즈키 선배도 그렇고 다른 기구는 상관없는데 바벨만큼은 안 된다고 늘 강조하셨어요."

자신도 방송에서 본 적 있다고 리사는 말했다. 스즈키는 벤치 프레스에 바로 누워 무거운 바벨을 들어 올리는 훈련을 했을 것이다.

경량급이라도 완력은 정상급이었다고 말하며 오카와가 이를 악물었다.

"그래서 본인의 능력을 과신했는지도 모르죠. 아마 무거운 플레이트를 썼을 거예요. 근데 평소에 신중하셨던 분이 왜 무리를 하셨는지……."

모르겠다고 말하며 아라후네가 두 손으로 얼굴을 문질렀다.

"구급차가 올 때까지 누구 없냐고 계속 소리를 질렀는데 다른 동아리방에는 아무도 없었어요. 결국 구급차가 올 때까지 5분인가 10분 정도 걸렸는데 구급대원이 선배의 모습을 보더니 손 쓸 방법이 없다고 중얼거렸어요. 응급 처치고 뭐고 아무것도 소용없다는 건 저도 어렴풋이 알고 있었지만요."

오카와가 스즈키 선배는 병원으로 이송됐냐고 묻자 아라후네가 고개를 저었다.

"아직, 동아리방 안에……. 아까하고 달라지진 않았을 거예요. 자세히는 모르지만 구급 대원이 경찰을 부른 것 같은데……. 아까 경찰차가 와서 상황을 살펴봐야 하니까 저보고 밖에서 기다리라 했거든요."

오카와가 의아해하며 고개를 갸우뚱했다.

"들어 보니까 사고가 확실한데. 아냐?"

자신도 모르겠다고 말하며 아라후네가 또다시 고개를 저었다.

"저는 사고라고 설명했는데 일단 조사해 봐야 한대요. 변사라고 하나요? 그렇게 분류될 거래요. 사후 1시간쯤 됐을 거라느니, 그런 대화를 주고받는 게 얼핏 들렸어요. 제가 조금만 더 빨리 동아리방에 갔더라면 이런 일은 없었을지도 모른다고 생각하니까……."

네 탓이 아니라고 위로하며 오카와가 아라후네의 어깨를 감쌌다.

"잘 들어, 네 책임 아냐. 사고라는 게 그렇잖아? 일어나서는 안 될 일이지만 막을 수 있는 사람은 없었어. 그만하면 충분히 잘했어. 감독님께 연락도 하고 구급차도 불렀잖아. 상황 설명도 제대로 했다며? 네가 할 수 있는 일은 없었어."

"하지만⋯⋯." 하고 말을 잇지 못하며 아라후네가 입을 꾹 다물었다. 어깨가 바르르 떨렸다. 이 일에 책임을 느낀다는 게 리사에게도 전해졌다.

리사를 부르는 소리에 뒤를 돌아보니 와타누키와 가즈, 그리고 요코가 서 있었다. 세 사람 다 얼굴이 새파랗게 질려 있다. 상황이 어떠냐고 물으며 와타누키가 한 발 앞으로 나왔다.

"경찰이 나한테 전화했어. 스즈키가 죽었다고⋯⋯. 스즈키가 가지고 있던 휴대폰에 나하고 가즈, 그 외에 다른 사람들 번호하고 써니 하우스 주소가 남아 있었대. 경찰이 휴대폰에 등록되어 있는 번호로 하나하나 다 전화해 보는 중이랬어."

"그래서 오빠한테 연락이 갔고요?"

"맞아." 하며 와타누키가 고개를 끄덕였다.

"쇼난 체육 대학 학생한테도 연락해 볼 생각이라는데 내가 스즈키하고 셰어하우스에서 살고 있다는 얘기를 했더니 본인 인지 아닌지 확인하고 싶다고. 혹시 모르니까 와 줬으면 좋겠다고 그러기는 했는데—."

정말이냐고 물으며 가즈가 와타누키를 제치고 앞으로 나왔다.

"스즈키가 죽다니 그게 말이 돼? 스즈키, 스즈키! 스즈키가 죽긴 왜 죽어."

"저도 뭐가 뭔지 모르겠어요."라고 말한 리사의 손을 요코가 힘껏 잡았다. 문득 정신을 차리고 보니 눈에서 눈물이 넘쳐흐르고 있었다. 요코가 괜찮다고 위로하며 끌어안았다.

"……스즈키가 죽었다는 건, 사실이야?"

리사는 지금 상황 설명을 듣고 있던 중이었다고 대답하며 주머니에서 손수건을 꺼내 눈가를 눌렀다.

"바벨이 목에 떨어졌다고……. 사고 같대요. 발견한 사람은 오빠랑 같은 레슬링부 후배……."

"죄송하지만." 하고 정장 차림의 젊은 남자가 가까이 다가왔다.

"쇼난 체육 대학 학생 분이십니까? 스즈키 씨와 아는 사이시죠?"

오카와가 고개를 끄덕이며 "대학 후배입니다." 하고 대답했다.

"여기 이분은 스즈키 선배와 같은 셰어하우스에 살고 계시는—."

"들었습니다." 하고 정장 차림의 남자가 경찰 수첩을 제시했다.

"노구치바시 서 소속 스에마츠라고 합니다. 저희 쪽에서 연락을 주고받는 과정에 착오가 있어 본인 확인은 학생증에 있는 사진으로 이미 끝냈습니다. 힘들게 오셨는데 이런 말씀드려 정말 죄송합니다. 지금부터 유체를 반송해야 하니 오늘은 이만 돌아가셔도 좋습니다."

정말 스즈키가 맞냐고 물으며 와타누키가 스에마츠를 응시했다.

"그 녀석이 죽었다니요, 믿기지 않습니다. 바벨이 목에 떨어졌다고 들었는데 사실입니까?"

시선을 내리깔고 사고로 보인다며 스에마츠가 고개를 끄덕였다.

"현장에 출동한 구급대원이 경찰도 참관해 달라며 연락했습니다. 보고받은 바로는 변사 사건으로 처리될 가능성도 있다고 생각해 현장을 조사했지만 저희 쪽에서는 사고라 판단했습니다."

말도 안 된다고 말하며 가즈가 지면을 찼다. "보조자 없이 바벨을 드는 행위는 위험하지만." 하고 말하며 스에마츠가 눈가 주위를 긁적였다.

"스즈키 씨는 4학년에다 주장이라 들었습니다. 익숙한 만큼 방심했던 거겠죠. 정식 승인을 받은 대학교 체육계 동아리에서는 좀처럼 일어나지 않는 사고지만 사망까지 가진 않더라도 부상이나 골절 사례가 보고되는 경우는 적지 않습니다."

어깨를 축 늘어뜨린 와타누키가 믿기지 않는다며 중얼거렸다. "운이 나빴다는 말밖에 할 수가 없군요."라며 스에마츠가 얇은 입술에 손가락을 댔다.

"지금으로서는 이 이상 드릴 말씀이……. 아까 레슬링부 감독님과 전화로 이야기했는데 일요일은 동아리 활동이라고 해 봐야 개인 연습 정도라 학교 측에서도 따로 관리하지 않는다고 들었습니다. 스즈키 씨 개인의 책임이 될지, 학교의 관리 책임 범주에 들어갈지는 아직 모르겠습니다."

자신은 못 믿겠다며 가즈가 소리쳤다. 목소리에 눈물이 묻어났다.

"스즈키는 어디 있습니까? 얼굴도 안 보고 진짜인지 아닌지 어떻게 믿습니까!"

스에마츠가 나지막한 목소리로 보지 않는 편이 나을 거라고 했다.

"적어도, 지금 당장은 보시지 않는 편이 나을 겁니다. 아무튼 지금은 병원에 반송하는 일이 우선입니다. 꼭 봐야겠다고 하신다면 시라이 정의 세코가오카 병원으로 반송할 예정이니 그쪽으로 오시겠습니까? 그리고 스즈키 씨의 부모님 연락처도 알 수 있으면 좋겠는데요. 학생과 직원이 없어서 저희도 난처했거든요."

써니 하우스에 돌아가면 알 수 있을 거라고 요코가 대답했다. "스즈키 씨 본인 휴대폰에는 스즈키라는 성을 가진 사람이 7명이나 있어서……." 하고 스에마츠가 쓴웃음을 지었다.

"분명 그중에 하나가 부모님의 번호일 텐데 이 일만큼은 다른 사람한테 잘못 연락하면 안 돼서……. 경찰이 연락해야 할지, 감독님이 연락하시는 편이 나을지도 고민해 봐야 하는데 연락처를 모르면 의논이고 뭐고 안 되니까요……. 부모님 연락처를 알게 되면 저한테 알려 주십시오. 지금 드릴 말씀은 이것뿐입니다."

원래 자리로 되돌아간 스에마츠의 신호에 따라 구급차에서 들것이 내려졌다. "내가 그 말을 어떻게 믿어."라는 가즈의 혼잣말이 들렸다.

2

혼란스러워하는 사이 며칠이 지났다. 써니 하우스 입주민들에게 스즈키는 사고사였고 목뼈 골절이 원인이었다는 경찰의 연락이 왔지만, 그 이상 자세한 설명은 듣지 못했다.

한 지붕 아래에 살고 있다고는 하나 경찰 측에서 구분하자면 친구일 뿐이다. 어떻게 된 일인지 자세하게 설명할 의무는 없다.

다만, 오카와가 리사에게 몇 번인가 문자를 보냈는데 거기에는 레슬링부 감독, 부원, 그리고 학생과 직원을 대상으로 경찰이 자세한 이야기를 물어봤다고 적혀 있었다. 경찰이 학교 측의 관리 책임을 조사하고 있는 듯했다. 오카와 자신도 조사를 받았으며 덕분에 알게 된 사실도 있다고 했다.

경찰이 현장을 조사한 결과, 벤치 프레스를 하던 스즈키가 랙에 바벨을 다시 돌려놓으려고 했고 그때 손이 미끄러졌거나 혹은 바벨을 잘못 얹은 탓에 바벨 샤프트가 목으로 떨어져서 그대로 사망했다는 결과가 나왔다고 했다. 그 후에 보낸 문자에는 대학 측의 책임이 되지는 않을 것 같다고 적혀 있었다.

레슬링부 감독은 휴일 연습을 부원의 자율성에 맡겼지만 위험한 운동은 하지 말라고 주의를 주었다고 한다. 그것이 사실임은 오카와를 시작으로 다른 부원들도 인정했다.

자율 연습은 레슬링 기술 연습보다는 동아리방 안에 설치된 기구를 이용한 근력 운동이 주된 내용이었다. 위험한 일이 일어날 가능성은 거의 없지만 근육이나 아킬레스건에 손상을 입는 사고는 일어날 가능성이 있다.

그래서 쇼난 체육 대학 레슬링부는 무리해서 무거운 중량을 들거나 격한 근력 운동을 혼자 해서는 안 된다는 규칙을 정해 두고 있었다. 주장인 스즈키도 후배 부원들에게 항상 주의를 주었다고 한다.

정작 본인이 근력 운동 중에 사고로 사망한 일은 아이러니하지만, 6월에 있는 관동 학생 레슬링 대회까지만 주장을 맡기로 되어 있었던 스즈키 입장에서는 어느 정도 고된 훈련을 스스로 할 수밖에 없었을 것이다. 강한 책임감이 부른 사고, 이것이 경찰의 견해였다.

그날 밤, 학교에서 연락을 받고 스즈키의 부모님이 도쿄에

각자의 추억 153

서 한걸음에 달려오셨다. 완전히 변해 버린 아들의 모습에 까무러칠 듯 우는 부모님의 모습을 그저 지켜볼 수밖에 없다는 사실이 제일 괴로웠다고 오카와는 문자로 전했다.

일전에 경찰은 사건의 가능성이 없는지를 조사하기 위해 유체를 병원에 안치했었는데 최종적으로는 도쿄로 옮기게 됐다. 그에 필요한 준비는 전부 대학 측에서 맡았고 반송 날짜는 화요일 오후로 정해졌다.

스즈키의 부모님은 월요일부터 화요일 오전까지 써니 하우스에서 스즈키의 방을 정리하기로 했고 리사와 다른 사람들도 그 일을 도왔다.

침대나 책상 같은 큰 가구들은 원래 비치되어 있던 물건이고 셰어하우스라 냉장고와 세탁기 같은 가전제품도 공용이었다. 그 외에 개인 물품도 특별히 많다고 할 수준은 아니었다. 그래서 시간은 그다지 걸리지 않았다.

월요일에 스즈키의 부모님은 아들이 썼던 방에서 하루를 묵었다. 아들이 매일 어떤 식으로 하루를 보냈는지 리사를 비롯한 입주민들에게 이야기를 듣고 싶지 않았을까. 그 마음은 모두에게 절실히 전해졌다.

제일 친했던 가즈를 중심으로 저마다 스즈키와 있었던 일을 이야기했다. 스즈키는 체육계 학생답게 시원시원한 성격으로 모두에게 사랑받았다. 가즈나 와타누키는 물론 에미, 레나, 그리고 리사가 할 수 있는 일은 스즈키의 부모님을 위로

하는 것뿐이었다.

리사는 요코가 있었더라면 더 좋았을 거라고 아쉬워했다. 일 때문에 집에 오기 힘들다는 연락을 받았는데 요코가 있었다면 스즈키의 부모님과 더 자연스럽게 소통했을 것이다.

스즈키는 명문 쇼난 체육 대학의 레슬링부 주장을 맡았던 만큼 부원들의 신뢰가 두터웠다. 스즈키의 부모님은 부원들에게도 많은 이야기를 전해 들었다고 했다. 모두가 스즈키의 죽음을 슬퍼했다.

화요일 오후, 학교가 준비한 차로 스즈키의 유체가 도쿄로 향했다. 스즈키의 부모님도 거기에 동승했다.

요코와 하자마, 그리고 에미는 일 때문에 함께 갈 수 없었지만 리사와 레나, 와타누키와 가즈 네 사람은 세코가오카 병원으로 가서 떠나는 차를 지켜보았다. 멀어져 가는 차가 더는 보이지 않게 되었을 때 와타누키가 돌아가자는 말을 꺼냈고 네 사람은 왜건을 타고 이만 돌아가기로 했다.

30분 정도 이동하는 동안 아무도 입을 열지 않았다. 세 사람에게는 저마다 스즈키와 함께했던 추억이 있으니 온갖 생각이 머리를 스쳤을 것이다.

리사는 스즈키와 알게 된 지 2주밖에 되지 않았다. 스즈키가 레슬링부 활동을 하느라 바빴던 탓에 이야기를 나눌 시간이 그다지 많지 않았다.

좋은 사람이라고는 생각했지만 그 이상의 감정은 없었다.

냉정해 보이겠지만 그것은 사실이다. 추억이라 부를 만한 일
도 없었다.

갑작스러운 사고사로 충격은 받았지만 다른 세 사람에 비
하면 덜했다. 그럼에도 리사 역시 아무 말도 할 수 없었다.

스즈키와 친하게 지냈던 가즈의 초췌한 모습은 평소 밝은
성격으로 사람들을 즐겁게 해줬던 만큼 더욱 눈에 띄었다. 요
이틀 사이, 스즈키의 부모님과 이야기할 때를 제외하고는 대
체로 침묵을 지키고 있었다. 그만큼 충격이 컸던 것이다.

왜건 안에는 레나의 흐느껴 우는 소리만이 울려 퍼졌다. 레
나는 작년 4월부터 써니 하우스에 살았으니 1년 동안 스즈키
와 어울렸다는 말이 된다. 그런 만큼 추억도 많을 것이다.

리사도 그렇지만 레나도 동년배의 죽음에 익숙하지 않을
것이다. 아니, 동년배는커녕 리사는 육친의 죽음도 경험해 본
적이 없었다.

레나도 사정은 비슷할 것이다. 함께 살았던 사람의 죽음이
얼마나 괴로울지 충분히 이해가 갔다.

와타누키에게도 스즈키는 동생 같은 존재였고 그런 만큼
두 사람은 가까이 지냈다.

같은 학교 사람, 레슬링부 부원, 친구하고는 조금 다르다.
셰어하우스에서 함께 사는 사람들은 친구보다는 가족에 가까
운 관계다. 동생이 갑자기 죽었을 때와 같은 느낌일지도 모른
다.

써니 하우스 주차장에 왜건을 주차한 와타누키가 "정말 스즈키는 죽어 버렸구나." 하고 중얼거렸다.

"뭐랄까……. 셰어하우스라는 곳이 언젠가는 다들 여길 떠나잖아. 대학을 졸업했다거나, 취직을 했다거나, 애인이 생겼다거나, 그런 다양한 이유로. 영원히 다 함께 하하, 호호 살아갈 수는 없어. 그건 일종의 졸업이자 축복해야 할 일일지도 몰라."

"맞아요." 하고 가즈가 고개를 끄덕였다. 기누가사도 그랬고 그 외에도 이곳을 떠나는 사람들을 몇이나 배웅해 주었다고 말하고서 와타누키는 엔진을 끄고 차에서 내렸다.

"근데 이런 졸업은 좀 아닌 것 같아……. 가즈는 아마 알았을 텐데, 스즈키는 경비 회사에 취직이 결정된 상태였어. 올림픽에 나갈 수 있을 정도로 대단했냐고 물으면 그 부분은 확실하게 대답하기 어렵지만 스포츠 엘리트였던 건 확실해. 가망이 없진 않았어. 그런 녀석이 죽다니, 믿을 수가 없어."

레나가 두 손으로 얼굴을 감싸고 울기 시작했다. 리사는 들어가자고 다독이며 레나의 어깨를 감쌌다.

3

저녁 7시, 요코와 에미가 돌아왔다. 미리 약속이라도 한 듯 자연스럽게 전원이 거실에 모였다.

저녁 식사를 준비할 마음도, 그렇다고 해서 밖에 나갈 마음
도 들지 않았다. 모두가 지쳐 있었다.

피자라도 먹겠냐는 와타누키의 말에 전원이 찬성했다. 금
요일에는 장례식, 토요일에는 고별식이 있다고 스즈키의 부
모님으로부터 연락이 왔지만 장례식 참석 여부는 아직 결정
하지 못한 상태였다. 그 이야기도 함께 나누어야만 했다.

피자집에 전화한 가즈가 한 시간쯤 걸릴 거라고 했다. 그
후 30분 정도가 지났을 때 인터폰이 울렸다.

와타누키가 의외로 빨리 왔다고 놀라며 자리에서 일어나
문을 여니 그곳에는 하자마가 서 있었다. 양손에는 커다란 비
닐봉투가 들려 있었다.

"맥주, 사 왔어." 하자마가 거실 테이블에 캔 맥주 팩을 쌓
아 올렸다. "안 어울리는 짓이라고 말하고 싶은 거 아는데 이
거밖에 생각이 안 나서. 스즈키같이 어린놈이 그렇게 됐다는
데 나도 말문이 턱 막히더라⋯⋯. 친했다고는 못하지만 같이
살았던 사람이 죽은 거잖아. 술 생각이 날 만도 하지."

앉으라고 말하며 요코가 의자를 가리켰다. 신경 써 줘서 고
맙다고 하며 가즈가 조용히 고개를 숙였다.

"많이 무거우셨죠. 몇 캔이나 사 오셨어요? 말씀하셨으면
차로 마중 나갔을 텐데."

500ml짜리 캔 맥주가 30개 있었다. 다 합해서 15킬로다.
"영 안 내켜서." 하고 중얼거린 하자마가 사람들 앞에 맥주를

놓았다.

뚜껑을 딴 가즈가 천장을 향해 맥주 캔을 들어 올렸다. 맥주를 한 모금 마신 에미가 미지근하다며 웃었다.

"이걸 들고 걸어서 올 생각을 하다니, 그러니까 맥주가…… . 근데 아마 스즈키도 기뻐할 거예요. 우리가 잘 배웅해 주죠. 스즈키는 써니 하우스를 졸업하고 나갔다. 그렇게 생각하니까 조금은 마음이 편해져요."

맥주를 마심으로써 그 자리의 분위기가 평온해졌다. 얼마 안 있어 피자가 도착하고 그 뒤로 대략 30분 만에 와타누키와 가즈, 그리고 에미가 각각 세 캔의 맥주를 비웠다. 리사는 술을 마시진 않았지만 혼자 있고 싶지도 않았다.

취기에 혀가 꼬이기 시작한 가즈가 스즈키와 함께했던 추억담을 늘어놓기 시작하자 다들 그것을 듣는 분위기로 변했다. 학교는 다르지만 나이대는 같았다. 사이는 좋았다. 둘이서만 가마쿠라 시내로 나가 헌팅을 한 적도 있다고 했다.

"이런 말은 좀 그렇지만 스즈키 녀석 놀 줄도 몰랐어요." 하고 가즈가 일부러 가벼운 말투로 말했다.

"나 참, 작업 솜씨가 얼마나 형편없는지. 레슬링 실력이 얼마나 대단했는지는 몰라도 요즘 누가 그런 구닥다리 같은 말투를 쓴다고. 저와 차 한잔하시겠습니까, 막 이래요. 그러니까 당연히 아무도 안 따라오죠."

와타누키도 스즈키와 재미있는 일화가 있었고, 의외였지만 레나네 학교 학생과 미팅을 하고 싶다는 말도 레나에게 한 적이 있다고 했다. 안 어울린다며 가즈가 웃자 다들 그 말에 동의하며 고개를 끄덕였다.

하지만 그런 시간은 길게 계속되지 않았다. 에미가 훌쩍이며 한 사람 빠졌을 뿐인데 너무 허전하다고 했다.

여덟 명이 일곱 명이 됐다. 8인용 테이블에 빈자리가 하나 있다. 그리고 스즈키가 그 자리에 앉을 일은 두 번 다시 없다.

"또 새로운 누군가가 들어오겠지." 하자마가 남은 피자를 포크로 찍었다. "그러고 보니까 부동산이나 집주인한테 연락해 두는 게 좋겠지?"

이미 했다고 요코가 대답했다. 리사는 미처 생각하지 못했지만 요코와 하자마는 사회인답게 거기까지 생각하고 있었다.

에미가 테이블을 두들기며 "그건 좀 이상하잖아요." 하고 따졌다.

"스즈키가 없어졌다고 냉큼 다음 사람을 찾다니, 지금 뭐 하자는 거예요?"

그런 뜻이 아니라며 하자마가 고개를 저었지만 "결국 그런 사람 맞네." 하고 에미가 텅 빈 캔을 바닥에 내동댕이쳤다.

"뭐예요, 두 사람 다……. 오빠, 스즈키가 죽어서 괴롭다느니 그랬는데 사실 두 사람 얘기해 본 적도 별로 없잖아요? 여봐란듯이 맥주 잔뜩 사 와서 혼자 옮겼다고 생색이나 내고. 뭐라더라, 나도 슬프다? 슬프다는 사람이 또 새로운 누군가가 들어올 거다, 이런 말을 아무렇지 않게 해요? 정말 냉정하다. 스즈키를 대체 어떻게 생각했길래."

그만하라며 와타누키가 에미의 손에서 맥주 캔을 빼앗았다. 누가 봐도 술에 취해 생트집을 잡는 게 확실했다.

하자마와 요코가 다음에 들어올 사람에 대해 얘기한 이유는 깊은 뜻이 있어서가 아니다. 현실적으로 생각해 보면 분명 누군가는 부동산에 연락해야만 했다.

집세는 계좌에서 자동으로 이체되니 그대로 둘 수도 없다. 스즈키의 부모님은 거기까지 생각할 여유는 없을 것이다.

하자마도 요코도 나쁜 뜻은 없었다. 에미는 그저 생트집을 부리는 거라고 리사는 생각했다.

다만 에미 자신도 그 사실은 알고 있을 것이다. 그저 스즈키를 잃은 슬픔과 분노를 쏟아 낼 배출구가 필요해서 두 사람에게 트집을 부렸을 뿐이다.

분풀이에 가까운 감정을 받아 내야 했던 배출구가 하자마고 요코였다. 미안하다고 사과하며 하자마가 자리에서 일어났다.

"그런 의도로 한 말은 아니었는데 내가 너무 무신경했나 보다. 난 여기 없는 게 낫겠어."

에미가 나가라고 소리치며 하자마의 등에 맥주 캔을 내던졌다. 그만하라며 팔을 붙잡은 와타누키가 그대로 에미를 끌고 계단을 올라갔다.

언니 기분, 나도 어느 정도는 알 것 같다며 레나가 툭 혼잣말을 내던졌다.

"오빠가 죽다니, 아직도 못 믿겠어. 그렇게 괜찮은 사람이 죽다니……. 이게 어떤 기분인지 설명하기는 어려운데, 그냥 막 고함치고 싶고, 울고 싶고, 화내고 싶어……."

과음해서 그런 거라며 가즈가 잔에 맥주를 따랐다.

"오십보백보지. 에미 누나도 그래. 그렇게까지 화낼 일은 아니잖아? 나도 취하고 싶은데 취하질 않네……. 이젠 몇 캔이나 마셨는지도 모르겠어."

부동산에는 자신이 연락했다고 말하며 요코가 떨어져 있던 캔을 주웠다.

"집주인한테도 말해 둘게. 하자마 씨가 말한 대로 누군가는 연락해야만 하고, 나도 그게 옳다고 생각해. 아직 방도 청소해야 하고, 부모님도 한 번 더 인사하러 오신댔어. 내가 연락한다고 해서 새로 들어올 사람이 바로 정해지진 않잖아. 그래도 너희 기분을 내가 더 배려했어야 했는데."

레나가 아니라며 고개를 저었지만 요코가 부끄러운 듯 미소 지으며 조금 반성하고 있다고 했다.

"장례식은 금요일이지? 집이 어디라고 했더라. 스기나미? 나는 일 때문에 못 갈 것 같은데, 너희는 가?"

자신은 갈 거라고 대답하며 가즈가 또 새로운 캔을 땄다. 어떡할 거냐고 눈짓으로 묻는 레나에게 아직 잘 모르겠다고 리사도 눈짓으로 대답했다. 참석하는 편이 나을까.

그 후 얼마 동안 장례식과 고별식에 참석할지 말지 의논을 계속했지만, 요코가 자리를 떠나고 샤워를 하겠다며 레나도 방으로 돌아갔다. 그때쯤에는 완전히 취한 가즈를 상대해야 만 했는데 새벽 1시가 지나서야 해방될 수 있었다.

2층에 있는 자기 방에 들어감과 동시에 리사는 크게 한숨을 쉬었다. 타인과 어울리고, 타인을 상대하는 일은 어렵다. 특히 셰어하우스에서는 더욱 그렇다.

같은 집에 살고 있다지만 그 관계는 미묘하다. 친구라 하기에는 뭔가 조금 다르다. 그렇다고 해서 완전한 타인도 아니다.

어떤 식으로든 서로의 생각과 느낌을 주고받는 일이 발생한다. 상대를 대하는 태도, 단어 선택, 타이밍 등 의사 전달에 이용되는 모든 수단에 주의를 기울일 필요가 있다.

가족의 경우 감정이 상하더라도 어떻게든 대화로 풀어낼 기회가 생긴다. 친구의 경우 도저히 안 될 때는 관계를 끊으면 그만이다. 원치 않아도 그것 외에는 달리 선택할 수 없는 경우가 생긴다.

하지만 셰어하우스에서는 그럴 수 없다. 다른 사람과 완전히 분리될 수는 없다.

하자마 같은 사람조차 오늘처럼 사람들에게 다가가야만 하는 경우가 생긴다. 타인 이상 친구 미만인 셰어하우스에서는 지금껏 경험해 본 적 없는 방식으로 사람들을 배려해야만 했다.

리사는 욕조에 물을 채우며 "나는 셰어하우스에 어울리는 인간일까." 하고 중얼거렸다.

혼자서 살면 정신적인 측면에서 기복이 심할 일은 적다. 바꿔 말하면 평범하고 지루한 일상이 계속된다는 뜻이다. 자신의 성격은 어느 쪽에 어울리는가.

벽장에서 갈아입을 옷을 꺼내 가로무늬 원피스를 벗으려던 손이 순간 멈췄다. 위화감.

시선을 느낀 것 같아 좌우를 둘러보다 말도 안 된다며 피식 웃었다. 이미 새벽 1시다.

문은 걸어 잠갔고 창문에 달린 커튼도 쳤다. 외부에서 방 안을 들여다보는 일은 불가능하다.

'그게 아니면…….' 문득 그런 생각이 들었다. 혹시 스즈키는 아닐까.

스즈키는 분명 자신에게 호감을 가지고 있었다. '오빠처럼'이라는 설명을 따로 덧붙여야 할지도 모르지만 어쨌든 그것은 확실했다.

안녕을 바라며 천국에서 지켜봐 주고 있는 것일까. 아니면 무언가 못다 한 말이 남은 걸까.

'하지만······.'하고 리사는 고개를 저었다. 이제 두 사람이 이야기를 나눌 일은 영원히 없다. 그저 그가 좋은 사람이었다고 담담하게 추억할 수밖에 없다.

결국은 그를 잊게 될 것이다. 냉정해 보이지만 그것도 현실적인 감정이다.

고작 보름 동안 셰어하우스에서 함께 지냈을 뿐인 사람을 오래도록 기억하는 일은 불가능하다.

물이 차기를 기다렸다가 욕조에 몸을 담갔다. 잡지를 깜박했다는 사실이 떠올랐지만 오래 몸을 담글 생각은 없었다. 피곤했다. 얼른 눕고 싶었다.

어디선가 희미한 소리가 들려왔다. 무언가가 스칠 때와 비슷한 소리. 정원에 있는 나무에서 나는 소리일까.

하지만 그것보다 더 신경 쓰이는 소리가 같이 들렸다. 여자 목소리다. 쉰 듯한 목소리가 계속해서 들렸다.

에미가 내는 소리임을 얼마 지나지 않아 깨달았다. 바쁘게 몰아쉬는 숨소리. 그리고 이어서 다시 들리는 쉰 듯한 목소리. 어딘가 성적인 느낌을 주는 그 목소리에 리사는 자기도 모르게 귀를 틀어막았다.

무엇을 하고 있는지는 경험이 없어도 알았다. 그리고 그 상대도.

물속에 머리를 집어넣고 숨을 참았다. 한계까지 참았다가 물 밖으로 나오니 더는 소리가 들리지 않았다.

4

금요일, 스즈키의 장례식에는 와타누키, 가즈, 그리고 에미이 세 사람이 참석했다.

요코와 하자마는 회사, 리사와 레나는 학교에 가야 했다. 가마쿠라 역에서 도쿄 스기나미 구에 있는 센소지라는 절까지 왕복 5시간 정도가 걸린다고 했다. 시간에 여유가 있는 사람이 아니면 참석할 수가 없었다.

세 사람은 밤 10시가 지났을 때쯤에야 셰어하우스로 돌아왔다. 세 사람 다 정식 상복은 없었지만 각자 검은 옷을 입고 와타누키와 가즈는 넥타이도 했다. 평소 편안한 옷만 입던 두 사람이 지쳤다고 하며 넥타이를 벗었다.

"고인한테 예의가 아니라고 욕할 수도 있는데 내가 장례식에 참석할 일이 몇 번이나 있었겠냐." 와타누키가 씁쓸하게 웃으며 거실 테이블에 앉았다. "어떻게 해야 하는지 몰라서 진땀 뺐어."

요코가 녹차를 우리고 세 사람 앞에 찻잔을 놓았다. 맥주를 달라고 부탁할 분위기는 아니다. 리사와 레나도 함께 차를 마시기로 했다.

어쨌든 수고했다고 말하며 요코가 입을 열었다.

"어땠냐고 물을 일은 아닌데……. 부모님하고는 인사했어?"

형식적인 인사만 했다고 에미가 끄덕였다.

"스즈키는 역시 인망이 두터웠어요. 쇼난 체육 대학 레슬링부 부원들에다 졸업생에, 물론 중고등학교 때 친구들도 잔뜩 왔고……. 그래서 부모님하고 이야기를 나눈다거나 그럴 분위기는 아니었어요."

우리 좀 왕따 같았다며 가즈가 웃었다. 분위기를 풀어 볼 생각으로 한 말이었으나 아무도 웃지 않았다.

셰어하우스라 입장이 애매했다고 말하며 와타누키가 차를 한 모금 마셨다.

"우리는 매일 얼굴을 보고 살았잖아? 대화도 하고 시간이 맞으면 같이 밥도 먹고. 함께 생활한다는 측면에서 보면 레슬링부 사람들보다 우리랑 보내는 시간이 더 길지 않았을까. 비교할 바는 아니지만 중고등학교 때 친구는 졸업하고 나서 거의 만나지도 않았다니까 우리가 훨씬 더 친했다는 거지. 그래도 우리가 친구는 아니었구나, 했어."

친구라고 말하며 가즈가 시선을 보냈다. "물론 그렇지." 하고 와타누키가 손을 저었다.

"정확히 뭐라고 해야 할지 모르겠는데, 가즈가 말한 대로 스즈키는 우리랑 친구였어. 그건 맞는데 밀도가 좀 다르다고 해야 하나……."

어머님의 모습을 보고 있기가 힘들었다며 에미가 중얼거렸다.

"까무러치게 운다는 말이 이런 거구나 했어요……. 저, 병원에서 일하니까 돌아가시는 분들을 한 달에 몇 분씩은 보거든요. 그래도 대부분은 연세가 많은 분들이거나 아니면 장기 입원 치료를 받았다거나 더는 치료할 방법이 없다는 걸 안다거나, 아무튼 가족도 어느 정도 각오가 되어 있거든요. 그럴 시간도 충분하고요."

안다고 말하며 와타누키가 에미의 어깨에 손을 얹었다. "정말로 죽으면 물론 가족도 슬프겠지만요." 하고 에미가 고개를 끄덕였다.

"이렇게 말하면 좀 그렇지만 예상할 수 있는 일이니까 충격은 덜하거든요. 하지만 스즈키는 충분히 젊고 건강했잖아요? 스즈키가 죽을 거라고 예상한 사람은 아무도 없었어요. 물론 부모님도요. 그러니까 어머님이 그렇게 우셨던 건 당연한 일이라고 해야 하나……. 레슬링부 감독님이 무릎까지 꿇고 사죄하셨는데 제대로 대꾸도 안 하셨어요. 저 같아도 그랬을 거예요."

무거운 분위기가 거실을 감쌌다. 그 후, 스에마츠라는 형사한테서 연락이 왔는데 개인 연습 중 과실로 인한 사고로 최종 결론이 나서 대학 측에는 아무 책임도 묻지 않을 거라고 했다. 달리 말하면 스즈키 본인의 책임이라는 뜻이 된다.

리사가 생각해도 부모 입장에서는 그저 눈물만 나왔을 것 같았다. 갈 곳을 잃은 심정이라는 말은 이런 경우에 쓰는 것인지도 모른다.

장례식장에서 레슬링부 부원들이 말하던 게 있다며 와타누키가 입고 있던 재킷을 의자 등에 걸쳤다.

"왜 혼자서 벤치 프레스를 하고 있었는지 모르겠다고 의아해했어. 바벨 샤프트만 써서 훈련하는 정도는 다들 혼자서도 한대. 근데 플레이트라고 하나? 맨홀 뚜껑같이 생긴 그걸 달아서 할 경우에는 보조자가 없으면 위험하다고 스즈키 본인이 귀가 따가울 정도로 경고했었대. 참 아이러니하지, 사고 내지 말라고 경고하던 본인이 사고로 죽고 말았으니."

"주장으로서 책임감을 느껴서 그랬겠죠." 하고 가즈가 말했다.

"금욕적인 친구라 한계까지 자기를 몰아넣는 면이 있었잖아요. 50킬로라고 했나? 스즈키 입장에서는 별로 무겁다는 생각을 못 했겠지만 몇십 번이나 들었다 내렸다 하면 당연히 힘들어질 수밖에 없죠. 바벨을 랙에 제대로 걸지 못해서 팔이 못 버텼다고 했나, 그렇게 말했죠? 사람이 이렇게 쉽게 죽는구나 생각하니까 우울해지네요."

뭔가 이런저런 생각이 많이 들었다고 하며 에미가 자리에서 일어났다.

"정말이지, 어머님이 그렇게 우시는 모습을 보니까 나도 조심해야겠다는 생각이 들었어. 병원에서도 그래. 가끔 있는 일이지만 아직 어린 아이나 청년이 죽거나 하면 부모는 물론 의사나 간호사, 그 외에 다른 직원들까지 다들 우울해하거든.
스즈키도 스물두 살이었지. 그런 나이에 죽으면 불효야, 불
효."

와타누키가 웬일로 멀쩡한 소리를 하냐며 어깨를 콕콕 찌
르자 에미가 그 손을 붙잡으며 의미심장하게 살짝 웃었다.

"옷 갈아입어야겠다. 내일 일찍 출근해야 해서 이만 자야겠
어."

피곤하다고 하며 와타누키가 쭉 기지개를 폈다.

"참, 스즈키네 아버님이 그동안 아들하고 잘 지내 줘서 고
맙다고 대신 인사 전해 달라고 하셨어. 우리는 아무것도 한
게 없다고 말씀드렸는데도 몇 번이고 몇 번이고 고개를 숙이
시는데……. 이번 달 내로 한 번 더 이쪽으로 오실 거래. 마
지막으로 아들이 지냈던 방을 한 번 더 봐 두고 싶다고 하셨
나, 아무튼 그렇게 말씀하셨어."

그때는 연락 꼭 받아야겠다고 하며 요코가 관자놀이 부근
을 긁적였다.

"청소 정도는 미리 해 둬야겠다. 그게 예의지."

이미 하지 않았냐고 레나가 말했지만 부모님이 오신다는데
형식적인 청소라도 해 두는 편이 낫지 않겠냐고 리사가 말했
다. 그러자 그것도 그렇다며 레나가 쓴웃음을 지었다.

"나도 옷 갈아입고 올게." 하고 가즈가 자리에서 일어났다.
그 자리에 남아 있던 사람들 모두가 동시에 한숨을 쉬었다.

정신없는 하루하루를 보냈지만 일주일이나 지나고 나니 예전과 같은 일상으로 돌아왔다. 스즈키의 죽음은 모두에게 충격을 주었지만 계속 끌어안고 있을 수만은 없음을 모두가 알고 있었다.

리사는 학교에서 받을 수업을 선택하고 담당 교수도 정하고 대학 생활에 익숙해졌다. 1학년이라 어학 수업 등 꼭 들어야 하는 과목이 있었다.

그곳에는 같은 학부 친구도 있었다. 친해진 사람도 있고 충실한 날들을 보냈다.

그 사이 오카와와 연락이 닿아 다시 서점 아르바이트 면접을 보러 가게 됐다. 한 번 일방적으로 취소했던 적이 있어서 마음이 불편했지만 중간 역할을 한 이치키가 사정을 잘 설명해 준 덕분에 토, 일을 포함해서 주 4일 근무를 하게 됐다.

기본적인 근무 시간은 오후 2시부터 7시까지, 근무는 5시간이었지만 일주일에 2만 엔 정도를 받게 됐다. 한 달에 8만 엔이면 큰 금액이다. 평일은 수업에 따라 시간 변경도 가능해서 리사 입장에서는 조건이 좋았다.

스즈키의 부모님은 연휴 직전인 금요일 정오에 써니 하우스를 방문했다. 그날 방문하겠다는 연락을 미리 받았던 터라 와타누키와 가즈, 그리고 리사와 레나가 스즈키의 부모님을 맞이하기로 했다.

스즈키가 죽고 난 직후에도 방문했지만 그때는 다들 정신이 없었다. 스즈키의 부모님도 그저 혼란스러웠을 것이다.

써니 하우스 안을 안내하자 "이렇게 훌륭한 곳에서 살았단 말이죠." 하고 두 사람이 입을 모아 칭찬했다.

스즈키의 부모님은 두 분 다 50대 중반으로 지금과는 달리 셰어하우스라는 개념조차 없었던 세대다. 학교 기숙사나 여성 전용 맨션 같은 곳에서 공동생활을 해 본 사람은 있겠지만 써니 하우스 같은 분위기는 아니었을 것이다.

스즈키의 아버지가 거실에서 차를 마시며 "아들이 가끔 연락해서 말하더군요."라고 말했다.

"여기서 살기로 결심한 게 아마 2년 전이었을 겁니다. 집세는 저렴한데 환경이 괜찮은 곳을 찾았다고……. 설에 돌아왔을 때도 레슬링부보다 써니 하우스 이야기를 더 많이 했습니다. 정말 아들이 그동안 신세 많이 졌습니다."

아니라고 하며 와타누키가 고개를 저었다. "특히 나카타 씨가 가깝게 지내 주셨다고요." 하고 스즈키의 어머니가 손수건으로 눈물을 억누르며 말했다. 리사는 스즈키의 어머니가 전에 써니 하우스를 방문했을 때보다 훨씬 더 작아진 것처럼 느껴졌다.

"저는 자세히 모르지만 경량급이라고 했나요. 체중이 가벼운 선수라 몸집이 더 큰 선수나 강한 선수도 있었을 텐데, 그런 사람들을 제치고 주장을 맡아야만 했던 상황이라 부담을 느꼈을 거예요. 하지만 나카타 씨 덕분에 한결 마음이 편해졌다고…….”

“저는 그냥 스즈키랑 놀았던 것밖에 없습니다.”라고 말하며 가즈가 머리를 긁적였다.

“워낙 괜찮은 친구였으니까요. 그렇게 유쾌한 친구는 스즈키가 처음이었어요. 오히려 제가 신세를 진 것 같은데…….”

서로 스즈키와 있었던 추억을 이야기하는 사이 순식간에 시간이 지났다. 오후 5시가 지났을 무렵 스즈키의 아버지는 이만 일어나야겠다고 말했다.

“가마쿠라 역에서 여기를 관리하고 있는 부동산 직원분과 만나기로 했거든요. 전화로 이야기를 나누어 봤는데 정말 친절한 여성분이셨어요. 사정은 알고 있으니 해약 수속은 전부 알아서 하겠다고 사인만 해 달라고 하셔서……. 저희 아들은 행복했을 겁니다. 여러분도 그렇지만 레슬링부 사람들이나 주위 분들이 다들 배려심이 깊으셔서…….”

이만 가자는 말에 스즈키의 어머니는 아쉬운 듯 주위를 둘러보다 자리에서 일어났다. 아들이 살았던 셰어하우스를 잊지 않겠다고 생각하고 있지 않을까. 스즈키의 어머니는 남편의 재촉을 받고서야 겨우 현관으로 향했다.

와타누키가 역까지 배웅하겠다고 했지만 스즈키의 아버지는 걷고 싶다고 했다. 예의상 거절하는 것이 아니라 아들이 매일 걸었던 길을 직접 걸으며 확인하고 싶은 듯 보였다. 그 마음이 전해졌는지 와타누키도 억지로 권하지는 않았다.

현관까지 배웅을 나온 셰어하우스 사람들을 향해 스즈키의 아버지가 고개를 깊이 숙였다. 누군가 가볍게 어깨를 두드려서 뒤돌아보니, 아들이 신세를 졌다며 스즈키의 어머니가 정중한 말투로 이야기했다.

"아뇨, 저는 아무것도……."

"후지사키 씨는 3월 말에 여기로 오셨다죠?"라며 스즈키의 어머니가 귓가에 입을 대고 속삭였다.

"우리 애하고 알게 된 지 한 달도 안 됐죠? 자기 아버지한테는 아무 말도 안 했는데 저한테는 문자로 살짝 얘기했거든요. 참 괜찮은 애가 들어왔다고. 전에 봤을 때부터 짐작은 했는데 인사도 못 해서 미안해요."

"오빠가, 제 얘기를 어머님께요?"

"엄마랑 아들이니까요."라며 스즈키의 어머니가 가만히 웃었다.

"무슨 말이 하고 싶었는지 그 정도야 알죠. 아, 우리 애하고 어떤 관계였는지 물어보려고 한 말은 아니에요. 그 애가 묘하게 고지식한 면이 있어서 여자하고 이야기도 잘 못하고 그랬거든요. 근데 후지사키 씨하고는……. 미안해요, 이런 얘기 부담스럽죠? 그냥 잊어 줘요. 그저 고맙다는 말을 해 두고 싶어서……. 후지사키 씨는 우리 애한테 좋은 추억이 됐을 거예요."

리사는 오히려 감사할 사람은 저라며 고개를 숙였다.

"오빠가 저한테 정말 잘해줬어요. 얼마나 기쁘고 고마웠는지 몰라요. 늘 바빠서 그렇게 길게 이야기해 본 적은 없는데, 지금 다시 생각해 보니까 더 자주 이야기 나누었으면 좋았을 거라는 생각이……. 정말 다정한 사람이었어요."

이만 출발하자며 스즈키의 아버지가 어머니를 불렀다. "가볼게요." 하고 스즈키의 어머니가 한 번 더 고개를 깊이 숙여 인사를 하고 두 사람은 현관을 나섰다.

"그럼 정리해 볼까." 하고 레나가 거실로 돌아갔다. 자신도 돕겠다며 리사는 그 뒤를 따랐다.

6

연휴가 시작되고 써니 하우스의 주민들은 각자의 시간을 보냈다.

대학 관련 일이 일단락된 리사는 연휴 동안 아르바이트에 매진했고 가즈는 친구와 가까운 곳으로 여행을 갔다. 하자마는 연휴에 상관없이 출근한다고 했다.

레나는 본가로 돌아갔고, 요코는 친구에게 개인적으로 부탁받은 홈페이지 디자인을 한다고 매일 자기 방에서 작업을 했다.

그런 중에 와타누키와 에미는 두 사람의 관계를 더는 숨기지 않게 됐다. 에미는 직업이 간호사인 관계로 연휴에도 격일로 병원에 출근했지만, 시간이 날 때는 늘 와타누키와 함께 있었다.

사귄다고 직접 말하진 않았지만, 밤에도 둘 중 한 사람의 방에서 함께 지냈다. 셰어하우스 내 동거라고 하면 될까.

써니 하우스 안에서 연애를 하지 말라는 규칙은 없다. 비슷한 나이의 남녀가 한 지붕 아래에 살고 있으니 자연스럽게 그런 관계가 되는 사람이 나올 수도 있다.

그저 대놓고 들러붙어 있는 모습을 보이는 것은 다른 문제라고 리사는 생각했다. 처음에 하우스 규칙을 설명했던 사람은 에미고, 그때도 하우스 안에서 지켜야 할 매너는 존재한다고 했다. 거기다 방에서 성적인 행위는 하지 말라고 주의를 준 사람도 에미다.

물론 와타누키도 에미도 젊으니까 분위기에 휩쓸려 그런 행동을 할 수도 있다. 다만, 아무리 그래도 매일 그런 모습을 보이는 것은 어떻게 봐야 할지. 학교 선도부 같은 말은 하고 싶지 않지만 확실히 분위기가 나빠졌다.

그렇다고 그만두라는 말을 할 수도 없었다. 그런 말을 해봤자 와타누키도 에미도 웃으면서 얼버무리기만 할 테니까.

신경 쓰지 않으면 될 일인데 거의 매일 밤 이상한 소리가 들려오니 여러 의미로 불편했다.

연휴도 거의 막바지에 이른 토요일, 요코가 말을 걸었다.

"신경 쓰이지?"

마음속을 들켜 얼굴이 새빨개졌지만 "나도 그래." 하고 요코가 한쪽 눈을 찡긋해 보였다.

"아무리 그래도 좀 지나친 것 같지. 한번 제대로 얘기해야겠어. 안 그러면 주위 사람들이 너무 힘들잖아. 내일이면 가즈랑 레나도 돌아올 텐데……. 두 사람이 그런 관계가 되는건 상관없는데, 그래도 상식이라는 게 있잖아. 다른 사람도 배려해야지."

농담처럼 얘기했지만 눈은 웃고 있지 않았다. 화가 났다기보다는 이 상황이 어이없는 것이다.

"남자랑 여자가 함께 사는 셰어하우스라 어쩔 수 없이 이런 문제가 생기네요."

리사는 주방에서 아이스 카페오레를 만들어 잔에 담아 거실로 나와 자리에 앉았다. 그건 어디나 마찬가지 않겠냐고 요코가 말했다.

"좀 이상한 이야기지만 이성과 만나려고 셰어하우스를 선택하는 사람도 있다니까. 나야 뭐, 연애 자체는 해도 상관없다는 입장이고 다들 젊으니까 오히려 아무것도 없는 쪽이 더 무섭지. 그렇다고 해서 무슨 짓이든 다 이해한다는 말은 아니고."

"언니는 여태 살면서 뭐 없었어요?" 하고 리사가 물었다.

와타누키와 거의 같은 시기에 들어와 써니 하우스에서 살기 시작했으니까 3년 정도가 된다. 입주했을 때는 분명 스물넷이었을 터.

그 사이 입주민은 남자도 여자도 몇 명인가 교체되었다고 들었다. 스물일곱인 지금도 아름답지만 3년 전부터 지금까지 써니 하우스 안에서 특별한 만남은 없었던 걸까.

없다고 말하며 요코가 어깨를 으쓱했다.

"써니 하우스는 처음부터 마음에 들었어. 교통편이 나쁘다는 점만 빼면 이렇게 근사한 집은 또 없을걸. 여기서 연애라도 하게 되면 관계가 지속되든 아니든 여기서 지내는 게 불편해지겠지? 그래서 그런 관계는 일절 가지지 말자고 결심했어."

너무 가까이 붙어 있으면 오히려 마음이 빨리 식어 버린다는 말도 덧붙였다. 요코가 매사에 맺고 끊음이 확실한 성격임은 리사도 알고 있었다.

입주민 모두가 인정할 정도로 요코는 의지가 강했다. 이성으로 감정을 억누를 수 있는 부류의 인간이다.

"와타누키한테는 내가 넌지시 얘기할게. 그러니까 리사는 걱정할 필요 없어."라고 말하며 요코는 커피메이커에 든 커피를 머그잔에 따랐다.

"그런 게 나이 많은 사람의 역할이잖아. 적절한 기회를 봐서 얘기할게. 오늘 당장은 어렵겠지만."

갑자기 들리는 오르골 소리에 리사는 주위를 둘러봤다. 테이블 위에 요코의 휴대폰이 놓여 있다. 소리는 그곳에서 들려오고 있었다.

성큼성큼 자리로 돌아온 요코가 휴대폰을 뒤집었다. 문자가 온 모양이다.

"혹시……애인이에요?"

잠깐이지만 리사는 휴대폰 화면에 비친 장신의 남자를 보았다. 쭉쭉 뻗은 팔다리에 건장한 체격. 반듯한 외모에 긴 갈색 머리.

손으로 머그잔을 감싼 요코가 작은 소리로 "사생활 침해야."라고 중얼거리고는 싱긋 웃어 보였다.

"이럴 때는 모른 척하는 거야. 그런 게 어른의 규칙이잖아?"

"그러게요." 하고 리사는 혀를 쏙 내밀었다. 서로 과도한 참견은 피한다. 그것이 셰어하우스에서 사람들과 부딪치지 않고 살아가는 비결이다.

나중에 보자며 인사하고 휴대폰을 실내복 주머니에 집어넣은 요코가 계단을 올라갔다.

리사는 창밖으로 바라보며 '역시 애인이 있었구나.'하고 고개를 끄덕였다. 요코의 얼굴에 드러난 그 표정은 누가 봐도 쑥스러움을 감추려는 미소였다.

"있는 게 당연하지."

요코 정도 되는 미인이면 없는 쪽이 더 이상하다. 리사는 자신도 슬슬 생각해 보는 게 좋겠다며 아이스 카페오레를 한 모금 마셨다.

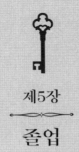

제5장

졸업

1

연휴가 끝나고 5월 7일 월요일이 되어서야 모두 써니 하우스에 모였다.

친구와 나가노에 짧게 여행을 갔던 가즈가 오늘 아침 써니 하우스 그룹 라인을 통해 지역 특산품인 도가쿠시 소바와 닭고기 산적을 사 갈 테니 다 함께 먹자고 연락했다.

리사는 학교 수업이 있어서 6시가 넘어서야 돌아왔는데 거실에 들어서자 어서 오라며 반기는 여러 사람의 인사 소리가 동시에 들렸다.

주방에서는 가즈와 레나, 그리고 요코가 커다란 냄비에 물을 끓이고 있었다. 슬슬 돌아올 때가 됐다고 생각했다며 에미가 리사의 손을 끌어다가 의자에 앉혔다. 와타누키, 그리고 하자마도 자리에 앉아 있었다.

"근데 기다리기 힘들어서 우선 가즈가 사 온 산적을 안주 삼아서 일본주로 살짝 목만 축였어. 엄청 맛있지 뭐야. 자,

이건 리사 거야."

이름만 산적이지 겉보기는 닭튀김에 가까운 모양새다. 닭 가슴살 하나를 통째로 옷을 입혀 튀겨 냈을 뿐이다. 살짝 마늘 향이 났다.

한입 먹어 보니 겉은 바삭하지만 안에 든 고기는 예상보다 훨씬 부드러웠다. 밥에 곁들여도 좋고 술안주로도 좋을 것 같았다.

"와, 맛있어!"

"그렇지?" 하고 뒤돌아본 가즈가 의기양양하게 말했다.

"나도 말이야, 아무 술집에나 다 있는 안주 가지고 뭔 호들 갑이야 싶어서 우습게 봤어. 근데 나가노를 대표하는 음식이 래잖아. 오늘 낮에 신칸센에 타기 전에 전문점에서 사 온 거라 신선할 거고, 여기서 한 번 더 튀겼으니까 틀림없이 맛있을걸. 팍팍 먹어, 얼른."

물 끓는다고 레나가 말했다. "그럼 다 모였으니 시작해 보실까." 하고 소쿠리에 잔뜩 쌓인 국수를 가즈가 단번에 냄비 속에 집어넣었다.

묘하게 손놀림이 익숙해 보인다며 놀리는 와타누키에게 반나절 동안 소바 만들기 체험에 다녀왔다며 가즈가 진지한 얼굴로 대답했다.

"하아, 남자 넷이서 나고야는 가는 게 아니더라고요. 젠코지 같은 데 가 봤자 시간 때우기도 안 되고……. 진짜 아무것도 없어요, 나고야는. 근데 소바도 만들고 도자기도 만들고, 느긋하게 시간 보냈던 건 좋았어요."

요코가 설마 직접 만들어 온 국수냐며 놀라자, 가즈는 손을 저으며 반나절 배운 거로는 어림도 없다고 대답했다.

"면 뽑기가 생각보다 진짜 어렵더라고요. 우동은커녕 기시멘* 같이 돼서……. 이건 가게에서 사 온 멀쩡한 국수니까 걱정 마세요."

리사는 속으로 연휴가 있어서 다행이라고 혼잣말을 했다. 스즈키를 잃은 충격을 연휴라는 휴식이 없애 주었다. 사람들의 상태는 처음 써니 하우스에 왔을 때처럼 밝았다.

스즈키를 잊었기 때문은 아니다. 억지로 밝은 척을 하는 것도 아니다.

사고로 스즈키가 죽은 일은 누구에게나 괴로운 경험이었다. 그런데도 앞으로 나아가는 것은 청춘이 가지고 있는 강인함일 것이다.

이만하면 충분하지 않겠냐며 레나가 긴 젓가락으로 국수 한 가닥을 집어 입에 넣었다. "1분 더." 하고 가즈가 진지한 표정으로 말했다.

잘 삶은 국수를 차가운 물로 헹궈 커다란 접시에 담고, 모든 사람의 그릇에 장국을 부으면 준비는 끝난다. 파와 생강, 와사비 같은 양념은 요코가 따로 준비했다.

---

* 가늘고 납작한 국수 요리로 우동의 종류 중 하나.

처음에는 국수만 먹어 보라며 가즈가 전문가라도 되는 양 말했다.

"향을 즐긴 다음에 먹어야 국수 본래의 맛이 더 돋보이거든 요."

설명서에 적혀 있었다는 와타누키의 말에 가즈가 들켰다고 하며 머리를 긁적였다.

"근데 가게에서도 그러더라고요. 원래는 소금에 찍어 먹는 편이 국수의 맛을 더 잘 느낄 수 있다나 뭐라나……."

자신은 별로라고 말한 하자마가 장국에 국수를 찍어 후루룩 빨아들였다.

"음, 맛있네. 섬세하게 맛을 구분할 수 있을 정도로 고급스러운 혀가 아니라서 말이야. 역시 소바는 장국에 찍어 먹어야 된다고 생각해."

하자마 씨 의견에 찬성한다며 요코가 고개를 끄덕였다.

"각자 좋아하는 방식으로 먹자. 가즈도 쓸데없는 잔소리 말고."

식탁은 그곳에 모인 사람들로 시끌벅적한 분위기였다. 10인분 사 왔다는 소바를 전원이 다 먹는 데는 30분도 걸리지 않았다. 에미가 병원에서 퇴원하는 환자에게 받았다는 쿠키에다 레나가 도쿄에서 사 온 케이크도 있어서 디저트도 충분했다.

처음에는 일본주로 시작하였으나 어느새 와인으로 바뀌더

니 두 번째 병도 거의 바닥이 났다. 아무리 7명이라지만 한 사람당 2홉 이상의 일본주를 마신 뒤에 딴 와인이다. 리사를 제외한 사람들 모두가 취해 있었다.

어느덧 정신을 차리고 보니 전부 식탁에서 거실 소파로 장소를 옮긴 상태였다. 의자보다는 소파에 앉는 편이 다리를 뻗을 수 있어서 편하다.

카펫 위에 누워 있는 가즈와 레나가 아무 이유 없이 함께 웃어 댔다. 요코는 와인 잔을 들고 묵묵히 계속해서 와인을 마셨다. 하자마는 어느새 사라져 있었다.

에미의 손을 잡고 있던 와타누키가 "우리, 오랜만에 해 볼까?" 하고 말을 꺼냈다. "뭘요?" 하고 물으며 몸을 일으킨 가즈가 눈을 비볐다.

와타누키가 씨익 웃으며 "고백 게임이지." 하고 대답했다.

"리사가 써니 하우스에 온 지 얼마나 됐지? 3월 말에 왔으니까 한 달하고 반인가. 어때, 여기 생활에는 익숙해졌어?"

와타누키의 질문에 "그럭저럭요." 하고 리사가 끄덕였다. 처음 써니 하우스를 방문했을 때가 아주 오래전 일처럼 느껴졌지만, 기대와 불안이라는 상반되는 감정을 가지고 인터폰을 눌렀을 때의 일은 지금도 똑똑히 기억한다.

입학 준비, 낯설기만 한 오리엔테이션, 그리고 스즈키의 죽음. 여러 가지 일들이 연이어 일어나 어지러울 정도로 빠르게 시간이 흘러 이곳 생활 자체에는 완전히 익숙해져 있었다.

새로운 입주자가 들어오면 꼭 하는 것이 있다며 와타누키가 설명을 시작했다.

"우리는 고백 게임이라고 부르는데 고백이라고 해서 아무한테나 말할 수 없는 비밀을 말하라거나 뭐 그런 거창한 건 아냐. 그냥 우리가 여기서 같이 살고 있잖아? 서로가 서로에 대해 잘 알았으면 좋겠다, 그러는 편이 여러 측면에서 편하게 지낼 수 있겠다, 그런 생각 안 들어?"

자신도 했다며 에미가 씁쓸하게 웃었다.

"다들 딱 한 가지씩만 너한테 질문할 거야. 예스, 노로 대답해도 되고 구체적으로 얘기해도 좋아. 그 부분은 알아서 해. 뭐, 일종의 세리머니? 그런 거라고 생각해."

다들 했냐고 물으며 리사가 주위를 둘러봤다. 어느새 똑바로 고쳐 앉은 레나가 어렵게 생각하지 말라며 고개를 끄덕였다.

"그럼 나부터 물을게. 리사는 첫사랑 언제 했어?"

고백 게임에 참가하겠다는 말은 안 했지만, 전체적인 흐름은 리사의 양해를 전제로 움직이기 시작했다.

구태여 거부할 생각은 없었다. 에미가 말한 대로 동료가 되기 위한 통과 의례일 테니까.

첫사랑이라. 리사는 고개를 갸우뚱하며 따라 준 와인을 한 모금만 마셨다. 그 편이 말을 꺼내기가 쉬웠다.

"그런 거 기억 안 나. 굳이 말하자면 같은 유치원에 다녔던

유하라인가."

레나가 손으로 엑스자를 그리며 "땡!" 하고 소리쳤다.

"그런 아이돌 같은 엉뚱한 대답 말고. 세상에서 제일 사랑하는 남성과 함께 살고 있습니다, 저희 집 치와와 마롱입니다, 뭐 이런 대답이나 듣자고 물은 거 아냐. 성실하게 대답해."

가즈가 대충 넘어가기 없다고 말하며 두 손을 들더니 그대로 벌렁 뒤로 자빠졌다. 상당히 취한 모양이다.

리사는 난감해하며 기억을 더듬었다. 알코올이 모두의 마음속에 있던 브레이크를 풀어 버렸다. 지금 같으면 무슨 말을 해도 상관없을 것 같았다.

"중2 때, 옆자리에 앉았던 오카다."

"어떤 애야? 잘생겼어?"

밴드를 했었다고 리사가 대답했다.

"중2인데 키가 170이 넘고 마른 편에다 다른 남자애들하고 달랐어. 중2가 밴드를 하다니, 그런 애는 잘 없잖아? 손가락이 가늘고 길어서 기타 치는 모습을 보면 멋지다는 생각밖에 안 들었어. 얼굴은 좀 원숭이 같았지만."

레나가 흡족해하며 손뼉을 쳤다.

"걔가 첫사랑이야? 사귀었어?"

질문은 한 사람당 하나가 아니었나 생각하면서도 사귀진 못했다고 착실히 대답하며 손을 저었다.

"2학기 때 자리를 바꾸면서 어쩌다 옆자리가 됐었거든. 그다지 다가가기 쉬운 타입은 아니라서 내가 먼저 말 걸어 본 적도 없어."

그래도 무슨 일이 있었을 거 아니냐며 에미가 소파를 두들겼다. 아무 일도 없었다고 리사는 한 번 더 손을 저었다.

"2학기 말에 처음으로 그 애가 먼저 저한테 말을 걸었는데⋯⋯. 교과서를 안 가져왔다고 했나, 아무튼 그런 이야기였을 거예요. 그걸 계기로 조금씩 이야기를 나누게 됐는데, 3학기가 되고 나서 또 자리를 바꿔서 이번에는 교실 끝에서 끝, 뭐 그런 식으로 됐거든요. 그래서 아무 일도 없었어요."

뭔가 수상쩍다고 말하며 레나가 팔을 뻗어 어깨를 툭툭 쳤다.

"이러면 안 되지, 고백 게임이니까 솔직하게 말해."

"⋯⋯중학교 졸업식 때 고백받았어."

진짜냐고 다들 박수를 쳤다. 리사는 오해하지 말라고 하며 자신의 두 뺨에 손을 댔다. 불이라도 뿜을 것처럼 뜨거웠다.

"고백이라기보다는 그게 그러니까⋯⋯. 저도 잘 모르겠어요. 근데 다른 고등학교로 가게 돼서, 니가타가 의외로 넓거든요. 중학생이나 고등학생은 차도 없으니까 학교가 다르면 장거리 연애나 다름없잖아요. 물론 저도 좋다고 대답하고 싶었지만 현실적으로 생각하면 힘들 것 같아서."

지방은 그런 경우가 많다고 에미가 끄덕였다.

"도쿄라든가, 뭐 그런 큰 도시는 전철이나 다른 교통수단이 많잖아. 지방은 버스밖에 없다든가, 아니면 전철이 있어도 1시간에 한 대밖에 없다든가 그런 경우가 흔하니까 말이야. 난 미야기 출신인데, 센다이면 그나마 나았을 텐데 집이 게센누마라서 중학교 때는 자전거 말고는 교통수단도 없었어."

이제 만족하냐는 리사에게 다음은 내 차례라고 하며 가즈가 손을 들었다.

"있잖아, 지금 사귀는 사람 있어? 여태까지 몇 명이나 사귀어 봤어? 섹스까지 해 본 사람은 몇 명이나 돼?"

"너 그거 성희롱이야."라고 말하며 에미가 박장대소했다. 사실대로 말해달라고 와타누키가 말했다.

"예스, 노로만 대답해도 돼. 대신 노코멘트는 금지. 그게 고백 게임의 규칙이니까."

리사는 정식으로 교제한 사람은 없었다고 대답했다. 내키지 않는 이야기였지만, 써니 하우스 사람들이 자신을 좀 더 알아주었으면 하는 마음도 어딘가 있었다.

"그러니까, 저기……. 지방 공립학교에 다니다 보면 니가타 같은 경우에는 정말 만남의 기회가 적다고 해야 하나, 아무튼 세상이 좁아지거든요. 물론 적극적인 애들도 있었고 그런 애들은 나름 연애도 해 봤겠지만 저는 그런 쪽은 아니었어요."

믿어도 되냐고 레나가 낮은 테이블에 머리를 댄 채로 입을 열었다.

"꼭 집어 말하자면 리사는 얌전한 쪽이라는 거 나도 알아. 나는 도쿄 출신인데 실제로 연애질하느라 정신없는 애는 얼마 없어. 적어도 대학에 진학할 생각이 있으면 사실 막 나가긴 어렵잖아. 그래도 말이지, 리사처럼 예쁘게 생겼으면 남자들이 가만두진 않았을 것 같은데?"

리사는 여전히 뺨에 손을 댄 채로 아니라고 하며 고개를 좌우로 세차게 저었다. "헌팅 정도는 당해 봤을 거 아냐."라고 와타누키가 말했다.

"아까 말한 오카다라는 남자애도 그렇고 초등학교, 중학교 때 같은 반이었던 애들은 네 휴대폰 번호나 메일 주소, 라인 아이디를 아는 남자애도 분명히 있을걸. 헌팅까지는 아니더라도 그런 애들한테 연락 없었어?"

에미가 못마땅한 말투로 "어휴, 조심스럽기도 하셔라." 하고 고개를 홱 돌렸다. 얼굴에는 불쾌함이 드러났다.

"나한테 질문했을 때랑 태도가 전혀 다르잖아. 그때 야한 질문만 잔뜩 해서 내가 얼마나 열 받았는데. 자기가 무슨 술 취한 부장님인가."

와타누키가 기분을 풀어 주려는 듯 에미의 머리를 톡톡 두들기며 "에미는 어른이잖아."라고 말했다.

"그때는 좀 곤란한 질문을 하는 편이 분위기가 더 살 것 같아서 그랬어. 근데 리사는 이제 막 대학에 들어갔으니까······."

됐다고 손을 뿌리친 에미가 계단을 올라갔다. "분위기 깨긴." 하고 가즈가 리사 쪽으로 고개를 돌렸다.

"됐어, 됐어, 그냥 내버려 둬. 그래서 결론이 뭐야? 대답해 봐. 진짜 사귄 사람이 하나도 없었단 말이야? 정말?"

사귄다는 게 어디서부터 어디까지를 가리키는 거냐고 리사가 물었다.

"중3 때 사귄 친구들하고는 꽤 사이가 좋아서 남녀 할 것 없이 대여섯 명 정도 섞여서 한 달에 몇 번씩 놀러 다니기도 했거든요. 근데 그걸 사귄다고 하진 않잖아요?"

"그야 그렇지." 하고 가즈가 와인을 한 모금 마셨다.

"근데 그런 거 있잖아, 그중에 한 명이 너한테 고백했다거나 마음에 드는 사람이 있어서 네가 먼저 다가갔다거나. 둘이서만 데이트했으면 그건 사귀었다고 봐도 되지 않아?"

순간 다카세 히로시라는 이름이 머리를 스쳤다. 문득 깨닫고 보니 내 곁에 가장 가까이 있었던 사람. 마음이 끌렸던 그 사람.

서로 호감을 가지고 있다는 사실은 누구보다 서로가 제일 잘 알았다.

"전에 네가 그랬잖아. 사귄 사람 있었다고." 생각났다면서 가즈가 손뼉을 짝 쳤다. "그럼 못써, 리사. 거짓말을 하다니. 고백 게임이라고 했지? 규칙은 따라야지."

"써니 하우스에 처음 온 날 가즈 오빠나 몇몇 사람들한테 이것저것 얘기했었죠."

리사는 오렌지 주스에 입을 댔다.

"가깝게 지낸 사람은 있었어요. 근데 그걸 사귄다고 해도 될지……. 둘 다 그런 경험이 부족했어요. 고등학교를 졸업한 뒤에 그 애는 나가노에 있는 대학으로 가고 저는 재수를 하느라 니가타에 남았거든요. 바로 옆에 있는 현이라 해도 역시 꽤 멀더라고요. 그 애는 어땠는지 몰라도 제가 놀러 다닐 형편이 아니었잖아요. 연락 안 한 지도 벌써 몇 달이나 됐는걸요. 무슨 말을 들은 것도 아니고, 역시 사귀었다고 말하기는 좀 힘들지 않나 싶은데."

"그럼 지금은 사귀는 사람 없다는 거지?"

확실히 해야겠다는 듯 가즈가 물었다.

"그렇구나. 그럼 나한테도 기회가 있다는 거네……. 그 사람 말고는 사귄 사람 없어? 하나도? 진짜야? 그럼 섹스는?"

"스톱." 하고 요코가 가즈를 제지했다.

"가즈, 지금 과음했어. 아무리 게임이라지만 그런 질문은 좀 아냐. 리사도 대답할 필요 없어. 술주정에 계속 맞춰 주면 끝이 나겠어?"

리사는 미안하다고 사과하며 요코 쪽으로 고개를 돌렸다. 흥미 본위의 저질스러운 질문에는 대답하고 싶지 않았다.

"그럼 제가 질문해도 될까요? 요코 언니는 어느 지역 출신이세요?"

나라 현이라고 요코가 대답했다. "어, 그랬나?" 하고 와타누키가 고개를 갸웃했다.

"전에 오사카라고 그러지 않으셨어요?"

이코마 시라고 했다며 요코가 쓴웃음을 지었다.

"따지자면 나라 현이 맞는데, 오사카 쪽이 나한테는 더 친숙해. 이코마에 사는 사람은 놀러 가고 싶거나 쇼핑할 일이 있으면 오사카로 가는 사람이 훨씬 많아. 이런 경우야말로 지방에선 아주 흔하게 볼 수 있는 일이지. 나라 현에는 정말 아무것도 없어. 그래서 출신이 어디냐고 누가 물으면 오사카라고 대답해. 나라라고 하면 정확히 어떤 곳인지 느낌이 잘 안 오잖아?"

의외라고 리사가 말했다.

"억양이나 그런 게 전혀 티가 안 나서 당연히 도쿄에서 오신 줄 알았는데⋯⋯."

심한 사투리는 나이 드신 분들만 쓴다며 요코가 웃었다.

"아니면 개그맨 정도? 물론 어미나 뉘앙스에서 조금 티가 나긴 해. 경우에 따라서는 나도 사투리로 말하고. 근데 그건 대화 상대가 누구냐에 따라 다르지."

"상대에 따라서요?"

이곳에 온 뒤로는 자연스럽게 표준어를 쓰게 됐다고 요코가 말했다.

"고향에 돌아가면 상대가 쓰니까 나도 사투리가 나오는데, 그건 리사도 마찬가지 아냐? 니가타 사투리로 말하는 모습 한 번도 본 적 없는데. 무의식중에 상대에 따라 구분해서 쓰게 되는 거 아닐까?"

리사는 그 말에 동의하며 고개를 끄덕였다. 니가타 시내에서 살았던 영향도 있지만 리사의 가족, 친구들은 그다지 심하게 사투리를 쓰지 않았다. 평소에 쓰는 말은 오히려 표준어에 가까웠다.

써니 하우스나 학교에서 니가타 사투리를 쓴 적은 없었다. 지방 출신인 사람의 콤플렉스 때문이 아니라, 그 편이 더 편했다. 요코도 그럴 것이다.

"언니가 하는 일이요, 구체적으로 어떤 거예요? 웹디자인이라는 말 자체는 자주 듣는데 정확히 알지는 못해서……."

고백 게임에서 벗어나려는 의도를 읽어 냈는지 요코가 주머니에서 휴대폰을 꺼냈다.

"예를 들면, 구글 검색 화면 알지? 그것도 누군가가 디자인을 해서 그런 형태가 된 거야. 한 번씩 보면 구글 로고가 달라져 있는데 그것도 웹디자이너의 업무 중 하나야."

"잘은 모르겠지만 멋져 보여요. 그런 일은 센스가 있어야 할 수 있는 거죠?"

자신은 그렇게 창의적인 작업은 안 해서 상관없다고 말하며 요코는 들고 있던 휴대폰을 흔들었다.

"나는 주로 회사 근처의 경단 가게나 카페 같은 곳에서 발주를 받아서 웹 광고 디자인 같은 일만 해. 그다음으로 많이 하는 일은 역시 가게 홈페이지 만들기겠지. 요즘은 유명한 오래된 맛집도 홈페이지가 없으면 관광객이 찾아오지를 않아서 말이야. 다들 가게 이름만 검색해서 위치를 찾잖아? 홈페이지가 없으면 찾아가려다가 포기하는 사람도 생기거든. 계속 관리하고 홈페이지 갱신도 해야 하니까 덕분에 우린 항상 일이 넘쳐."

리사가 그쪽 방면은 어려워서 잘 모르겠다며 우는 소리를 했다.

"고등학교 때도 컴퓨터 수업은 있었는데 뭔가 좀 자신이 없어서……. 근데 대학교 같은 경우에는 뭐가 됐든 과제를 전부 메일로 보내라고 하지를 않나, 사진이나 영상까지 집어넣어야 한다는 교수님도 계시거든요. 그래서 이제는 좀 막막해지기 시작했어요."

요코가 이해한다는 듯 끄덕이며 "리포트 같은 그런 종류지?" 하고 물었다.

"그 정도는 내가 도와줄 수 있을 것 같아. 도울 일 있으면 얘기해."

리사가 자리에서 벌떡 일어나며 정말이냐고 물었다.

"저 오늘 막 리포트 과제 받았거든요. 제출은 7월까지라 아직 시간은 있는데……. 잠깐만 기다려 주세요, 지금 가져올 테니까."

고백 게임에서 빠져나가려면 일단 한 번은 이곳을 벗어나야 했다. 어느새 레나는 새근거리며 잠들어 있었다.

그만하자고 가즈가 불쑥 말을 던졌다. 그 목소리를 뒤로 하고 리사는 계단을 올라갔다.

2

써니 하우스로 돌아와 곧장 저녁 식사 자리에 참석한 후, 소바를 다 먹자마자 일단 방으로 들어와 통학용 가방을 내려놓고 편안한 옷으로 갈아입었다.

침대 위에 내려놓은 가방에서 클리어 파일을 꺼내, '헤이케의 패잔병과 가마쿠라 막부'라는 표제를 확인한 후 방을 나가려다 걸음을 멈췄다.

무언가 이상하다고 위화감을 느꼈다. 방을 쭉 둘러보다 그 정체를 알아냈다.

책상 위에 쌓여 있는 잡지의 순서가 바뀌었다. 표지 모델이 다른 사람으로 바뀌어 있었다.

리사는 또래 여성에 비해 확실히 독서를 좋아했다. 매달 서너 권의 소설을 읽고 잡지의 경우에는 패션지를 중심으로 그 이상을 읽었다.

본인이 생각해도 이해가 안 되지만 소설 같은 경우는 한 권을 다 읽을 때까지 다음 책에는 손을 대지 않는 버릇이 있다. 하지만 잡지 같은 경우에는 메인 특집 기사나 자신이 좋아하는 장르의 기사를 하나하나씩 읽어 나간다.

결국에는 다른 기사도 한 번씩 훑어보지만, 이 버릇 때문에 잡지는 항상 책상 위에 쌓아 두고 있었다.

거기에는 리사만의 우선순위가 있어서 특별한 이유가 있지 않은 이상 읽는 순서를 바꾸지 않았다. 제일 위에 놓인 잡지를 다음에 읽을 생각이었다. 그런데 그 순서가 바뀌어 있었다.

어떻게 이런 일이 일어났는지 이해가 되지 않았다. 방금 방에 들어왔을 때 자물쇠는 잠겨 있었다. 이 방의 열쇠를 가지고 있는 사람은 리사밖에 없었다.

"아니지, 잠깐." 어질어질한 머리에 손을 댄 채로 생각했다. 조금이지만 와인을 마셔서인지 취기가 돌았다.

오늘 아침, 침대에서 일어나 학교로 갈 준비를 한 후 1층으로 내려갔다. 물론 옷은 갈아입은 상태였고 방을 나갈 때 문을 잠갔던 일도 기억난다.

8시에 써니 하우스를 나와 저녁 6시가 지나서야 돌아왔다. 그 시점에 방에는 가지 않았다.

가방을 내려놓고 옷을 갈아입기 위해 방으로 돌아온 시각은 8시 반 무렵이다. 자물쇠를 열고 방에 들어왔다.

그때 잡지 순서가 달라져 있었나. 그 부분은 기억나지 않았다.

가방을 침대에 두고 서둘러 옷을 갈아입은 뒤 거실로 내려갔다. 길어도 30분 정도밖에 걸리지 않았다. 아무런 낌새도 없었다.

다만, 방을 나갈 때는 확실히 문을 잠갔다. 방금 자물쇠를 열고 들어왔다는 사실만 봐도 그 점은 확실하다.

식탁 테이블에서 소파로 이동해 이야기를 나누기 시작한 것은 바로 그 다음이다. 그 후로 2시간이 지났다. 그 사이에 누군가가 방에 들어왔던 것일까.

말도 안 된다며 고개를 세차게 저었다. 왜냐하면 열쇠를 가진 사람은 자기밖에 없었으니까.

예비 열쇠는 부동산이 보관하고 있다고 들었다. 부동산 사무실은 가마쿠라 역 바로 근처니까 지금 예비 열쇠를 가지고 있는 사람은 써니 하우스 안에 없다.

그렇다면 깜박하고 방문을 잠그지 않았던 걸까. 그래서 그 사이에 누군가가 들어왔다?

그것도 불가능하다며 다시 한번 고개를 저었다. 왜냐하면 리사는 자물쇠를 열고 방으로 들어왔기 때문이다. 자물쇠는 확실히 잠겨 있었다.

그렇다면 대체 잡지의 순서는 어떻게 바뀐 것일까. 누군가가 예비 열쇠를 가지고 있는 것일까. 그렇다면 그것은 누구인가.

침대에 앉아 기억을 더듬었다. 오늘 아침, 학교로 갔다. 그 후로 약 10시간 동안 방에 들어오지 않았다.

그 시간이면 예비 열쇠를 가진 써니 하우스 입주민이 방으로 들어오기에 충분했다.

"잠깐." 하고 멈칫하며 관자놀이를 세게 눌렀다. 그게 아니다. 2시간 전, 방에 한 번 들어왔었다.

특별히 주의 깊게 보지는 않았지만 이상이 있으면 금세 알아차렸을 터. 아주 사소한, 알 듯 말 듯 한 차이이기에 오히려 눈에 띄는 경우가 있다. 가령, 잡지를 쌓아 둔 순서처럼.

즉, 8시 반쯤에 방에 들어왔다가 나간 후 지금에 이르기까지, 그 두 시간 사이에 누군가가 방으로 침입했다는 말이 된다. 대체 누가 무슨 목적으로 그런 짓을 한 것일까.

누구냐에 초점을 맞추면 답이 나오지 않는 문제다. 하자마, 그리고 에미가 각각 자리를 떠나 자기 방으로 돌아갔다는 사실은 알고 있다. 하자마는 8시가 지난 시각에, 그리고 에미는 9시 전후였다.

그러나 와타누키와 요코, 가즈, 레나도 각각 화장실에 가거나 자기 방으로 들어가 전화를 하는 등 거실에 없었던 시간이 있다. 10분을 넘기지는 않았지만 5분 이하도 아니다.

그 사이에 2층으로 올라가 리사의 방에 침입하기에는 충분한 시간이다. 누구에게나 그럴 기회가 있었다. 이제 와서 알아보기는 어렵다.

그렇다면 목적은 무엇인가. 그것도 알 수가 없다. 짐작 가는 바가 하나도 없었다.

금전이 목적이 아님은 확실했다. 요즘 같은 시대에 거액의 현금을 방에 보관하는 사람은 거의 없고 애초에 리사는 그렇게 큰돈을 가지고 있지 않았다. 귀걸이나 목걸이, 시계, 옷 같은 물품도 전부 싸구려 물건밖에 없었다.

단순히 시간만 보고 가장 수상한 사람을 꼽자면 하자마다. 8시가 지나 장소를 소파로 옮겼을 때 이미 하자마는 자기 방에 들어가 있었다.

여자 입주민이 거주하는 2층으로 올라가기 위해서는 현관 옆에 있는 계단을 이용해야 하지만 다른 여섯 명은 취해 있었고 이야기를 나누느라 정신이 없었다. 빈틈을 노려 올라가는 일이 불가능하다고 할 수만은 없었다.

다만, 하자마, 와타누키, 가즈, 범인이 이 세 사람 중 하나라 하더라도 목적은 알 수 없었다. 여자 속옷을 훔쳐다가 히죽거릴 변태로는 보이지 않았고, 만약 정말 변태라면 지금까지 몇 번이고 똑같은 사건이 일어났을 것이다.

혹시 몰라 확인을 해 보니 속옷은 물론 옷과 수건 등을 포함해 사라진 물건은 없었다.

그렇다면 범인은 여자인가. 예를 들어 에미의 경우, 9시를 전후로 2층에 올라갔었다. 여자니까 당연히 여자 입주민이 거주하는 층에 올라갈 수 있고 그것을 수상하게 여길 사람은 아무도 없다.

그래도 여전히 목적은 알 수 없었다. 성적인 이유일 리는 없다. 돈이나 물건을 훔치지도 않았다.

그렇다면 단순히 호기심 때문일까. 에미는 전문대밖에 다니지 않았다. 여대생의 방이 어떤 느낌인지 궁금해서 훔쳐본 것일까.

그렇다고 보기는 어렵다. 보고 싶으면 리사가 방에 있을 때 문을 두드리면 그만이다. 남자라면 몰라도 여자인 에미를 꺼려할 이유는 없으니.

살짝 방을 보여 달라고 했으면 리사도 거부하지 않았을 것이다. 남에게 보여서 민망할 물건은 전혀 없으니까.

그것은 요코나 레나도 마찬가지다. 레나는 지금까지도 몇 번이나 방에 찾아왔었다. 요코도 방을 구경하러 한 번 왔던 적이 있다. 굳이 방에 침입할 이유가 없다.

애초에 열쇠와 관련된 의문점부터 해결해야 한다. 처음 써니 하우스에 왔던 날을 떠올려 보면 방으로 안내해 주었던 사람은 에미다. 그때 열쇠를 건네받은 기억도 있다.

그때까지 열쇠는 어떻게 보관되어 있었나. 지금 스즈키가 썼던 방의 열쇠가 그러하듯 1층 거실 보조 테이블 위에 있는 자개 정리함에 넣어 둔 채로 방치되어 있었을 것이다.

누구나 꺼내 갈 수 있으니 예비 열쇠를 만드는 일도 쉬웠을 터. 어쩌면 누군가 몰래 예비 열쇠를 가지고 있었는지도 모른다.

하지만, 하고 다시 고민하며 얼굴을 두 손으로 감쌌다. 여전히 이해가 가지 않는다. 대체 목적이 뭘까.

합리적인 해석은 딱 하나다. 잡지 순서가 달라졌다고 리사가 착각했던 거라면 누군가가 방에 들어왔다는 가정은 사실이 아니게 된다.

곰곰이 생각해 보니 그것 외에는 설명할 방법이 없는 것처럼 느껴지기 시작했다. 중학생 때부터 그런 식으로 잡지를 정리해 왔지만 항상 올바른 순서로 정리했냐고 하면 꼭 그렇지만은 않다.

자기 사정에 따라, 혹은 갑자기 읽고 싶은 기사가 있으면 순서를 바꾸기도 했다.

6, 7년간 계속된 습관이다. 무의식중에 하게 되는 행동도 있다. 본인의 착각이라고 결론을 내리며 리사는 고개를 끄덕였다.

매일 밤, 리사는 욕조에 몸을 담근다. 기본적으로 잡지를 읽으며 반신욕을 한다. 욕실에서 나온 후 책상 위에 놓인 잡지 순서를 바꾸는데, 그때 무의식중에 다른 잡지를 제일 위에 올려놓은 게 분명하다.

연휴 중에는 매일 장시간 서점 아르바이트를 했다. 다른 아르바이트는 쉬어야 해서 대신 서점 근무를 늘렸는데 리사 입장에서는 제대로 일할 수 있는 시간이 연휴 기간밖에 없었기 때문이다.

서점 일은 육체노동이 많고 계산 업무를 할 때는 계속 서 있어야만 한다. 분명 지쳐 있었다. 그리고 지쳐 있을 때 인간은 평소 하지 않는 행동을 하게 된다.

그렇게 결론을 내린 리사는 손에 클리어 파일을 들고 자리에서 일어났다. 사소한 일에도 과민 반응을 보이는 버릇은 나쁘다고 중얼거리며 방을 나서자 술에 잔뜩 취해 리사의 이름을 부르는 가즈의 목소리가 들려왔다.

3

벌써 6월이라고 와타누키가 중얼거렸다. 가즈가 창밖으로 눈을 돌리며 올해는 장마가 일찍 올 거라고 했다.

5월이 끝나고 6월에 들어섰다. 써니 하우스는 여전했다. 각자가 자신의 일상을 보내며 지냈다.

6월 5일 화요일 아침도 평소와 다름없었다. 리사는 오전 수업이 모두 휴강이라 평소보다 조금 늦게 눈을 떴다. 옷을 갈아입고 1층으로 내려가니 와타누키와 가즈가 바다를 보며 이야기를 나누고 있었다.

두 사람에게 아침 인사를 하고 평소처럼 그래놀라와 요구르트로 아침 식사를 했다. "6월이구나." 하고 와타누키가 또 한 번 중얼거렸다.

"하, 비는 싫은데. 써니 하우스가 환경은 최고지만 비가 계속되면 골치 아파져서."

그렇다고 동의하며 가즈가 크게 기지개를 켰다.

"리사도 알지? 여기가 언덕 위에 지어진 주택이잖아. 이렇게 말하면 근사하게 들리는데 실제로는 나지막한 산 위에 지어진 건물이라 장마 때는 오가기가 힘들어지거든."

자신도 안다며 리사는 요구르트를 숟가락으로 떴다. 써니 하우스에서 지장당까지 계단이 있기는 하지만 포장된 길은 아니다.

비가 내리면 온통 질퍽한 진흙탕이 되어 버리고 미끄러져서 걷기도 힘들어진다. 그게 써니 하우스의 유일한 문제라며 와타누키가 어깨를 으쓱했다.

"뭐, 불평한다고 해결될 문제는 아니지만. 그냥 내리는 비는 불평 안 해. 그저 집중호우가 내린다거나 며칠씩 비가 계속 내리면 걷기가 많이 힘들어지니까 그러지. 리사도 무슨 일 있으면 전화해. 차로 데리러 갈 테니까."

리사는 고개를 숙여 고맙다고 인사했다. 써니 하우스 입주민은 리사를 제외한 전원이 운전면허증을 가지고 있다.

여름 방학 동안에 운전 학원에 다닐까 하는 생각도 했지만 가마쿠라보다 니가타에 돌아갔을 때 배우는 편이 나을 것 같았다.

본가에 돌아가 봤자 특별히 할 일은 없겠지만 원래 살았던 곳이라 친구가 돌아와 있을지도 모르니 지루하게 보내지는 않을 것 같다.

그보다는 와타누키의 시선이 신경 쓰였다. 말로 하진 않았지만 에미와의 관계는 끝난 듯 보였다.

최근 보름 동안 누가 봐도 알 수 있을 정도로 두 사람은 대화가 없었고 어딘가 서먹해 보였다.

그와 동시에 와타누키가 이래저래 리사에게 말을 거는 횟수가 증가했다. 어제도 둘이서만 밥을 먹으러 가자고 불러냈던 참이다.

학교 수업이 많아서 힘들다고 완곡하게 거절했지만 와타누키의 눈에는 명확한 의도가 있었다. 노골적으로 말하면 자신과 사귀지 않겠냐는 뜻이 담겨 있었다.

와타누키가 여자를 대하는 것에 능숙하고 과거에 여러 여성과 가벼운 만남을 즐겼다는 사실은 이미 알고 있다. 그래서 리사는 자신과 다르다고 생각했다. 가벼운 마음으로 누군가와 사귄다는 생각은 해 본 적조차 없었다.

써니 하우스 남자들의 외모는 수준이 꽤 높은 편이다. 와타누키와 가즈도 그렇고, 언제나 우울해 보이는 하자마조차 어른만의 매력적인 분위기가 있다. 그것은 사고로 죽은 스즈키도 마찬가지였다.

처음 써니 하우스를 방문한 날, 자신을 환영해 주는 파티가 있었다. 여자들을 포함해 써니 하우스의 모든 이들은 젊고 에너지가 넘쳤으며 눈부시게 빛났다. 마치 텔레비전 속 리얼리티쇼에 뛰어들어간 것 같은 기분이 들 정도였다.

하지만 실제로 생활을 시작해 보니 겉모습보다는 실속이 더 중요하다는 사실을 깨달았다. 늘 프로 서퍼가 목표라고 말하지만 실제로는 아르바이트를 하며 하루살이 생활을 하는 와타누키.

유급 상태임에도 불구하고 학교에 나가거나 취직하려는 노력도 없이 그저 놀기만 하는 가즈. 매일 피곤하다, 퇴사하고 싶다는 말만 반복하는 하자마.

하긴, 그것이 현실이다. 텔레비전으로 보는 리얼리티쇼처럼 즐거운 일만 생길 수는 없다. 생활도 있다. 현실이란 그런 것임을 리사도 이해했다.

와타누키도 가즈도 하자마도 나쁜 사람은 아니다. 다만, 교제할 상대로 보기에는 어려웠다.

전에 요코가 말했듯이 집을 나누어 쓰고 있을 뿐인 관계로 명확하게 선을 그어 놓는 것이 정답이라 생각했다.

와타누키도 그 이상 치근대는 일은 없었다. 리사의 표정을 보고 뭔가 눈치를 챈 듯했다.

"가즈, 수영장에 물이나 채울까."

그거 좋다며 가즈가 벌떡 일어섰다.

"사실은 더 일찍 채워도 좋았을 텐데 올해는 5월에도 쌀쌀했으니까요. 근데 오늘은 마침 딱 좋은데요? 날씨도 화창하고."

매년 5월 초순이면 써니 하우스 정원에 있는 수영장에 물을 채운다는 이야기를 리사도 들었다. 사실 그럴 생각으로 연휴가 끝나자마자 수영장 청소도 했다.

그 후 며칠 동안 비가 계속되고 기온도 올라가지 않아서 아직 이르다는 이야기가 나왔지만, 며칠 전부터 20도가 넘는 맑은 날씨가 계속됐다. 오늘이 써니 하우스 수영장 개장하는 날이라고 와타누키가 선언했다.

"리사, 시간 돼? 좀 도와줘. 수영장 안에 또 쓰레기가 쌓였어."

겸사겸사 수영복도 입고 오는 게 어떻겠냐고 말하며 가즈가 티셔츠를 벗고 상반신을 드러냈다.

"왜, 목욕물은 새로 받으면 들어가는 순서가 있잖아? 수영장도 그런 거 있지 않나?"

들어본 적도 없다고 하며 리사는 다 먹은 요구르트 용기를 헹궈 쓰레기통에 버렸다.

"그래도 돕기는 할게요. 오후 수업이 선택 과목이라 출석 체크도 안 해서……. 아르바이트 전까지는 시간이 비거든요."

그래도 수영복은 입을 생각이 없다고 말하자 그거 아쉽다고 대답한 가즈가 맨발로 현관을 걸어 나갔다.

큰 소리로 금방 가겠다고 말하자, "기다릴게!" 하고 손을 흔든 와타누키가 가즈의 뒤를 따라나섰다.

4

리사는 수영장을 바라보며 혼잣말로 굉장하다고 감탄했다. 세로 10미터, 가로 5미터 정도로 결코 크다고 할 수는 없지만 수영장이 딸린 셰어하우스는 거의 없지 않을까.

거기다 수영장 가장자리에는 파라솔이 딸린 테이블 두 개와 선베드도 있다. 휴양지에 있는 별장 같다.

전에 한 번 수영장 안을 청소해서 그런지 해야 할 일이라고는 그 이후에 떨어진 쓰레기나 나뭇잎을 줍는 정도였다.

10분도 채 걸리지 않아 작업을 끝내자, 가즈가 수영장 가장자리에 있는 조작함 버튼을 눌렀다. 수영장 사면에서 세차게 물이 흘러나오기 시작했다.

깊이는 2미터 정도라 그렇게 오래 기다릴 필요는 없었다. 30분 정도가 지나 물이 1미터를 넘자, 반바지 차림을 한 가즈가 괴성을 지르며 물속으로 뛰어들었다.

"윽, 차가워!"

가즈가 내지르는 꽥 소리에 리사는 자기도 모르게 웃음이 터졌다. 온수가 아닌 상온의 물을 쏟아 넣고 있을 뿐이니 물이 차가운 것은 당연한 일이다.

"아직은 좀 이르나?" 하고 허리까지 물에 잠겨 있던 와타누키가 수영장 밖으로 올라왔다.

"가즈, 그만하고 올라와. 수온이 올라가야 수영을 하지. 이렇게 차가운데 심장 마비 걸리면 어쩌려고 그래."

"형, 오버하지 마세요."라고 말하며 가즈도 수영장 밖으로 나왔다.

"그럼 뭐, 조금 기다릴까요. 햇볕도 좋으니까 1시간 정도면 들어갈 수 있지 않겠어요?"

리사는 수영장 가장자리에서 발끝만 물에 살짝 담가 보았다. 어떠냐고 소리치는 가즈에게 1시간 가지고는 어림없을 것 같다고 대답했다.

수영장에 설치된 온도계는 23도를 가리키고 있었지만 직접 느끼기에는 냉수에 가까웠다.

"아, 역시 안 되나. 들어가고 싶었는데." 가즈가 아쉬워하며 혀를 찼다. "근데 생각해 보면 즈시 해안에 있는 해수욕장도 6월 말은 되어야 열리잖아. 좀 이르다고 생각하긴 했어."

날씨에 따라 상황은 달라질 수 있는 거라고 말하며 와타누키가 선베드에 누웠다. 두 사람이 누울 공간밖에 없어서 가즈가 나란히 눕자 리사는 수영장 가장자리에 적당히 앉을 수밖에 없었다.

정원 뒤편에 있는 조립식 건물을 보며 "이건 이거대로 괜찮네." 하고 중얼거렸다. 환경만 따지자면 써니 하우스보다 괜찮은 셰어하우스는 가마쿠라에 없을 것이다. 심지어 집세는

4만 5천 엔.

주위에서도 자주 하는 얘기지만 한 번 올라간 생활 수준은 낮추기가 어렵다. 인간관계가 번거롭기는 하지만 그것은 어떤 셰어하우스를 가든 마찬가지다.

좋지도 나쁘지도 않은 관계를 유지하는 한 이곳에서의 생활은 쾌적했다. 입주민도 상식이 있는 사람들이라 말썽이라 할 만한 일은 없었다. 아니, 오히려 즐거웠다.

어쨌든 언젠가는 이곳을 떠나는 날이 올 것이다. 2개월을 살아 보고 셰어하우스가 자신의 성격과 맞지 않다는 사실을 깨달았다.

1년 뒤가 될지 2년 뒤가 될지는 모른다. 만약 지금 당장 혼자서 자취 생활을 시작하면 보증금과 부동산 수수료를 포함해 집세 문제까지 고민해야 하지만 현실적으로 지금 상황에서는 어려웠다.

지금까지 큰 문제는 전혀 없었다. 다른 입주민과 충돌이 있다거나 불쾌한 일도 없었다. 그저 감각적으로 맞지 않는다는 말밖에 할 수가 없다.

당분간은 이대로 지내야겠다고 생각했다. 와타누키가 성가시게 치근대지만 않으면 좋겠다고 생각하며 고개를 들었다.

집주인 노부부가 간이 창고로 쓰고 있다는 조립식 건물을 쓸 수 있으면 좋겠다는 생각이 들었다. 다 읽은 책이나 잡지를 버리지 못하는 성격 덕분에 방 한쪽 모퉁이에는 산이 두 개 생겨났다. 저곳에 보관할 수 있으면 좋겠다는 생각을 잠깐 했지만 자물쇠가 걸려 있어 불가능하다는 사실은 알고 있다.

선베드에 누운 두 사람이 점심 식사는 어떻게 해결할지 고민하고 있다. 평화롭다고 생각하며 리사는 하늘을 올려다보았다.

5

오후 1시, 써니 하우스를 나와 곧장 아르바이트를 하러 서점으로 향했다.

토, 일은 고정적으로 근무하지만 평일은 근무 시간이 유동적이라 리사의 스케줄에 근무 시간을 맞춰 주었기 때문에 근무하기가 편했다.

저녁 8시가 넘어 써니 하우스에 돌아오니 거실에는 요코와 와타누키가 있었지만 피곤했던 탓에 곧장 방으로 돌아갔다.

수영장 청소도 서점 일도 육체노동이다. 씻고 나와 잠옷으로 갈아입는 게 고작이었다. 언제 침대에 누웠는지 기억도 나지 않을 정도다.

숙면을 취한 만큼 다음 날 눈을 떴을 때는 기분이 상쾌했다. 얼굴만 씻고 편한 옷으로 갈아입은 뒤 1층으로 내려가니 "잘 잤어?" 하는 레나의 목소리가 들렸다.

어쩐지 힘없는 목소리가 신경 쓰여 거실을 보니, 그곳에는 요코와 가즈가 있었다.

"얘기 들었어?"

가즈가 고개를 돌리며 물었다. 무슨 이야기냐고 물으니 요코가 연락용 화이트보드 쪽으로 시선을 보냈다.

'그동안 감사했어요! 다들 잘 지내요. by 에미.'

'에미랑 둘이서 살려고 써니 하우스를 나갑니다. 미리 말 못 해서 미안해요. 요란한 작별 인사는 싫으니 조용히 사라지겠습니다. 와타누키.'

어떻게 된 일이냐고 묻는 리사에게 오히려 내가 묻고 싶다고 가즈가 말했다.

"형도 참 매정하지. 미리 언질이라도 줬으면 얼마나 좋아. 환송회든 뭐든 다 해 주었을 텐데."

어느 정도는 이해가 간다며 요코가 끄덕였다.

"나하고 와타누키는 지금까지 여기서 많은 사람을 떠나보냈잖아. 떠나는 사람도 서운하겠지만 보내는 쪽도 괴로워. 뭐랄까, 나만 버려두고 가는 그런 기분……. 와타누키도 그걸 아니까 이런 식으로 떠나는 편이 나을 거라고 생각했겠지."

"뭔가 좀 이상하기는 했어요." 하고 가즈가 말했다.

"갑자기 수영장 개시를 하자고 하질 않나. 아니 뭐, 어제는 날씨가 좋았으니까 저도 좋다고 했는데, 생각해 보니까 그게 마지막인 걸 알고 한 말이네요."

그동안 전혀 알아차리지 못했다는 사실에 의아해하며 레나가 고개를 갸웃거렸다.

"제가 두 사람 방을 보고 왔는데 개인 물건은 전부 가져간 것 같더라고요. 청소도 다 했고. 한참 전부터 오늘 나가려고 마음먹고 있었나 봐요."

"그 두 사람이 은밀한 관계인 거야 이제 와서 언급할 필요도 없지만 말이야." 하고 가즈가 코끝을 긁적였다.

"여기서 연애하지 말라는 규칙은 없으니까 나야 사귀든 말든 상관없었는데, 그래도 그 두 사람은 불편했겠지? 계속 눈치도 보였을 거야. 사람들 앞에서 대놓고 붙어 있을 수도 없잖아."

"그만하면 할 만큼 하지 않았나."라고 말하며 레나가 웃음을 터트렸다.

"둘이 엄청 붙어 있었잖아요? 그걸 가지고 지적하기는 좀 그런데, 그래도 마음 한구석으로는 심하다고 생각했어요. 에미 언니가 꽤 개방적인 편이잖아요. 그래서 눈 둘 곳을 몰라 곤란할 지경이었는데……. 뭐, 그래서 둘이 나가 살기로 결심했겠죠."

연락은 있었냐는 요코의 질문에 조금 전에 와타 형한테서 라인이 왔다고 가즈가 답했다.

"너한테만 말해 둘까 생각도 했는데 나가지 말라고 말릴까 봐 그냥 가만히 있었다, 미안하다, 뭐 이렇게 보냈던데요. 정리되면 또 술이나 한잔하러 가자는 말도 하고."

"에미는 나한테 보냈더라."라며 요코가 자신의 휴대폰을 들었다.

"미리 얘기 안 해서 미안하대. 일단 방은 정리했는데 그래도 뭔가 남아 있는 게 있으면 필요 없는 물건이니까 그냥 버려 달라는데? 에미다워, 그렇지?"

"이게 뭐람." 하고 레나가 한숨을 쉬었다.

"정말 괜히 걱정했어. 대체 그런 생각은 언제 한 거래요? 연휴 직후부터 그 두 사람, 사이가 별로 안 좋아 보여서 솔직히 끝난 줄 알았거든요. 지난주에 에미 언니하고 둘이서 밥 먹으러 갔었는데 그때는 와타누키 오빠 이름만 나와도 울어서……. 정말 괜찮을까 하고 걱정했는데 안쓰럽게 생각한 제가 바보네요."

"그러게." 하고 리사도 고개를 끄덕였다.

"나도 그 두 사람 헤어진 줄 알았어. 근데 아니었구나."

남자와 여자는 알 수 없는 법이라고 하며 가즈가 마른세수를 했다.

"싸울 정도로 사이가 좋다는 말도 있잖아. 나도 헤어진 줄 알았거든. 근데 뭐, 잠깐 말다툼을 했다거나 오해가 있었던 거 아냐? 그게 잘 풀려서 둘이 살자, 뭐 그런 식으로 얘기가 됐겠지. 본인들한테도 갑작스러운 전개였겠지만."

둘이 잘 사귀고 있으면 잘된 일 아니냐며 요코가 흐뭇하게 웃었다.

"에미는 직장 문제도 있으니까 가마쿠라를 떠나진 않겠지. 조만간 둘이서 놀러 오지 않을까? 연락처도 아니까 마음만 먹으면 언제든 볼 수 있잖아."

"그래도 나한테는 한마디 해 주지."라며 가즈가 서운한 표정을 지었다.

"형이랑 괜찮은 콤비였다고 생각했단 말이에요. 형님 대접을 받고 싶어 하는 면이 좀 있었지만 그건 연상이니까 그럴 수 있고 뭐든 솔직하게 얘기할 수 있는 사이였다고요. 그래서 좀 배신당한 기분이라······."

친해서 더 말하기 어려웠을 거라고 요코가 말했다. "형이 정말 그랬을까요." 하고 자리에서 일어난 가즈가 요깃거리를 찾으려 냉장고 문을 열었다.

"근데 두 사람은 왜 갑자기 써니 하우스를 나간 걸까요."라며 리사는 고개를 갸웃했다.

"어제 낮에 수영장에서 별말 없으셨어요?"

가즈가 어깨를 으쓱하며 없었다고 대답했다. 리사는 의아해하며 가즈의 옆얼굴을 빤히 보았다.

와타누키와 에미의 관계는 분명 끝났었다. 두 사람 다 아무 말도 안 했지만 모두가 그렇게 느꼈다.

셰어하우스라 전해지는 분위기라는 게 있다. 셰어하우스 안에서는 어떤 미묘한 변화도 쉽게 알아차릴 수 있다.

특히 리사에게는 확신까지 있었다. 헤어지지 않았다면 와타누키가 그런 눈으로 봤을 리 없다. 둘이서만 나가자며 유혹하지도 않았을 터.

와타누키는 깊이 생각하지 않고 여자와 사귀는 타입의 남자다. 본인도 무용담처럼 이야기했지만, 바람, 양다리, 무슨 짓이든 할 수 있는 인간이었다.

그렇지만 셰어하우스 안에서 두 명의 여성과 사귈 수는 없다. 현실을 생각하면 보나 마나 인간관계가 나빠져서 나가는 수밖에 없기 때문이다.

미련을 가진 쪽은 에미였다. 와타누키는 정에 얽매여 에미를 벗어날 수 없었던 걸까. 그런 남자로는 보이지 않지만 다시 한번 잘해 보자고 이야기가 되었을지도 모른다.

애라도 생긴 거 아니냐고 말하며 가즈가 냉장고에서 햄과 양상추를 꺼냈다.

"햄 샌드위치나 해 먹을까. 만드는 김에 다른 사람 몫까지 내가 만들게."

자신도 돕는다며 리사가 주방으로 향했다. 에미가 임신해서 와타누키가 책임지게 됐다. 그렇게 생각하면 두 사람이 써니 하우스를 나간 이유도 이해할 수 있을 것 같았다.

"요코 언니도 드실 거죠? 레나도 먹을 거지?"

고맙다며 두 사람이 동시에 웃었다. 리사는 식빵 네 장을 꺼내 가장자리를 잘라 냈다.

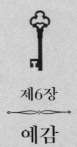

제6장

예감

1

와타누키와 에미가 써니 하우스를 나간 지 10일 정도가 지
났다.

6월 16일, 토요일. 라인 착신음에 리사는 눈을 떴다. 그대
로 손을 뻗어 휴대폰을 집어 드니 시간은 어느새 오전 10시 5
분이었다.

허둥지둥 몸을 일으켜 라인을 확인해 보니 강아지 모양 스
탬프가 "일어나, 일어나~!" 하고 화면 중앙을 뛰어다니고 있
었다. 침대에서 얼른 내려와 얼굴만 씻고 거실로 내려가니 요
코와 하자마가 커피를 마시고 있었다.

"안녕히 주무셨어요."

어쩐 일이냐고 놀라며 요코가 고개를 돌렸다.

"어제 늦게 잤어? 커피, 아직 남았는데 마실래?"

그건 아니라고 리사가 머뭇거리며 대답했다. 새벽 1시가
지나서 침대에 누웠으니 평소와 다르지는 않았다.

어쩐지 잠들기가 어려워서 자다 깨기를 반복했지만 그 외에 다른 특별한 일은 없었다. 이유를 설명하지 못하고 머뭇거리고 있으니 젊음의 특권이라고 말하며 하자마가 커피를 마셨다.

"서른만 넘어 봐, 6시간이나 자면 저절로 눈이 떠져. 어디서 그러던데 잠도 체력이 있어야 자는 거라나. 나도 대학생 때는 12시간 정도는 가볍게 자고 그랬어."

"가즈 오빠랑 레나는요?" 하는 리사의 질문에 이미 수영장으로 갔다며 요코가 베란다를 가리켰다.

"다음 주부터는 계속 비가 온다던데, 저거 봐, 오늘은 완전 한여름이지?"

리사는 커피를 잔에 따르며 "죄송해요." 하고 꾸벅 고개를 숙였다.

어젯밤 입주민 다섯 명이 다 모였을 때, "내일은 한여름 날씨라던데요."라며 가즈가 말을 꺼냈다. 오전 중에 20도를 넘어 오후에는 30도 가까이 기온이 올라갈 거라고 했다.

우연히 다들 일정이 없다고 해서 장마가 잠시 주춤하는 동안 수영장 개시를 하자고 이야기가 됐다. 10일 정도 전부터 수영장에 물을 채워 두었으나 흐린 날이 많았던 탓에 아직 들어간 사람은 아무도 없었다.

"다들 스케줄이 비는 경우는 잘 없잖아요. 이렇게 된 거 내일 다 같이 수영장 개시나 하죠?"

가즈의 제안에 저마다 찬성을 외치며 손을 들었다. 평소 같으면 나하고는 상관없는 일이라며 자리를 떴을 하자마도 이번만큼은 고개를 끄덕였다.

당장 그 자리에서 수영장 청소와 물갈이를 담당할 사람으로 가즈와 레나, 그리고 리사가 정해졌다. 이런 일은 막내들이 하는 거라고 가즈가 말했고 리사도 처음부터 청소에 참여할 생각이었다.

써니 하우스 입주민들은 단순히 집을 공유하고 있을 뿐 상하 관계는 없지만, 그래도 역시 이럴 때는 나이가 어린 사람들이 움직여야 무슨 일이든 원만하게 돌아간다.

9시부터 준비를 하기로 했었는데 1시간도 넘게 늦잠을 자버렸다. 다시 한번 고개를 꾸벅 숙이며 사과하자 "우린 괜찮아."라며 요코가 미소 지었다.

"그리고 혼자서도 할 수 있다고 가즈가 그랬는걸. 레나도 그 정도는 알 거고. 늦잠 좀 잤다고 화낼 사람들은 아니니까 너무 마음 쓰지 마."

지금이라도 돕겠다며 나섰지만 이미 다 끝냈다며 하자마가 어깨를 으쓱했다.

"조급해하지 마. 아무리 날이 좋다지만 물을 이제 막 채웠잖아. 수온이 그렇게 빨리 올라가진 않아. 이제 슬슬 두 사람도 돌아올걸?"

"그래도." 하고 말을 하려던 그때, 현관문이 열리며 가즈와 레나가 들어왔다.

가즈는 골반까지 내려오는 로우 라이즈 형태의 부메랑 수영복, 흔히 말하는 삼각팬티 수영복밖에 입지 않았다. 레나는 한쪽 어깨를 드러낸 새빨간 원피스 위에 하얀색 바람막이를 걸치고 있었다.

"가즈, 그것 좀 어떻게 안 돼? 눈에 그것밖에 안 들어와."

고개를 돌려 피하는 요코에게, "이게 그렇게 눈에 띄나요." 라며 가즈가 허리에 손을 올렸다.

"요즘 남자들은 다 이렇게 입는다던데."

"으, 오빠 진짜 별로예요." 하고 레나가 입을 삐죽 내밀었다.

"바다면 몰라. 집 안에서 딱 붙는 수영복이라니, 보는 사람 눈도 보호해 주세요."

"그렇게 나오시겠다." 하고 가즈가 레나의 전신을 훑어봤다.

"너도 보니까 여기가 어딘지 잘 모르는 것 같은데. 원피스가 그게 뭐야, 비키니보다 더 야하네. 나도 청소하면서 얼마나 뻘쭘했는데."

"그래서 파카 걸쳤잖아요." 하고 레나가 비어 있던 자리에 앉았다.

"근데, 리사는 어쩐 일이야? 늦잠 잤어?"

두 손을 짝 마주치며 미안하다고 하자 레나는 별로 신경 쓰지 않는다고 대답하며 다리를 꼬았다. 레나는 동안이었지만 그런 포즈를 취하니 묘하게 섹시한 느낌이 들었다.

옷을 걸쳐서 확연히 드러나지는 않지만 가슴도 의외로 크다. D컵일지도 모른다.

밖은 덥다며 소파에 벗어던져 놓은 긴팔 티셔츠에 머리를 쑤셔 넣은 가즈가 냉장고를 열어 생수병을 꺼냈다.

"지금 25도예요. 1시간만 더 있으면 수영장에 들어갈 수 있지 않겠어요?"

뭔가 좀 챙겨 먹었냐며 하자마가 물었다.

"괜히 힘든 일 시켜서 미안하네. 토스트라도 구워 줄까? 뭐라도 배에 집어넣는 편이 나을 텐데."

가즈가 생수를 마시며 "형님, 그러지 마세요." 하고 손사래를 쳤다.

"형님이 토스트를 구워 주시겠다니, 이러다 비 오는 거 아냐? 전 안 먹어도 되니까 옷만 갈아입고 와 주세요. 11시에 스타트, 수영장에 집합, 아셨죠?"

알겠다고 웃으며 하자마는 방으로 돌아갔다. "하자마 씨도 조금 변했네." 하고 요코가 중얼거렸다.

"와타누키가 나가서 그런가……. 원래 그 두 사람 사이가 별로였잖아. 지금까지는 서로 피하면서 지냈지만."

"보너스가 나와서 그런 거겠죠."라고 레나가 말했다.

"그리고, 뭐라더라……. 내시(內示)? 7월부터 계장인가 뭐

승진한다고 하는 것 같던데요."

처음 듣는 소리라며 가즈가 축축해진 입가를 손으로 닦았
다.

"그렇구나, 그래서 요즘 전보다 일찍 들어오는구나…….
높은 사람이 된다는데 형한테 한턱내라고 해야겠다."

"빈대 체질은 여전하구나, 가즈." 하고 질린 듯이 요코가
말했다.

"와타누키가 없어지니까 이번에는 하자마 씨로 환승하려
고? 어떻게 보면 참 감탄스럽다. 처세술이 대단해."

"그야 전 가난하니까 그렇죠." 하고 가즈가 쭉 기지개를 켰
다. 어깨를 톡톡 두드리며 옷을 갈아입고 오라는 레나의 재촉
에 리사는 계단을 올라갔다.

2

11시 정각, 정원 수영장에 내려가니 가즈와 레나가 수영장
안에서 비치 볼을 주고받고 있었다. 연인보다는 사이좋은 남
매처럼 보인다.

"리사, 이쪽으로 와. 너도 같이 하자."

리사가 온 것을 알아차린 레나가 오라고 손짓했다.

리사는 발끝을 수영장에 담갔다. 조금 차갑지만 일단 들어
가고 나면 금세 적응되지 않을까.

거의 머리 바로 위에 태양이 떠 있다. 직접 내리쬐는 햇볕이 따가울 정도다.

6월 중순이면 니가타는 이 정도로 더워지진 않는다. 지금 있는 곳이 가마쿠라임을 새삼 깨달았다.

등 뒤에 그림자가 비치더니 "검은 원피스구나." 하고 중얼거리는 소리가 들렸다. 뒤돌아보니 꽃무늬가 들어간 홀터넥 비키니를 입은 요코가 서 있다.

"이거밖에 없어서요." 하고 원피스 어깨 부분을 잡아당기는 리사에게 잘 어울린다고 칭찬하며 요코가 끄덕였다.

"리사는 몸매가 좋아서 그런 심플한 원피스가 더 예뻐. 젊은 애들이 부럽다. 뭘 입어도 잘 어울리잖아."

"언니가 더 예뻐요." 하고 리사는 대답했다. 그냥 하는 소리가 아니라 호리호리한 요코의 몸매에 홀터넥 비키니는 완벽하게 어울렸다.

요코는 하얀 피부에 안경이 잘 어울리는 지적인 미인이라는 인상이 강했는데, 수영복을 입으니 이미지가 전혀 달라졌다.

안경을 벗은 탓도 있겠지만 날씬한 몸매에 미묘한 음영이 있어서 평소보다 여성스러워 보였다. 스물일곱이라는 나이보다 훨씬 성숙한 섹시함이 느껴졌다.

지금이 딱 좋을 나이라고 말하며 옆에 앉은 요코가 발끝으로 물을 찼다.

"너나 레나도 그렇지만 스무 살 정도가 제일 좋을 때야. 피부도 매끈하고 건강미가 느껴진다고 해야 하나. 스물다섯만 지나면 여자는 그저 내리막이야. 하, 재미없어."

리사는 아니라고 하며 요코의 어깨를 쿡쿡 찔렀다. 요코와 비교하면 자신의 몸은 어린애처럼 느껴졌다.

물론 10대부터 스무 살을 막 넘겼을 때쯤이 제일 좋은 시기라는 말도 틀리지는 않았다. 예로부터 피부의 노화는 스물다섯부터 시작된다고 했다.

지금이야 샤워를 해도 물을 튕겨 낼 정도의 피부 상태를 유지하고 있지만 스물일곱인 요코는 피부 관리에도 꽤 신경을 쓰는 듯했다. 팔에 남아 있는 하얀 크림은 선크림이 분명했다.

정말 걱정이라고 말하려다 황급히 고개를 저었다. 여자들 사이에는 암묵적인 규칙이 있다. 나이를 느끼게 할 만한 발언은 삼가야 한다.

"제가 느끼기에는 스무 살이면 어린애나 다름없는걸요. 레나가 입은 원피스도 무리해서 어른처럼 보이려고 입은 것 같고⋯⋯. 저런 옷은 조금 더 나이를 먹은 후에 입어야 소화할 수 있지 않나 싶은데."

그것은 진심이었다. 얼굴에 어린 티가 가시지 않은 레나에게 한쪽 어깨를 드러낸 원피스는 어울린다고 할 수 없었다.

더 나아가 스물 안팎인 여자가 섹시한 수영복을 입어 봤자 미묘하기만 할 뿐이다. 물론 개인차가 있고 열다섯 살에도 페로몬을 마구 뿌려 대는 여자가 있으니 일반화할 수는 없지만, 그것은 틀림없는 사실이었다.

반대로 스물일곱 살인 요코에게는 리사와 레나에게 없는 것이 있다. 남성의 시각에서 볼 때 어느 쪽이 더 매력적인지를 논한다면 요코처럼 성숙한 여성이 더 매력적인지도 모른다.

"지금으로서는 저나 레나나 아무래도 너무 아이 같아서⋯⋯. 요코 언니처럼 성숙한 여성이 되고 싶을 뿐이에요."

아부 잘한다며 요코가 흘겨보는 시늉을 했다. "이런 말 하면 언니가 어떻게 생각할지 모르겠는데." 하고 운을 떼며 리사는 요코의 전신을 훑어봤다.

"저기, 의외로⋯⋯크시네요."

"그런가?" 하고 요코가 자신의 가슴을 더듬었다. 키가 큰데다 전체적으로 균형이 잘 잡혀서 오히려 알아차리기가 힘들지만 C컵은 충분히 될 것 같다.

리사는 자칭 B지만 사실은 A컵이다. 니가타에서 살던 시절에는 아무 생각도 없었는데 대학에 들어간 뒤로는 기가 죽었다.

잘못한 일도 없는데 괜히 주눅이 들었다. 최근에는 어떻게 하면 더 여성스러워 보일 수 있을지 고민하게 됐다.

"물, 차가워?"

반대편에서 하자마가 큰 소리로 물었다. 그렇지는 않다고 대답하자 갑자기 머리부터 뛰어들어 군더더기 없는 자유형으로 헤엄치기 시작했다.

"전에 운동은 싫어한다고 그러지 않으셨어요?"

"구기 종목은 그렇지." 하고 요코가 끄덕였다.

"전에 들은 적이 있어. 야구나 축구는 실력이 형편없어서 늘 벤치에서 대기만 했었다고……. 근데 운동 신경이 둔하진 않고 달리기나 수영 같은 종류는 잘한대."

"그런 사람 있죠." 하고 리사는 다카세 히로시를 떠올렸다. 히로시는 육상부로 현 대회까지 출전한 실적을 가졌지만 구기 종목은 정말 실력이 형편없었다.

어떤 상황에서든 전력을 다하다 보니 공을 컨트롤할 수가 없다고 했다. "사람은 누구나 자기 적성에 맞는 일이 따로 있는 법이야."라며 미소 짓는 요코에게 스즈키 오빠도 레슬링 말고는 잘하는 게 없다는 말을 한 적이 있다며 리사는 고개를 끄덕였다.

"……그러고 보니까 써니 하우스에 새로운 입주자는 안 들어와요?"

스즈키가 사고로 죽은 지 두 달 정도가 지났다. 단순히 이사를 나간 게 아니라 입주민의 사망으로 방이 비었으니 흔히 말하는 사고물건*은 아니어도 전혀 꺼림칙하지 않다고 하기

---

* 과거 살인, 강도 등의 범죄 사건이나 자살 등과 같은 불미스러운 사건의 현장이었던 장소.

는 어려웠다.

5월 말에 부동산에서 메일이 왔는데 당분간은 공실로 비워 놓는다고 했다. 그 후 와타누키와 에미가 나갔으니 공실은 세 개가 됐다.

어쩌다 어젯밤 리사가 써니 하우스 홈페이지를 잠깐 보게 되었는데 그곳에는 아무것도 적혀 있지 않았다.

"제가 왔을 때는 8명이었잖아요. 들어온 지 아직 2개월 정 도밖에 안 됐지만 그래도 뭔가 허전하다고 해야 하나…… 누 군가 새로운 사람이 들어왔으면 좋겠다는 생각이 들어요."

"8명 중 3명이니까." 하고 요코가 끄덕였다.

"절반 가까이가 사라진 셈이니까 리사가 그런 말 하는 거 이해해. 나도 그렇게 생각하는걸. 근데 전에도 비슷한 일은 있었어. 졸업 시즌이었는데 한 번에 많은 사람이 써니 하우스 를 나갔거든. 2년 전이었나. 동시에 5명이 나가서 그때는 나 도 꽤 마음이 힘들었어. 어제까지만 해도 같은 집에 있던 사 람이 갑자기 사라지면 아무래도 좀……"

"부동산에서는 아무것도 안 해요? 입주자 모집이라든가, 뭐 그런 거—"

나도 잘 모르겠다며 요코가 가볍게 고개를 저었다.

"그 부분은 집주인이 판단할 일 아니겠어? 여기 집주인이 자산가 노부부라며. 원래는 그분들이 별장으로 쓰던 곳이고 런던에 부임한 아들 내외와 같이 살기로 해서 관리 때문에 세를 놓은 거라던데."

그 말을 들은 리사가 자신도 그렇게 들었다며 끄덕이자 "그러니까 돈 문제에는 크게 신경 안 쓰는 것 아닐까." 하고 요코가 말했다.

"그렇지 않고서야 수영장도 있고 차도 있고 영화 감상실까지 있는 셰어하우스를 4만 5천 엔에 빌려주겠어? 사람이 살지 않으면 폐가가 된다든가 도둑이 들 수도 있고 그런 게 집주인한테는 더 중요했던 거지. 스즈키가 그렇게 되지만 않았어도 곧바로 입주자를 모집했을 텐데 아직은 이르다고 판단한 것 아닐까?"

"좀 아쉽네요." 하고 리사는 수영장 물을 찼다.

"그게……. 세 사람이 없어지고 그중에 둘은 남자였잖아요. 그러니까 새로 들어올 세 사람 중에 두 사람은 남자겠죠."

"혹시 특별한 만남이라도 기대한 거야? 써니 하우스는 헌팅 포차가 아니니까 네가 생각하는 그런 만남은 쉽게 이뤄지기 힘들 것 같은데."

요코는 그렇게 말하고 웃으면서 리사의 어깨를 세게 밀었다. 몸이 붕 뜨더니 리사는 엉덩이부터 떨어지는 식으로 수영장에 빠졌다.

"언니 너무해요!"

얼굴을 닦으며 일어선 리사에게 "나도!" 하고 외치며 요코가 몸을 날려 수영장에 뛰어들었다. "같이 배구해요."라며 가즈가 두 사람에게 다가왔다.

<h1 style="text-align:center">3</h1>

다섯 사람은 그 후 저녁때까지 수영장에서 함께 놀았다. 가즈는 아이스박스에 마실 것을 가득 넣어 오고 레나는 샌드위치를 만들어 와서 화장실에 갈 때 말고는 아무도 써니 하우스 안에 들어가지 않았다.

햇살은 여름 같았지만 아직은 6월 중순이다 보니 저녁이 되자 갑자기 기온이 떨어졌다. 이만 나가자고 말을 꺼낸 사람은 하자마였고, 5시가 되기 전에 다섯 사람은 제각각 방으로 돌아갔다.

즈시에 있는 카페에서 6시 반에 저녁 식사를 하기로 하고 예약을 한 상태라 서둘러 샤워를 하고 드라이어로 머리를 말리고 있는데 휴대폰이 한 번 '띠링' 울렸다. 문자다.

왼손으로 드라이어를 든 채 오른손으로 휴대폰을 조작해서 문자를 보낸 사람이 써니 하우스를 관리하고 있는 부동산임을 확인하고 그대로 문자를 확인했다. 문자의 제목은 "전자 잠금장치 시정에 관해"라고 되어 있었다.

늘 여러분께 신세 지고 있습니다. 가마쿠라 하우징의 써니 하우스 담당자 가타가이입니다.

어제 니시카마쿠라 경찰서로부터 가지노 정 1번가, 2번가에서 빈집털이 사건이 2건 연속으로 발생했다는 연락을 받았습니다. 작년 말부터 가지노 정 부근에서 동일한 사건이 발생한 것으로 미루어 보아 동일범의 범행이라 짐작된다고 합니다.

니시카마쿠라 경찰서로부터 관리 담당 건물의 입주자에게 주의 당부 말씀을 요청받아 써니 하우스에 입주하고 계신 여러분께 문자로 알려드리게 됐습니다.

또한, 참고로 말씀드리자면 써니 하우스 가마쿠라에는 방범용 전자 잠금 시스템이 완비되어 있습니다. 전자 잠금장치를 작동시키면 현관문에 설치된 키패드에 비밀번호를 입력한 후 여분의 열쇠를 이용해야 열 수 있습니다.

이중 잠금으로 되어 있어 비밀번호를 모르는 제3자는 써니 하우스 안에 침입할 수 없게 됩니다.

두 번의 수고로 사용이 번잡스러워질 수 있어 당사로서도 사용을 해야 하는지에 대한 판단을 내리기가 어려워 입주자 여러분과 의논을 거치는 편이 가장 나은 방법이라 생각했습니다.

시스템 작동 설명서는 우편을 통해 별도로 보내 드렸으니 참고 부탁드립니다.

그럼 앞으로도 잘 부탁드립니다.

"그렇구나." 하고 중얼거리며 드라이어를 껐다. 가지노 정에서 빈집털이가 발생했다는 이야기는 처음 들었지만 뉴스에 나올 정도로 대단한 사건은 아니었던 모양이다.

가지노 정은 1번가에서 5번가까지 있는데 가마쿠라라는 토지의 특성상 면적도 넓다. 바로 인접한 곳이면 몰라도 떨어져 있으면 알 방법이 없다.

전자 잠금장치에 관해서는 써니 하우스 홈페이지에도 기재되어 있던 것을 기억한다. 역시 부자가 쓰던 별장쯤 되면 방범 대책도 완벽하구나 하고 생각했었는데 실제로는 사용되고 있지 않았다.

비밀번호를 입력한 후에 여벌 열쇠를 써서 문을 여는 방식을 입주자 전원이 귀찮게 여겼기 때문이겠지만, 가지노에서 빈집털이 사건이 연속으로 일어나고 있다면 이야기는 달라진다. 다소 수고스럽더라도 전자 잠금장치를 사용하는 편이 안전하지 않을까.

옷을 갈아입고 거실로 내려가니 요코와 가즈가 대화를 나누고 있었다. 가즈는 봉투 하나를 손에 들고 있었다.

"너한테도 부동산에서 문자 왔지?"

그렇다고 고개를 끄덕이자 이게 도착해 있더라며 가즈가 봉투를 테이블 위에 내려놓았다. 안을 열어 보니 전자 잠금 시스템 작동 방법이라 적힌 종이 한 장에 간단한 설명이 적혀 있었다.

1층 주방에 있는 두꺼비집에 스위치가 있으니 비밀번호를 정한 후에 누르기만 하면 된다고 한다.

"좀 수고스러우면 어때." 하고 요코가 말했다.

"물론 가즈 말대로 도둑이 굳이 여기까지 와서 도둑질할 것 같지는 않은데, 그래도 가능성이 아예 없지는 않잖아?"

가즈는 그럴 가능성은 없다고 딱 잘라 말하며 얼굴을 찌푸렸다.

"비밀번호라니, 번번이 입력하기 귀찮잖아요. 지문 인식이나 안면 인식이면 몰라도 비밀번호를 누르고 열쇠까지 써야한다니, 그런 답답한 짓거리 못 해요, 저는."

거실로 온 하자마와 레나에게 요코가 문자 이야기를 꺼냈다. 봤다며 하자마가 끄덕였다.

"입주자 여러분과 의논을 거치는 편이 좋겠다나 뭐라나 그런 말이 적혀 있던데 나도 그렇게 생각해. 우리끼리 잘 의논해서 결정하자. 일단은 나갈까? 예약 시간도 있는데 먹으면서 이야기해도 되잖아."

레나는 고개를 끄덕이며 하자마의 의견에 찬성했고 가게에는 지하 차고에서 왜건을 꺼내 향하기로 했다. 운전석에는 가즈, 조수석에는 하자마, 뒷좌석에는 세 여자가 나란히 앉았다.

"그럴 일 없다니까요. 빈집털이가 왜 침입하겠어요." 좁은 도로를 내려가며 가즈가 투덜거렸다. "제가 빈집털이범이었으면 써니 하우스 같은 데는 노리지도 않아요. 이런 산길을 올라와야 할 만큼 대단한 이유가 있는 것도 아니고."

"근데 밖에서 보면 엄청 근사한 저택이잖아요." 하고 레나가 볼을 부풀렸다.

"도둑은 여기가 셰어하우스인지 아닌지 모르잖아요? 딱 봐도 부자가 살 것 같은 집이고 실제로 주인아저씨도 부자잖아요. 돈은 둘째 치고 고가의 그림이나 미술품, 뭐 그런 게 있을 거라고 생각한다면 도둑이 노릴 법도 하잖아요?"

"여기는 셰어하우스입니다, 하고 간판이라도 세울까?"라며 하자마가 농담을 던졌다.

"살고 있는 사람은 가난한 학생에 박봉 노동자뿐이라는 말도 쓰고……. 저기, 얘들아, 좀 웃어 주면 안 될까?"

"하자마 씨한테 농담은 안 어울려요." 하고 요코가 딱 잘라 말했다.

"그보다 어떻게 생각해요? 전자 잠금장치라는 게 결국은 이중 잠금 방식을 쓰겠다는 말이잖아요? 요즘 같은 세상에 조금이라도 방범에 예민한 집이면 어디든 그런 방식을 쓸 거라고 생각하는데."

자신도 가즈와 마찬가지 의견이라고 하며 하자마가 글로브 박스를 붙잡고 중심을 잡았다. 가지노 거리로 나올 때까지는 도로가 포장되어 있지 않아 차체가 심하게 흔들리는 경우가 있다.

"내 생각은 그렇지만 써니 하우스가 도둑들이 노리기 쉬운 위치인 것도 사실이지. 인근에 집이 없으니 소리 질러도 들리

질 않잖아. 도와주러 올 사람이 아무도 없겠지. 유비무환이라
는 말도 있잖아. 전자 잠금장치로 바꿔도 괜찮지 않을까?"

"뭐 하러 소리를 질러요, 전화가 있는데."라고 말하며 가즈
가 핸들을 오른쪽으로 꺾었다.

"아니 애초에, 아무도 없을 때 들어오니까 빈집털이라고 부
르는 거 아녜요? 이 중에 현금 두고 다니는 사람 있어요? 없
죠? 고가의 미술품 같은 것도 없는데 그렇게 걱정 안 해도 되
지 않나."

리사는 어떻게 생각하느냐는 가즈의 질문에 "좀 애매한
데." 하고 리사가 대답했다.

"저도 훔쳐 갈 물건은 없다고 생각해요. 근데⋯⋯."

레나가 뒷좌석에서 운전석 헤드레스트를 툭툭 쳤다.

"가즈 오빠는 남자니까 그렇게 말할 수 있죠. 저희는 연약
한 여자거든요? 낯선 사람이 집에 침입하다니 그 자체로 이
미 오싹해요. 속옷이라도 훔쳐 가면 어떡해요."

빈집털이하고 속옷 도둑은 다르다며 가즈가 난폭하게 내뱉
었다.

"그래 좋아, 빈집털이범이 써니 하우스를 노리고 침입했다
고 치자. 근데 말이지, 다들 자기 방에 각자 잠금장치가 되어
있잖아. 도둑이 과연 그것까지 부술까? 공동 공간에 있는 물
건을 도둑이 훔쳐 가 봤자 우리는 전혀 손해 볼 게 없잖아. 그
건 집주인 물건이니까."

"기분이 나쁘다니까요."라며 레나가 주먹을 꽉 쥐고 가즈의 뒤통수를 세게 밀었다.

"어쩜 이렇게 모르실까. 그리고 빈집털이범이 침입했을 때 집에 누가 있으면 어쩌려고요? 저 혼자 있으면요? 무슨 짓을 당할지 모르잖아요."

"그건 그런데."라고 가즈가 말한 시점에 가지노 거리로 나왔다. 즈시에 있다는 카페까지 약 30분 정도 남았다.

"어떻게 생각하세요, 형님. 다수결로 하면 여자들은 셋 다 전자 잠금장치를 하자고 할 건데. 아니 뭐, 그건 상관없는데 솔직히 이 중에서 제일 늦게 돌아오는 사람은 형님이잖아요. 답답하지 않겠어요?"

"그건 괜찮은데." 하고 하자마가 손에 들고 있던 전자 잠금장치 설명서를 흔들었다.

"잠금장치를 작동시키면 정전이 됐을 때 문이 열리지 않는다고 적혀 있던데. 지금까지처럼 열쇠만 있다고 열 수 있는 방식이 아냐. 정전 중에는 안에서도 열 수가 없대. 그런 점은 감안하는 편이 좋을 것 같아. 창문도 자동으로 셔터가 닫히니까 들어갈 수도 나올 수도 없게 되면……."

"여태 정전된 적 있었어요?"

리사의 질문에 "한 번인가 두 번 정도." 하고 요코가 답했다.

"내가 써니 하우스에 오고 얼마 안 돼서 지진으로 정전됐었어. 그땐 밤이었고 금세 복구돼서 별문제는 없었는데."

"작년에도 있었죠." 하고 레나가 끄덕였다.

"9월이었나? 태풍으로 전선이 끊겼다고 한 것 같은데…….
근데 1시간 정도였을걸. 아, 생각났다! 억수 같은 비를 뚫고
학교에서 돌아왔더니 와타누키 오빠랑 가즈 오빠가 양초만
켜 놓고 컵라면 먹고 있었던 것 같은데."

"옛날 같으면 몰라도 요즘은 정전이라고 해 봐야 금방 복구
되는걸요." 하고 가즈가 말했다. 가게에 도착할 때까지 대화
는 계속됐지만, 전자 잠금장치를 강하게 반대하는 사람은 가
즈뿐이라 처음부터 결론이 난 이야기나 다름없었다.

리사도 빈집털이범이 들어올 수 있다고 생각하니 쓸 수 있
는 것은 미리 써 두는 편이 나을 것 같았다. 지금부터 공사를
해서 새로 전자 잠금장치를 설치해야 하면 몰라도 있는 물건
을 활용하는 것뿐이다.

수고스러운 일은 없다. 가즈는 번거로운 과정을 두 번이나
거쳐야 한다고 했지만 그 부분은 감수하는 수밖에 없다.

가게 주차장에 차를 세우고 그 자리에서 결정을 내렸다. 4
대 1로 전자 잠금장치를 사용하자는 쪽으로 단번에 결정이
내려졌다.

"그럼 비밀번호만 정하면 되겠네." 그 이야기는 밥을 먹으
면서 하자고 요코가 말했다. "누구 생일로 하면 되나? 잊어버
리면 안 되잖아."

"네 자리니까 까먹을 일은 없겠지."라고 말하며 하자마가 차에서 내렸다. 가즈는 영 못마땅한 듯 한숨을 쉬며 엔진을 껐다.

4

며칠 후, 학교에서 써니 하우스로 돌아오니 소파에서 레나가 텔레비전을 보고 있었다. 다른 사람들은 어떻게 하고 있냐고 물으니 모른다는 대답이 돌아왔다.

하기야 아직 3시도 되지 않았다. 요코와 하자마는 회사에 있을 테니 다른 사람이라고 해 봐야 가즈밖에 없다. 화이트보드를 보니 오늘은 친구네 집에서 자고 온다고 적혀 있다.

"뭐야, 뭐 봐?"

리사는 돌아오는 길에 사온 채소 주스를 마시며 소파에 앉았다. 빌려 온 DVD라며 레나가 화면을 가리켰다.

"뮤지컬은 나랑 영 안 맞아. 왜 갑자기 걸어가던 사람이 노래하고 춤을 추지?"

리사는 뮤지컬이 원래 그런 거라고 대답했다. 별로 재미가 없다며 화면을 끈 레나가 리사 쪽으로 고쳐 앉았다.

"요즘 좀 어때. 대학 생활에는 익숙해졌어?"

"그럭저럭." 하고 리사는 고개를 끄덕였다. 니치가쿠인은 생각보다 수준이 높고 출석도 빡빡했다.

여름 방학이 끝난 직후에는 전기시험*이 기다리고 있다. 이제는 슬슬 준비해 두어야만 한다.

"너 정말 성실하구나." 레나는 감탄하며 테이블 위에 있던 허브티를 한 모금 마셨다.

"우리 학교는 되게 편해. 가마쿠라 여대가 잘사는 집 애들만 다니는 학교라 유명하기는 한데 공부하려고 다니는 대학은 아니잖아. 결국은 브랜드거든."

어디나 대학은 다 그렇지 않냐고 리사가 말했다.

"니치가쿠인도 똑같아. 니치가쿠인 역사학부 출신이라고 하면 그런대로 꽤 쳐주는 분위기라……. 좋잖아, 가마쿠라 여대. 남자들한테 인기도 많고."

"정말 그렇다니까." 하고 레나가 큰 소리로 웃었다.

"내가 가입한 동아리 같은 경우는 도쿄에서 온 남학생들로 득실거려. 일주일에 세 번, 2시간씩 소모하면서 가마쿠라까지 온다니까. 뭐 하는 짓인지 몰라. 가마쿠라 여대에 다니는 여친이 그렇게 가지고 싶나……. 뭐, 의도야 뻔하지."

요즘은 좀 어떠냐는 리사의 질문에 "이게 뭔가 싶어."라고 레나가 대답했다.

"요즘 초식계 남자가 늘고 있다고 그러는데 그거 정말이야. 힘들게 2시간 걸려서 여기까지 와 놓고 2시간 동안 테니스 치고 또 2시간 걸려서 도쿄로 돌아가고. 그만한 공을 들이고 밥

---

* 기말고사와 비슷한데 대부분은 7월에 시험을 치지만 일부 대학은 여름 방학 직후에 본다.

한번 먹자는 소리가 없어. 도대체 무슨 꿍꿍이인지, 그건."

"글쎄, 나도 모르지."라고 대답한 리사에게 "다들 애 같아."라며 레나가 한숨을 쉬었다.

"작년에는 좋았지. 3학년들이 적극적이라 매일 불러내서 데이트도 엄청 했거든. 근데 4학년이 되더니 취직이니 뭐니 너무 바빠져서 동아리에는 도통 나오질 않아⋯⋯. 그 선배들, 나름 괜찮은 대학에 다녀서 그런지 기대치도 높아 보이더라. 참 이상하지? 구인난이니 뭐니, 그런 소리는 매일 듣는데."

일류 기업은 아직 입사하기가 쉽지 않을 거라고 리사가 말했다. 지금 2학년과 3학년은 완전히 글렀다고 말하며 레나가 손을 엑스자로 교차했다.

"정말이지 끈기가 없다니까. 차 한 잔만 마시면 이야기가 술술 풀릴 거라고 생각하나 봐. 내가 나서질 않으면 정말 아무것도 안 돼. 아무렇지 않게 더치페이 얘기를 꺼내고, 아무튼 그런 애들뿐이라니까. 어디 괜찮은 남자 없나."

"이상형이 어떤 사람이야?"

"요즘에는 나도 헷갈려." 하고 레나가 얼굴을 가까이 들이밀었다.

"난 어른스러운 남자가 좋아. 대학생은 이제 싫어. 뭐, 예를 들자면 여유 있는 회사원?"

"그런 사람 있을 것 같으면서도 없지." 하고 리사가 고개를 끄덕였다. 도쿄와 비교하면 가마쿠라는 불리하다. 큰 회사가 없으니 그런 사람을 만날 기회조차 없다.

"역시 넌 뭘 좀 안다니까. 네 말이 맞아." 하고 레나가 악수를 청했다.

"남자를 못 만나는 게 아니라 만나려고 하면 누구든 만날 수 있어. 까놓고 말해서 대학생도 상관없긴 한데 걔들은 죄다 시시해. 자기 얘기밖에 안 하고 여러 의미로 어린애 같은 데다 궁상맞기까지……. 너희 학교는 좀 어때? 니치가쿠인에는 괜찮은 남자 없어?"

"글쎄." 하고 리사는 고개를 갸웃했다. 어쨌든 입학하고 아직 두 달 반밖에 지나지 않았다. 다른 대학 사정을 모르니 비교할 방법도 없다.

니치가쿠인은 '자급자족 대학'이라는 별명으로 불린다. 교내 남녀 비율이 거의 1 대 1이기도 하고, 유난히 캠퍼스 커플이 많기 때문이다.

리사도 좋은 사람이 있으면 사귈 마음은 있지만 지금은 여유가 없다. 동아리에도 들어가지 않았으니 역사학부 남학생 외에는 누군가와 알고 지낼 기회 자체가 거의 없었다.

"음, 그럼 써니 하우스에 새로 들어올 사람한테 기대해야겠다." 레나가 손가락을 접으며 수를 셌다. "방이 세 개 비었잖아? 여기는 남자와 여자가 층을 나눠서 쓰니까 필연적으로 남자가 두 명 들어올 수밖에 없거든."

리사는 혼잣말처럼 괜찮은 사람이 들어왔으면 좋겠다고 중얼거렸다.

"잘생길 필요도 없고 멋있을 필요도 없어. 내가 살면서 깨달았는데, 셰어하우스는 협조가 중요하잖아? 최소한의 배려도 할 줄 모르는 사람은 좀 곤란해."

"와타누키 님 같은 사람 말이지?"라며 레나가 비꼬듯이 말했다.

"뭐랄까, 본인은 리더 역할을 하고 싶었던 모양인데, 실은 전혀 의지가 안 되는 사람이었어……. 거기다 여자도 엄청 좋아했잖아? 너한테도 집적거렸지? 나한테도 그랬어. 내가 여기 오기 전에도 써니 하우스에 들어온 여자들한테 엄청 손을 댔대. 그래서 나간 사람도 있다고 들었어."

그러고도 남을 사람이라며 리사는 고개를 끄덕였다. 와타누키는 외모도 괜찮고 키도 컸다.

가마쿠라에서 서핑을 한다는 점도 프로필로서는 완벽했다. 헌팅 성공률이 50퍼센트 이상이라고 늘 자랑했는데 아주 터무니없는 거짓말은 아닌 듯했다.

다만 지금 생각해 보니 병적으로 여자를 좋아했다는 생각이 든다. 써니 하우스 안에서 연애를 하지 말라는 규칙은 없지만 그래도 에미와 가졌던 관계는 상식을 넘어섰다.

같은 집에 살고 있다지만 결국은 남이다. 사람들이 보는 앞에서 손을 잡고 있는 정도라면 몰라도 더 민망한 짓까지 서슴없이 저질렀다. 그리고 밤마다 들려오는 음란한 신음 소리까지.

"그건 에미 언니 책임도 있는 것 같은데. 책임이라 하기도 이상한가." 하고 레나가 혀를 쏙 내밀었다.

"근데 그 사람은 일부러 그러는 면이 있었단 말이지. 뭐랄까, 자극이 필요했나. 우리 앞에서 한창 시시덕대다가 침대로 가는 식이었잖아? 변태 기질이 있었나."

그만하라고 말리며 리사는 고개를 저었다. 지금은 여기에 없는 두 사람을 나쁘게 말하려니 어쩐지 꺼림칙한 기분이 들었다. 와타누키도 에미도 됨됨이는 좋았다.

"하아, 진짜 괜찮은 남자 좀 안 들어오나. 일단은 잠깐 자고 올게." 하고 레나가 자리에서 일어났다.

"연애하고 싶어서 그러는 건 아니고 눈 호강이라고 하잖아? 안경 뚱땡이라도 들어오면 어쩔 거야? 그건 너무 끔찍하잖아."

리사는 고개를 끄덕이며 레나의 의견에 동의했다. 역사학부에는 그런 부류의 남자가 많다.

물론 나쁜 사람은 아닐 테지만 들어본 적도 없는 온라인 게임 이야기를 끝도 없이 늘어놓는 사람도 있다. 그런 남자와 한 지붕 아래에 살고 싶지는 않았다.

"하자마 오빠가 조금만 더 밝은 사람이었으면 좋았을 텐데." 하고 레나가 코끝을 긁적였다.

"키는 크잖아. 그리고 잘 보면 은근히 매력적이라 나쁘지 않거든. 외모는 꽤 내 취향이기도 하고."

"근데 거의 서른이잖아."라고 리사가 말하자, "난 연상도 상관없어."라고 대답하며 레나가 웃었다.

"오빠가 다니는 회사, 키튼이라는 문구 회사인데 주식 상장도 되어 있고 시장 점유율이 1위잖아. 정직원이고 승진도 했다니까 그 정도면 나도 받아 줄 생각이 있다 이거지. 부모님이 하고 계신 가게도 꽤 잘되는 모양이던데 차남이라 별로 신경 쓸 필요가 없으니……. 근데 있지, 뭐랄까, 사람이 좀 어둡단 말이야. 입만 열었다 하면 불평이고, 둘만 있을 때도 그러면 좀 별론데. 아깝지만 역시 난 패스."

"그래도 요즘에는 분위기가 좀 변했던데."라고 말하며 리사는 소파에서 일어났다. 과제로 나온 리포트를 마무리 지어야 했다.

나중에 보자며 계단을 올라가던 레나가 도중에 걸음을 멈췄다.

"맞다, 가마쿠라 역 근처에 팬케이크 가게가 새로 생겼던데 봤어? 하와이안 뭐라는 가게던데. 우리 다음에 같이 가자."

"그래그래." 하고 답한 리사에게 "요코 언니가 일하는 디자인 회사랑 같은 건물이야."라고 레나가 말했다.

"그래?"

"아마 그럴걸. 일전에 지나가면서 요코 언니가 그 건물에 들어가는 모습을 우연히 봤거든. 그러니까 언니도 불러서 사

달라고 하자. 우리보다 나이도 많고 회사원이니까 이 정도 어리광은 부려도 되지 않겠어?"

찬성이라며 고개를 끄덕이고서 리사는 다 마신 주스 팩을 쓰레기통에 던졌다.

"있잖아……. 써니 하우스는 방마다 자물쇠가 달려 있잖아?"

"그게 왜?" 하고 레나가 계단을 올라가며 말했다. 아무도 못 들어가는 게 확실하냐며 묻고서 리사는 주위를 슥 둘러보았다.

"확실하지는 않은데……. 가끔 누가 들어와 있는 것처럼 기척이 느껴진다고 해야 하나. 그런 느낌이 들 때가 있어서. 레나는 어때? 일 년 이상 여기서 살았잖아? 뭐 느낀 거 없어?"

"딱히." 하는 레나의 목소리만 들렸다.

"생각해 봐, 들어올 수 있을 리가 없잖아. 방 열쇠는 본인만 가지고 있는데. 부동산이 예비 열쇠를 가지고 있다는 말을 누가 하기도 했지만. 와타누키 오빠였나? 열쇠가 파손되거나 사고가 일어날 때를 대비해서 가지고 있다고 했나, 뭐 그런 이야기였어. 근데 한 번도 사용된 적은 없을걸."

리사는 주방에서 계단으로 돌아가 레나의 뒤를 쫓았다. 더 자세히 물어봐야 할 것 같은 기분이 들었다.

레나를 부르려던 그때, 문이 닫히는 소리가 들렸다. 나중에 물어봐도 되지 않을까 생각하며 리사는 자신의 방으로 들어갔다.

5

8시가 넘은 시각, 요코가 돌아왔다. 대략 1시간 전에 저녁은 어떻게 하겠냐고 레나에게 물었지만 답은 없었다. 자고 있는 듯했다.

요코는 밥을 먹고 왔다며 자기 방으로 돌아갔고 리사는 거실에 혼자 남았다. 오늘 밤 가즈는 집에 없고 하자마는 늘 그랬듯 10시는 넘어야 돌아올 것이다.

써니 하우스에도 그런 밤은 있다. 혼자서 파스타를 만들고 다 먹은 후에 방으로 돌아왔다.

아무렇게나 던져 놓은 휴대폰 화면을 열어 보니 음성 메시지가 와 있었다. 다카세 히로시였다.

남겨진 메시지를 확인하려고 휴대폰을 귀에 갖다 대니 그리운 목소리가 들려왔다.

"어, 안녕, 오랜만이지. 나 다카세인데……. 특별한 용건은 없고 그냥 어떻게 지내는지 궁금해서. 나중에 또 연락할게."

마지막 한 마디를 할 때는 완전히 굳어 있었다. 쑥스러웠던 모양이다.

곧장 전화를 거니 신호음이 두 번 울리고 히로시가 전화를 받았다. 스피커폰으로 바꾸자 "나야." 하는 목소리가 흘러나왔다.

"오랜만이지."

그 말만 하고 입을 꾹 다물었다가 두 사람은 동시에 웃음을 터트렸다. "잘 지냈어?" 하고 히로시가 입을 열었다.

"뭐 그럭저럭. 넌 어때?"

물어보나 마나라고 히로시가 조금 지친 목소리로 대답했다.

"2학년이 됐다고 해서 뭐가 달라지겠어. 대충 학교 갔다가, 대충 아르바이트나 하고, 뭐 그런 느낌이라고 보면 돼. 내년에는 세미나에 들어가야 하니까 나름 걱정은 많이 되는데, 그래도 2학년이 제일 마음 편할 때잖아. 아직 취직 걱정할 필요도 없고. 너야말로 어때? 듣기로는 니치가쿠인 역사학부가 꽤 빡빡하다던데."

니치가쿠인에 입학했다는 사실은 합격이 확정된 시점에 문자로 전했다. 짤막하게 축하한다고만 답장이 와서 은근히 불만이었는데 그 당시 히로시는 몹시 힘든 아르바이트를 하고 있었다고 나중에 친구로부터 전해 들었다. 듣자 하니 오키나와에서 한 달 동안 어선을 타고 다니며 고기잡이를 했다고 한다. 연락할 시간도 없었던 것이다.

"우리 학교는 규모도 작고 그중에서도 역사학부는 특히 출석에 엄격하거든." 하고 리사가 설명했다.

"어학이나 체육 계열은 어느 대학이나 다 그렇겠지만 교양 수업도 열심히 들어야 해서. 거기다 역사학부만 1학년부터 전문 세미나 비슷한 수업이 있지 뭐야. 아르바이트도 해야 하니까 놀 틈이 하나도 없어. 뭐, 셰어하우스에 살고 있으니까 여기서 함께 사는 사람들하고 같이 밥을 먹거나 그러기는 하지만."

리사는 자기도 모르게 말이 많아졌다. 히로시와 이야기를 나눌 수 있다는 사실이 기뻤다. 고향에서 친하게 지냈던 사람이라 그런지 대학 동기와 다른 무언가가 느껴졌다.

"잠깐, 잠깐." 히로시가 큰 소리로 말했다. "셰어하우스? 난 처음 듣는데. 그렇구나, 셰어하우스에서 살고 있었구나. 부럽다. 그 뭐라더라, 텔레비전에서 그런 방송 봤는데."

"그런 방송하고는 비교도 안 돼." 하고 리사는 목소리를 낮췄다. 써니 하우스가 너무나도 현실과 동떨어진 탓에 믿어 주지 않을 거라고 생각했다.

"어떤 자산가가 쓰던 별장인데 방도 엄청 넓고 차도 두 대나 있는데 마음대로 써도 돼. 나는 면허증이 없어서 아직 운전은 못 하지만……. 지하에는 영화 감상실도 있고 수영장도 있어. 집이 언덕 위에 있어서 교통이 좀 불편하지만 아무튼 엄청 근사해. 그런데도 월세가 4만 5천 엔이야. 이게 믿겨?"

"정말 싸긴 싸구나." 하고 히로시가 손가락을 튕겨 딱 소리를 냈다.

"내가 나가노에서 지내고 있는 원룸이 한 달에 5만 엔이야.

나가노 역에서 도보로 2분 거리라지만 나가노 안에서도 비싼 편이야. 근데 가마쿠라에서 4만 5천 엔이라고? 그것도 수영장 딸린 저택이? 이거 이거, 유령이라도 나오는 거 아냐?"

무슨 말도 안 되는 소리냐고 말하려던 입술이 순간 뚝 멈췄다. 유령이 나오지는 않지만 기묘한 현상이 일어난 것은 사실이다.

밤이 되면 어디선가 소리가 들려오기도 하고 때때로 누군가의 시선이 느껴지기도 한다. 누군가가 방에 들어온 흔적도 있다. 잡지를 놓은 순서가 바뀌었던 일도 그렇다.

그것을 유령이 벌인 짓이라고 말할 생각은 없다. 평소 심령 현상은 존재하지 않는다고 생각했고 히로시에게 그런 이야기를 했던 적도 있다.

히로시는 농담으로 한 말이었겠지만 그게 아니면 써니 하우스 안에서 벌어지는 일을 설명할 길이 없었다.

"여보세요?" 하는 히로시의 목소리가 들렸다. 리사는 주위를 슥 둘러봤다.

누군가가 보고 있다는 느낌이 들었다. 평소와 달리 불온한 분위기마저 느껴졌다.

"여보세요, 리사? 듣고 있어?" 히로시의 목소리가 더 커졌다. "특별히 할 얘기가 있어서 전화한 건 아닌데 그렇다고 아예 없진 않아. 6월 말부터 일주일 동안 도쿄로 가게 됐거든. 내가 들어가 있는 아나운서 연구회에서 합숙을 하게 됐는데 전국에서 아나운서를 지망하는 대학생들이 모일 거야. 백 명 정도 될 거라고 들었어. 제법 규모가 크지."

고교 시절부터 히로시는 방송국 아나운서가 되고 싶어 했고 아나운서 연구회라는 대학 동아리에 들어갔다는 사실도 알고 있었다. 리사는 고등학생의 단순한 동경심일 거라고 생각했는데 히로시는 꽤 진지했던 모양이다.

"29일 금요일 밤에 도쿄에 도착하면 일주일 동안 집중 특훈에 들어갈 거야. 아침 9시부터 오후 5시까지 하는데 밤에는 시간이 빌 거 같아. 도쿄에서 가마쿠라까지 1시간쯤 걸리잖아? 오랜만에 만날 수 있을까 해서."

"아마 시간 괜찮을 거야. 나 지금 서점에서 일하고 있는데 근무 시간은 미리 얘기하면 변경할 수 있어."

가마쿠라로 가도 되고 도쿄에서 만나도 상관없다고 히로시가 말했다.

"아니면 중간에서 볼까? 음, 근데 너 셰어하우스에서 산다고 했잖아. 조금 구경해 보고 싶은데."

그건 어려울 것 같다고 하며 리사는 고개를 기울였다.

"써니 하우스가 가마쿠라 시내에 있기는 하지만 역에서는 거리가 꽤 있거든. 아까도 말했지만 언덕 위에 있다 보니까 여기까지 오는 버스도 적고 5시에 도쿄에서 출발해도 7시는 넘어야 도착하게 될 거야. 돌아갈 때도 2시간은 걸리니까 인사만 겨우 할 수 있을걸."

"아, 그래⋯⋯. 그럼 그건 좀 생각해 볼게. 아무튼 만날 수는 있단 말이지? 다음 주말이면 세세한 합숙 스케줄이 나오니까 그때 다시 연락할게."

기대된다고 말하자 자신도 그렇다며 히로시가 나지막한 목소리로 말했다. 진지할 때 나오는 히로시의 버릇이다.

"뭐랄까⋯⋯. 너하고 얘기도 더 많이 하고 놀러 다녔으면 좋았을 거라는 생각이 요즘 많이 들었어. 아니 뭐, 이상한 뜻은 아니고 우리 이야기가 잘 통했잖아? 고등학교 때를 떠올려 보면 결국은 네가 떠오르거든."

"⋯⋯나도 알 것 같아."

"그때 네가 안 된다고 거절했던 거 대학에 떨어져서 그랬던 거 알아." 졸업 직전, 리사에게 고백했을 때의 일을 히로시가 꺼냈다. "나도 나가노로 가게 됐고 니가타하고 나가노면 좀 어렵겠다는 생각, 나도 했어. 근데 이제는 너도 대학생이잖아. 그러니까, 저기, 우리 다시⋯⋯."

만나서 직접 듣겠다고 하며 리사는 히로시의 말을 가로막았다.

"전화보다 직접 보면서 듣고 싶어. 나는 그때하고 크게 달라진 게 없고, 아마 너도 그렇겠지만 그 시절에 대한 추억만으로 이런 이야기를 해선 안 될 것 같아."

"옳으신 말씀입니다." 하고 히로시가 소리 내어 웃었다. 다음에 보자고 인사를 한 뒤 스피커폰을 끄고 리사는 침대에 엎

드렸다.

생각지도 못한 전개다. 히로시가 아직 나에게 마음이 있었다니.

하지만 생각해 보니 전혀 이상한 일은 아니다. 리사는 그동안 히로시보다 마음이 잘 맞는 남자를 본 적이 없다. 그것은 히로시도 마찬가지 아닐까.

고등학교 때는 매일 둘이서만 시간을 보냈었다. 주위에서 둘이 사귀는 게 아니냐는 질문을 몇 번이나 했을 정도다.

그럴 때마다 리사는 늘 아니라고 대답했다. 그리고 무엇보다 히로시는 최후의 최후까지 고백하지 않았다.

그 마음은 리사도 충분히 이해했다. 고백하고 무언가가 틀어질까 두려웠을 것이다. 그것은 리사도 마찬가지였다.

만나서 이야기하고 서로 웃기만 해도 충분히 즐거웠다. 그 이상 관계를 발전시키기가 두려웠다. 그래서 두 사람은 아무 말도 하지 않았다.

타이밍이 맞지 않았던 탓도 있다. 히로시는 고등학교를 졸업하기 직전에 고백을 했는데 한 번에 대학에 합격한 히로시와 재수를 하게 된 자신은 입장이 달랐다. 그래서 거절할 수밖에 없었다.

"그때는 둘 다 어렸지." 하고 베개에 얼굴을 파묻은 채 중얼거렸다. 히로시가 조금 더 빨리 고백했더라면, 혹은 자신이 먼저 말을 꺼냈더라면 관계가 달라졌겠지만 도무지 용기가 나지 않았다.

"하지만 아직 늦지 않았어." 하고 몸을 일으켰다. 가마쿠라와 나가노는 거리상으로는 멀지만 이제는 둘 다 대학생이 되었다.

고등학생과 달리 시간도 자유롭게 쓸 수 있다. 만나려고 마음만 먹으면 언제든 만날 수 있다.

어쨌거나 히로시를 다시 한번 만나고 나서 결정해야겠다고 생각했다. 전화로 나눈 이야기만으로는 아무것도 알 수 없다.

어쩌면 히로시는 치렁치렁한 염색 머리에 주렁주렁 액세서리를 달고 다니는 그런 남자가 되어 있을지도 모른다. 그렇다고 하면 무슨 말을 하든 패스다.

방에 딸린 책상 서랍을 열어 예전에 찍은 스티커 사진을 꺼냈다. 양손으로 브이 자를 그리고 있는 리사와 히로시. '그래, 이건 누가 봐도 커플이지.' 하고 쓴웃음이 새어 나왔다.

스티커 사진을 넣으려던 그때, 세 번째 서랍이 1센티 정도 열려 있다는 사실을 깨달았다. 절대 그럴 리가 없다며 고개를 저었다.

리사의 어머니는 정리정돈에 엄격했다. 무엇이든 일단 열었으면 확실하게 닫으라고 교육을 받으며 자랐다. 어릴 때부터 귀에 못이 박이도록 들은 이야기라 열었으면 닫는 습관이 몸에 배어 있었다. 고작 1센티지만 서랍이 열려 있었다면 눈치채지 못했을 리가 없다.

'거기다가……'

꺼림칙한 기분으로 서랍에 손을 댔다. 세 번째 서랍은 최근에 건드리지 않았다.

그 안에는 고교 시절 친구와 함께 찍은 사진이며 니가타에서 가마쿠라로 올 때 들고 왔던 추억의 물건들이 가득 들어 있었다.

대학 생활 적응만으로도 벅차 예전 일을 그리워할 여유가 없었다. 그래서 열지 않았다. 그런데 어째서 열려 있었던 걸까.

힘껏 당겨 보았지만 서랍은 꼼짝도 하지 않았다. 밀어도 마찬가지. 무언가가 낀 것 같다.

두 번째 서랍을 그대로 빼내서 틈새로 손을 넣자 편지 뭉치가 나왔다. 초등학교 시절 도쿄로 이사를 갔던 같은 반 여학생과 주고받았던 편지다. 당시에는 두 사람 다 휴대폰이 없었기 때문에 편지로 연락을 할 수밖에 없었다.

'이건 두 번째 서랍에 들어 있었는데.' 리사는 삐뚤삐뚤한 글씨로 주소를 쓴 편지를 가만히 응시했다. 제일 안쪽에 처박아 두었던 편지가 뒤로 넘어간 것 같다. 그것이 끼는 바람에 세 번째 서랍은 완전히 닫히지 않았던 것이다.

그래도 그것은 이상한 일이다. 두 번째 서랍을 열지 않으면, 무언가를 건들지 않으면, 편지 뭉치는 떨어질 이유가 없다.

누군가가 방에 들어왔음을 직감했다. 그 인물은 자신의 책상 서랍을 열었다. 첫 번째 서랍, 그리고 두 번째 서랍을 열어 안을 뒤졌다.

이유는 모른다. 뭘 하려고 했던 걸까.

그 인물은 마지막으로 세 번째 서랍을 열어 안을 조사했다. 두 번째 서랍에서 편지 뭉치가 떨어졌다는 사실은 알아채지 못한 듯하다.

그리고 그 인물은 그대로 세 번째 서랍을 닫고 자리를 떠났다. 1센티 정도 열려 있다는 사실을 알았어도 왜 닫히지 않는지는 몰랐다. 그런 데까지 신경 쓸 여유가 없었는지도 모른다.

그런데 대체 언제 들어왔던 거지? 오늘은 학교에서 3시 전에 돌아왔다. 써니 하우스에는 레나밖에 없었다.

레나와 조금 이야기를 나눈 뒤 방으로 돌아와 과제로 내준 리포트를 몇 시간에 걸쳐 마무리했다. 그 후 거실로 내려왔을 때 함께 뭔가 먹자고 레나에게 말을 걸었지만 답은 없었다. 자고 있을 것이라 생각해서 그냥 내버려 두었다.

그 후 1시간 뒤, 8시가 넘어서야 요코가 돌아왔다. 그 1시간 동안 리사는 방으로 돌아가지 않았다. 그 시각 써니 하우스에 있었던 사람은 레나뿐이다.

졸려 하며 방으로 돌아갔지만 실은 연기였던 걸까. 내가 방을 비우기만을 기다렸던 걸까.

하지만 그것 역시 이상하다며 고개를 세차게 저었다. 나는 오늘 아침 여느 때와 같이 학교로 가기 위해 8시 넘어 써니 하우스를 나섰다. 오늘 레나는 수업이 없어서 계속 집에 있었다고 했다.

내 방을 조사할 생각이었다면 그때가 훨씬 시간적 여유가 많았을 터. 왜 하필 내가 거실에 내려가 있던 그 1시간을 택했을까. 내가 언제 방으로 돌아올지 모르는 상황에서 굳이 그런 위험한 짓을 할 필요는 없다.

시선을 느낀 것 같아 고개를 들었다. 어딘가에서, 누군가가 나를 지켜보고 있다. 관찰되고 있다. 하지만 어디서 지켜보는 것인지는 알 수가 없다.

"유령이라도 나오는 거 아냐?"

히로시가 했던 말이 머리를 스쳤다. 절대로 그럴 리 없다며 강하게 부정하고 이불을 뒤집어썼다. 무서워서 얼굴을 내밀 수가 없었다.

2시간 동안 그대로 꼼짝 않고 있었지만 거실에서 누군가가 움직이는 기척을 느끼고 방을 뛰쳐나갔다. 계단에서 내려다보니 하자마가 서 있었다.

리사가 나온 것을 알아차리지 못했는지 크게 한숨을 쉬고서는 냉장고를 뒤적였다.

말을 걸어 보려 했지만 아무것도 못한 채 그대로 계단에 주저앉았다. 방으로 돌아가기가 두려웠다.

제7장

벌

1

발소리를 죽이고 방으로 돌아와 안에서 문을 걸어 잠갔다. 뭘 어떻게 해야 할지 몰랐다.

집에 전화를 했지만 아무도 받지 않았다. 부모님은 일찍 잠자리에 드는 습관이 있으셔서 10시 반이 지난 이 시간이면 이미 잠자리에 드셨을 게 분명했다.

경찰에 신고할까 하는 생각도 잠깐 했지만 그래 봤자 아무 의미가 없다고 고개를 저었다. 누군가가 방에 들어와서 서랍을 열었다고 호소해 봤자 기분 탓이라는 말만 들을 게 분명했다.

누군가가 감시하고 있다고 말해 봤자 아무런 증거가 없으니 할 수 있는 일이 없다.

떨리는 손으로 휴대폰을 쥐고 화면을 쓸어 넘겼다. 세 번째 신호음이 울리고 전화가 연결되더니 "여보세요." 하고 조금 졸린 듯한 다카세 히로시의 목소리가 들려왔다.

"뭐야, 설마 목소리가 듣고 싶어졌다거나 그런 거야?"

휴대폰을 귀에 댄 채 자그마한 목소리로 "그게 아냐." 하고 속삭였다. 뭔가를 감지한 히로시가 나지막한 목소리로 왜 그러냐고 물었다.

"무슨 일 있어?"

아까는 이야기하지 못한 사실이 있다며 리사는 자기 주위에서 일어나고 있는 이변에 대해 설명했다. 히로시는 묵묵히 듣기만 했다.

"유령이 나와서 월세가 싼 거 아니냐고 그랬지?"

농담이었다고 말한 히로시에게 리사는 고개를 끄덕이며 자신도 잘 안다고 했다.

"유령은 서랍을 열거나 옛날 사진을 훔쳐보진 않아. 근데, 분명 누군가가 내 방에 들어왔어. 날 조사하고 있는 것 같은데 왜 그러는지는 모르겠어. 내가 3월 말에 써니 하우스에 들어왔으니까 여기서 산 지 아직 3개월도 안 됐단 말이야. 대체 뭐가 궁금해서 그러는 거지?"

"거기는 남녀가 함께 사는 셰어하우스잖아."라고 말한 히로시가 가볍게 헛기침을 했다.

"남자 입주민 아냐? 새로 들어온 사람한테 관심? 연애 감정 비슷한 게 생겨서 너에 대해 알고 싶어졌고, 그래서 방에 침입해서 이것저것 알아봤을 수도 있지. 아니면 변태일 수도 있고. 입에 담고 싶지도 않은 얘기인데 속옷을 훔친다거나 네 침대에서 이상한 짓을 한다거나 뭐 그런…….”

　도둑맞은 물건은 없다고 하며 리사는 고개를 저었다.

　“속옷이든 뭐든 도둑맞기라도 했으면 오히려 낫지. 그냥 보기만 하고 뒤지기만 하고 방이 어질러진 적도 없어. 구체적으로 뭔가를 하는 것도 아냐. 그래서 오히려 더 무서워…….”

　“경찰에 얘기해도 소용없겠구나.” 하고 히로시가 나지막한 목소리로 말했다.

　“나도 뭐라고 얘기해야 할지 모르겠다. 목적도 모르겠고 이야기를 들어보니까 평소에 방문도 잘 잠근다는 소리잖아? 안에는 어떻게 들어간 거지? 남자뿐만 아니라 여자 입주민들도 열쇠는 가지고 있지 않은 거지?”

　“방 열쇠는 하나밖에 없어.”라고 리사는 말했다.

　“그리고 부동산에 예비 열쇠가 있다는 말은 들었는데…….”

　“어쩌면 입주민이 아닐지도 몰라.” 하고 히로시가 중얼거렸다.

　“거기 사는 사람이라고 생각하면 오히려 이상해. 다른 방 사람들은 누가 방에 들어왔다거나 그런 말 없지? 우선 생각해 볼 수 있는 가능성은 네가 가진 확신이 착각이 아닐까 하는 건데…….”

　절대 아니라고 하며 리사는 휴대폰을 꽉 쥐었다. “알아.” 하고 히로시가 고개를 끄덕이는 게 느껴졌다.

"네가 그런 사람 아니라는 거 나도 알아. 그렇다면 정말로 누군가가 네 방에 침입했다는 말이 되는데 다른 사람들은 그런 피해를 입은 적이 없다며. 그렇다면 입주민이 아니라 부동산이 더 수상하지 않아? 아니면 집주인이라든가. 그 집과 관련된 사람 중에 범인이 있을지도 몰라. 범인이라고 하니까 범죄처럼 들리지만."

이것도 일종의 범죄라고 생각한다는 리사의 혼잣말에 꼭 그렇다고 하기는 어렵다며 히로시가 작게 웃었다.

"뭔가 도둑맞은 것도 아니고 신체적 피해를 입은 것도 아니잖아. 범죄라고 하기는 힘들지. 법에 저촉되는 일이라고 하면 불법 침입 정도인데 그것도 증명은 못 해. 적어도 지금으로서는 그렇지. 그래도 네가 얼마나 무서울지 충분히 이해해. 차라리 거기서 나오는 건 어때?"

"그건 나도 생각해 봤어." 하고 리사는 고개를 끄덕였다.

"찜찜한 기분이 들어서 나도 오래 있고 싶진 않아……. 근데 지금 당장 나가기는 어려워. 학교 문제도 있고 아르바이트도 시작한 지 얼마 안 됐고, 무엇보다 돈이 문제라. 배부른 소리를 할 처지도 아니고 부모님께 부담이 되고 싶진 않아서. 다른 방을 구한다고 해도 보증금이나 수수료도 내야 하니까……."

써니 하우스를 나가는 편이 나을 거라고 생각했지만 한편으로는 아까운 마음도 들었다. 아무리 함께 쓴다지만 냉장고

나 세탁기 같은 대형 가전제품도 전부 갖춰져 있다.

식탁과 소파 같은 가구, 접시 한 장, 컵 하나를 예로 들어도 그렇다. 혼자 집을 빌려 살게 되면 그런 물품들을 전부 직접 준비해야 한다.

거기다 방은 넓고 침대에 욕실, 에어컨도 완비되어 있다. 지하에는 영화 감상실도 있고 차도 두 대나 준비되어 있다. 넓은 정원에는 바비큐용 그릴에다 수영장까지 있다.

써니 하우스 건물 자체 디자인도 훌륭했다. 자신이 꿈꾸던 집이라 해도 과언이 아니다.

이런 집에서 살 수 있는 기회는 두 번 다시 찾아오지 않을 거고 이사하기로 마음먹는다 해도 결코 쉬운 일이 아니다. 자신이 부담해야 하는 집세는 올라가는데 지금 자신에게 그 정도의 경제적 여유는 없었다.

"생활 수준이 한 번 올라가면 내리기는 어려우니까."라며 히로시가 "흠." 하고 코로 숨을 내쉬었다.

"아무튼 지금으로서는 실질적인 피해가 없다는 거지? 네가 찜찜해하는 마음은 알겠고 나 같으면 당장 거기서 나오겠지만 그럴 형편이 아니라는 것도 어느 정도 알겠어."

"오늘이 21일이지." 하고 히로시가 말을 이었다.

"내일은 금요일이지만 좀 힘들고 토, 일에는 시간 낼 수 있어. 거기는 친구 불러도 괜찮지?"

규칙만 지키면 상관없다는 리사의 대답에 자신이 가 보겠다고 히로시가 말했다.

"내가 뭐 어떻게 도울 수 있을지는 모르겠지만 방을 조사하거나, 아니면 아예 새로운 자물쇠로 교체해도 좋고. 이래 봬도 DIY는 자신 있어서. 다른 입주자하고도 얘기해 보고 의심가는 사람이 있으면 너한테도 말할게. 안에 있을 땐 안 보이던 게 외부 사람 눈에는 단번에 보일 때도 있거든. 어때?"

"그건 너무……미안해서 어쩌지."

마음 쓸 필요 없다며 이번에는 히로시가 큰 소리로 웃었다.

"뭐 어쨌든 너랑 만날 생각이었으니까. 하고 싶은 얘기도 많고. 걱정 마. 하룻밤 묵게 해 달라고 하진 않을 테니까."

알겠다며 리사는 끄덕였다. 토요일 아침에는 나가노에서 출발할 수 있다고 히로시가 말했다.

"나중에 거기 주소랑 가마쿠라 역에서 어떻게 가는지 문자로 보내 줄래? 그럼 갈 수 있을 것 같은데."

리사가 마중을 나가겠다고 하자 "그것도 좋지." 하고 히로시가 또다시 웃었다.

"니가타 출신 동창생이 가마쿠라에서 만나다니 드라마 같다. 정확한 약속은 나중에 잡자. 근데 괜찮아? 잘 수 있겠어?"

"걱정해줘서 고마워." 하고 리사는 고마움을 전했다. 히로시와 이야기를 나누는 사이에 마음이 조금씩 진정되는 것을 스스로도 느꼈다.

그 후 얼마 동안 별 내용 없는 잡담을 나누다 전화를 끊었다. 시간은 어느새 자정에 가까웠다.

2

다음 날 아침, 7시에 눈이 뜨였다. 샤워도 하지 않고 잠들어 버렸지만 히로시 덕분인지 오랜만에 푹 잘 수 있었다.

학교로 갈 준비를 마치고 1층으로 내려가니 마침 하자마가 출근을 하려고 집을 나서던 참이었다.

잘 다녀오라고 인사했지만 하자마는 미처 듣지 못했는지 뒤돌아보지도 않고 그대로 현관을 나갔다. 화이트보드 쪽으로 시선을 돌리니 오늘은 조금 늦을 거라는 요코의 메시지가 적혀 있었다.

레나와 가즈는 없었다. 두 사람 다 아직 자고 있는 듯하다.

평소처럼 그래놀라와 요구르트로 아침 식사를 끝내고 그대로 써니 하우스를 나왔다. 평소와 다름없는 아침이었다.

그것은 학교도 마찬가지였다. 오전과 오후에 지루한 강의를 듣고 마지막 영어 수업에서 함께 수업을 듣게 된 친구와 학교 카페테리아에서 차를 마신 뒤 써니 하우스로 돌아오니 오후 5시였다.

"왔어?"

거실 소파에 아무렇게나 널브러져 있던 가즈가 눈을 비비며 말했다. 꽤 오랜 시간 낮잠을 잤던 모양이다.

"오늘은? 아르바이트 가는 날이야?"

리사는 가방을 품에 안은 채 아니라고 짤막하게 대답했다. 그러면 같이 밥을 먹으러 가자며 가즈가 자리에서 일어났다.

"오늘 말이지, 레나하고 같이 점심 먹기로 약속했거든. 근데 그 녀석 아무리 기다려도 일어나질 않아. 노크해 봐도 반응이 없어……. 곧 내려오겠지 하고 기다리다가 깜박 잠들었지 뭐야. 하아, 배고파."

리사는 그러자고 하며 고개를 끄덕이고서 옷을 갈아입기 위해 2층으로 올라갔다. 딱히 해야 할 일도 없었고 조금 이르지만 어차피 저녁은 먹어야 했다.

재빨리 외출 준비를 끝내고 방을 나왔다. 문이 제대로 잠겼는지 확인하는 사이 레나도 부르라는 가즈의 목소리가 아래층에서 들렸다.

"나 참, 무슨 잠이 저렇게 많아. 신생아도 아니고."

레나의 방문을 두드려 봤지만 대답은 없었다. 일어나라고 몇 번이나 불러 봤지만 그래도 마찬가지였다.

1층으로 내려가 아직 자고 있는 것 같다고 하자 "그럼 어쩔 수 없지." 하고 가즈가 혀를 찼다.

"됐어, 그냥 내버려 둬. 그냥 둘이서 가자. 뭐 먹고 싶은 거 있어? 나 월급 받아서 돈도 좀 있는데."

딱히 생각나는 게 없어 알아서 정하라고 하자 "그럼 가마쿠라 역까지 나가 보자."라며 가즈가 티셔츠 위에다 후드를 걸쳤다.

"토다이로라고 중국 음식점 알아? 전부터 가 보고 싶었거든. 교자 전문점인데 50종류나 있대."

괜찮아 보인다며 고개를 끄덕이자 가즈가 자개 정리함에서 자동차 열쇠를 꺼냈다. 지하 차고로 내려가 세단에 올라탄 두 사람은 가마쿠라 역으로 향했다.

내일 친구가 올 거라고 리사가 말했다. 능숙한 솜씨로 핸들을 조작해 좁은 도로를 내려가던 가즈가 대학에서 만난 여자애냐고 물었다.

"같은 학과 친구야? 예뻐?"

리사는 아쉽게 됐다고 하며 다카세 히로시 얘기를 꺼냈다. "에이, 시시해."라며 가즈가 입술을 삐죽 내밀었다.

"니가타에서 온 동창생이라. 거기다 남자? 너 제법이다? 혹시 저번에 말한 그 사람이야? 사귀니 마니 했던……."

"노코멘트할게요."라고 대답할 때쯤 두 사람은 가지노 거리로 나왔다. 아직 5시 반이라 그런지 주위는 환했다.

"근데 그 녀석 너한테 고백했다며? 으음, 뭐라고 했더라. 네가 재수하게 돼서 거절했다고 했나? 1년도 훨씬 넘은 일이지? 근데 그 녀석이 니가타에서 가마쿠라까지 온다고?"

리사가 지금은 나가노에 있는 대학에 다니고 있다고 하자 "그게 그거지." 하고 가즈가 웃었다.

"오, 부러운데. 도저히 잊을 수 없었다거나 뭐 그런 사연인가. 나가노에서 가마쿠라까지 오다니, 꽤 열정적인데. 그 녀석도 어지간한 각오는 아닌 것 같은데?"

리사는 "글쎄요." 하고 애매하게 웃었다. 히로시에게 그런 마음이 남아 있음은 처음 전화가 걸려 왔을 때부터 눈치챘다. 다만, 내일은 그런 이유로 가마쿠라에 오는 것이 아니다.

"오늘 아침 와타 형한테서 라인이 왔는데."라며 가즈가 후드 주머니에서 휴대폰을 꺼냈다.

"에미 누나하고 둘이서 홋카이도로 간대. 직장도 구했나 보던데. 한동안 진득하게 붙어서 일해 보겠대. 형답지 않지? 프로 서퍼가 목표라는 사람이 웬 홋카이도래."

"에미 언니 직장은 어쩌고……." 하고 리사는 고개를 갸웃했다. 병원이라는 직장이 있는데, 설마 그만둔 걸까.

"홋카이도로 가려면 그만두는 수밖에 없지 않겠어?" 하고 가즈가 말했다.

"전문 기술이라는 게 가지고 있으면 참 든든해. 간호사 같은 경우는 어디서든 일할 수 있잖아. 수입도 그런대로 괜찮고……. 에미 누나를 위해서라도 형이 착실히 일하기를 기도해야. 그 사람 보면 좀 기둥서방 체질이잖아."

"다들 말 못 할 사정이 있는 거네요."라고 말한 리사에게 "그야 그렇지." 하고 동의하며 가즈가 끄덕였다.

"써니 하우스에서 같이 살고 있다지만 결국은 남이잖아. 방송에서는 셰어하우스에서 사는 사람들끼리 서로 뭐든 털어놓고 그러지만 그게 말도 안 되는 일이라는 거 이젠 너도 알지? 누구나 남에게 말 못 할 괴로운 사정은 있으니까. 방송처럼 하하, 호호 할 수는 없지."

가즈에게 어울리지 않는 진지한 말투였다. 무슨 일 있냐고 묻자, "나도 고민 정도는 있답니다." 하고 평소처럼 가벼운 말투로 대답이 돌아왔다.

"너도 우리한테 다 말하진 않지? 그래도 상관없어. 셰어하우스니 뭐니 하며 들떠 봤자 결국 언젠가는 떠나야 하잖아. 평생 친하게 지낼 것처럼 굴지만 결국 나가고 나면 금세 잊어버리거든. 인간이라는 게 그래."

리사가 오빠답지 않다고 하자 "조금 지쳐서 그래." 하고 가즈가 한숨을 쉬었다.

가즈는 그 후로 얼마 동안 아무 말 없이 운전을 계속하다 차가 가마쿠라 역 근처에 도착하고서야 "가게 위치 좀 검색해 줘."라고 리사에게 말했다.

"대강은 아는데 가게하고 주차장이 약간 떨어져 있다고 그래서. 어디쯤이지?"

휴대폰에 '토다이로, 가마쿠라'라고 키워드를 입력하자 금세 검색 결과가 나왔다. "지나쳤어요."라고 말하며 리사가 뒤쪽으로 고개를 돌렸다.

"전전 교차점에서 왼쪽으로 꺾으면 가게가 나오나 봐요. 주차장은 도로 반대편에 있다고 나오는데요."

가즈가 "나, 참." 하고 쓴웃음을 지으며 다음 신호에 좌회전을 했다. 유턴을 하면 빠르지만 그것은 불가능했다.

역에 가까워질수록 사람이 많아졌다. 관광객인지는 몰라도 열 명쯤 되는 중년 여성 무리가 차도까지 튀어나와 있다. 가즈가 액셀에서 발을 뗐다.

서행을 하며 나아가는 도중, 바로 앞에 있는 5층 건물 1층에 'HAWAIIAN PAN CAKE'라고 적힌 간판이 눈에 들어왔다. 레나가 말한 가게라고 외치며 리사가 가즈의 어깨를 두드렸다.

"레나가 다음에 여기 같이 오자고 했어요."

"지난주에 생긴 가게구나." 하고 가즈가 끄덕였다.

"나도 얘기 들었어. 1층부터 3층까지 전부 팬케이크 가게라며? 여자들이 좋아할 만한 가게네. 나 같은 사람은 들어가기 좀 그런데, 팬케이크가 부드러워서 맛있다고 여자애들이 그랬어."

"이 건물에 요코 언니가 근무하는 디자인 회사가 있대요." 라며 리사는 레나에게 들은 이야기를 했다. 그러자 그럴 리 없다며 가즈가 껄껄 웃었다.

"내가 여기 몇 번 와 봐서 알아. 전에도 1층부터 3층까지는 카페나 레스토랑이 들어와 있었거든. 4층하고 5층은 만화 카페고. 사무실이 있을 만한 건물이 아냐."

"근데 레나는 요코 언니가 들어가는 모습을 봤다고 했는걸요."

"만화 카페에 간 거 아냐?"라고 대답하며 도로가 한산해지자마자 가즈가 액셀을 다시 밟았다.

"작년 겨울부터 팬케이크 가게가 들어올 거라고 1층부터 3층까지는 계속 인테리어 공사 중이었거든. 그동안은 계속 닫아 둔 상태였으니까 요코 누나가 갈 만한 곳은 만화 카페밖에 없어. 뭐 어때, 땡땡이 좀 칠 수도 있지. 만화라도 보러 간 거 아냐?"

"언니가 그럴 사람처럼 보이진 않는데." 하고 리사는 고개를 갸웃거렸다. 정말로 근무 시간 중에 딴짓을 했는지 아닌지는 둘째 치고 만화에 푹 빠져 있는 모습이 상상이 가지 않았다. "그런가." 하고 가즈가 다시 오른쪽으로 꺾었다.

"나는 그렇게 느꼈는데. 뭐랄까, 좀 덕후 느낌 나지 않아? 그리고 마니아가 아니라도 만화 정도는 보잖아."

"그것도 그러네요." 하고 리사는 고개를 끄덕였다. 이미지라는 게 결국은 편견에 불과하다며 가즈가 말했다.

"나 같은 경우엔 그냥 아무 생각 없는 얼간이로 보이지? 뭐, 틀린 말은 아니지만 그게 전부는 아냐. 요코 누나가 겉으로는 성실해 보이는데 실제로 얼마나 성실한 사람인지 우리가 어떻게 알겠어. 절대로 연애는 안 할 것처럼 새침한 척하는데 누나 휴대폰 본 적 있어? 대기 화면이 남자 사진이던데."

딱 한 번 본 적 있다고 리사가 말했다. 워낙 순식간이라 머리가 길다는 특징밖에 알아볼 수 없었지만, 옆에서 보고 있다는 사실을 알아차린 순간에 보였던 요코의 수줍은 미소가 아직도 기억난다.

"하자마 형님도 그래. 일이 재미없다, 제발 그만두고 싶다, 매번 그런 말만 하는데, 어느 정도는 그 사람 책임도 있어."

"책임이요?"

가즈는 목소리를 낮추고 하자마가 키튼 본사에 채용됐던 엘리트 사원이라고 말했다.

"키튼 자회사에 다니는 우리 삼촌한테 들었는데 입사 2년 차에 직장 상사 아내랑 불륜을 저질렀다나. 그래서 가나가와로 이동됐다가 결국에는 가마쿠라 영업소로 쫓겨난 거라고. 상사 아내하고 불륜이라니, 어쩜 그리 멍청한지. 들키면 어떻게 될지 뻔하잖아? 자업자득이지. 이번에 승진하는 모양이던데 동기에 비하면 2년 이상 늦은 거라고 삼촌이 그러시더라. 본인은 오래 기다렸던 만큼 기쁘겠지만."

"그래서 항상 어두워 보였나 보네요."라는 리사의 말에 "그건 성격이야." 하고 가즈가 웃었다.

"레나도 잘나가는 여대생처럼 보이지만 그 녀석도 여러모로 고생이 많아. 부모님이 사이가 나빠서 별거 중이시래. 체면 때문에 레나가 졸업할 때까지만 이혼을 미루기로 하신 모양이던데 본인은 마음이 복잡하겠지. 가만 보면 지나치게 다른 사람 눈치를 보는 경향이 있잖아? 그럴 수밖에 없겠지."

토다이로라 적힌 하얀 간판이 보이기 시작했다. 작은 글씨로 '약 100미터 앞에 주차장 있음'이라 적혀 있다. 리사는 휴대폰으로 시선을 떨궜다.

"저기……오빠는 다른 사람들 사정을 어쩜 그렇게 잘 알아요?"

가즈는 친구가 많아서 그렇다고 대답했다. 그렇게 대화는 끝이 났다.

3

가즈는 지하 차고에 주차하며 유명세만큼은 아니었다고 불만스럽게 얘기했다. 리사도 그 말에 동의하며 고개를 끄덕였다.

토다이로는 유명한 맛집답게 6시 전부터 줄이 길었다. 삼사십 분을 기다려 겨우 자리에 앉았지만 바닥은 온통 기름투성이에 먼저 앉았던 손님이 테이블에 남기고 간 접시와 컵이 그대로 있었다.

교자 몇 개를 시켰는데 나오기까지 30분 이상이 걸렸고 특별히 맛있지도 않았다. 그 집에서 가장 유명하다는 칠색 교자는 검은색에 파란색, 보라색까지 있어서 식욕이 사라질 정도였다.

입가심으로 가게를 나와 근처 카페에서 차를 마시며 토다이로에 대한 험담을 한바탕 하고 나니 어느 정도 기분은 풀렸지만 기대에 못 미쳤다는 아쉬움은 여전히 남아 있었다. 그래서 유명세만큼은 아니었다는 가즈의 말에는 고개를 끄덕일 수밖에 없었다.

차고에서 나와 일단 밖으로 나온 뒤 현관에 들러 비밀번호를 누르고 집 안으로 들어갔다. 전에는 차고에서 곧장 지하 1층으로 갈 수 있었지만 전자 잠금장치를 작동시키게 된 후로는 그럴 수 없게 됐다.

불편해졌다고 투덜대며 가즈가 문을 여니 요코와 하자마가 계단 아래에서 이야기를 나누고 있었다.

"두 분 왜 그러고 계세요?"

레나와 함께 있었던 게 아니냐며 요코가 얼굴을 들여다봤다. 리사는 고개를 저으며 아니라고 했다.

"가즈 오빠랑 둘이서 밥 먹으러 다녀왔어요. 레나도 부르려고 했는데 자고 있는 것 같아서……."

레나한테 무슨 일이 있냐는 가즈의 질문에 방에서 도무지 나오질 않는다며 하자마가 2층을 올려다봤다.

"나는 한 시간 전쯤에 돌아왔고 요코 씨는 그 뒤에 곧장 들어왔어. 그때가 9시 반 전이었을 거야."

그 말에 고개를 끄덕이던 요코가 오늘 출장 때문에 아타미에 다녀왔다고 말했다.

"오늘 생각보다 일이 일찍 끝나기도 했고 돌아올 때 손님한 테 온천 만쥬를 받았거든. 다 같이 먹으면 좋을 것 같아서 챙 겨왔단 말야. 그런데 화이트보드에 보니까 너하고 가즈는 밥 먹으러 다녀오겠다고 적혀 있어서 우선은 레나하고 둘이서라 도 먹자는 생각에 노크를 했는데 전혀 반응이 없어서⋯⋯."

어젯밤부터 레나를 본 사람이 없다고 하자마가 말했다.

"정확히는 저녁부터인가? 리사가 마지막으로 레나하고 대 화했지. 맞아?"

마지막이라는 표현에 리사는 자신도 모르게 손을 저었다.

"저녁때까지 둘이서 얘기했어요. 저는 리포트를 써야 해서 방으로 들어갔고 레나는 조금 자겠다고 했는데⋯⋯."

"어제 내가 돌아왔을 때 그렇게 말했지." 하고 요코가 불안 한 표정을 지었다.

"저녁도 안 먹고 자는가 보다 했어. 그럴 때도 있으니까 나 도 별생각 없었거든. 근데 오늘 아침에도 레나 못 봤지?"

"자고 있었겠죠."라는 가즈의 말에 "오늘 아침, 레나를 본 사람이 없는 건 확실해."라며 하자마가 얼굴을 찡그렸다.

"나하고 요코 씨는 출근한 상태였고 리사도 학교였지? 아 침에는 내가 바쁘기도 했고 여기를 나갈 때 다들 자고 있었거 든. 그러니까 아무도 레나를 못 본 게 당연하다면 당연한 일 인데⋯⋯. 너는 하루 종일 뭐 했어?"

가즈는 자신에게 꽂힌 시선을 느끼며 점심때까지 자고 있었다고 대답했다.

"오늘 레나하고 점심 먹으러 가기로 했는데 방은 잠겨 있고 노크를 해도 대답이 없고 전화도 안 받아서 뭘 하길래 저러나 하고 거실에서 텔레비전을 보다가 깜박 잠이 들었죠……."

"너는 어땠어?"라는 요코의 질문에 리사는 5시에 학교에서 돌아왔다고 대답했다.

"제가 돌아왔을 때 가즈 오빠는 소파에 누워 있었어요. 레나를 기다리다가 깜박 잠들었다, 뭐 그런 얘기를 하다 아직 점심을 못 먹었다고 같이 저녁이나 먹으러 가자고 했어요. 레나도 부르려고 했는데 대답이 없어서 그냥 그대로 둘이 나갔는데……."

뭔가 느낌이 이상하다고 하며 하자마가 팔짱을 꼈다.

"하루가 넘도록 아무도 레나를 못 봤어. 아까부터 요코 씨가 계속 전화를 했는데 전화도 안 받아. 물론 방에도 가 봤는데 잠겨 있어서 안에는 못 들어가. 단순히 푹 자고 있어서 그럴 수도 있는데 그래도 너무 오래 자는 것 같지 않아? 무려 30시간인데? 그래서 둘이 어떻게 할까 의논 중이었어."

"감기에 걸렸다든가 어디가 아파서 쓰러진 거 아닐까?" 하고 요코가 말했다.

"열이 심하다거나, 뭐 그런 이유로 쓰러졌을지도 몰라. 침대에 쓰러졌으면 그나마 다행인데 욕실 같은 데서 쓰러졌으면 큰일이잖아. 부동산에도 전화해 봤는데 시간이 이래서 아무도 안 받아. 강제로 열고 들어가 보는 게 좋을 것 같은데……."

한번 확인해 보자며 가즈가 신발을 벗어 던지고 계단을 뛰어 올라갔다. 하자마, 그리고 요코가 뒤를 따랐다. 리사는 주머니에서 휴대폰을 꺼내 레나의 번호를 눌렀다.

"야, 레나!" 가즈가 문을 쾅쾅 두들기며 큰 소리로 레나를 불렀다. "대답 좀 해, 아직도 자?"

괜찮은 거냐고 요코가 계속 말을 걸었다. "안 받아요." 하고 리사는 휴대폰을 귀에서 뗐다.

안에서 소리가 들린다고 가즈가 말했다. 레나의 휴대폰 벨소리다.

하자마가 도와달라고 하며 문손잡이를 돌렸다.

"문이 썩 튼튼한 편이 아니라서 나하고 가즈가 열 수 있을 거야."

하자마와 가즈가 서로 번갈아 가며 문손잡이를 발로 차기 시작했다. 마지막으로 가즈가 온몸을 던져 어깨부터 부딪치자 문에 틈이 생겼다. 두 사람이 기세를 몰아 돌진하자 둔탁한 소리가 나며 문이 떨어졌다.

리사는 쓰러져 있던 하자마와 가즈에게 손을 내밀어 두 사람을 일으켜 주었다. 침대 위에는 잠옷 차림을 한 레나가 천장을 보고 누워 있었다. 안색은 창백했고 한눈에 봐도 숨을 쉬고 있지 않은 듯했다.

"레나!"

요코가 레나에게 달려들어 어깨를 마구 흔들었다. "잠깐만." 하고 자리에서 벌떡 일어난 하자마가 요코를 제지했다.

"흔들지 마. 리사, 119에 전화해 줘. 대체 무슨 일이 있었던 거야?"

요코는 레나의 이름을 부르며 손목에 손을 댄 채 가슴에다 귀를 바싹 갖다 댔다. 얼마 동안 그러고 있던 요코가 아무 말 없이 레나 곁에서 떨어졌다.

"몸이 차가워." 하고 흐느껴 우는 소리를 들으며 리사는 휴대폰 키패드에 119를 눌렀다.

4

15분 정도 걸려 도착한 구급차에서 구급대원이 내려 레나의 사망을 확인했다. 사후 24시간 이상이 경과했다고 했다. 리사를 포함한 네 사람은 그저 지켜볼 수밖에 없었다.

레나의 유체를 병원으로 이송할 거라 생각했지만 구급 대원들은 그 이상 특별히 아무런 조치도 취하지 않았다. 30분 정도 기다리자 순찰차가 내는 사이렌 소리가 들리기 시작했다.

두 명의 남성이 2층으로 올라왔다. 키가 작은 중년 남성은 자신을 가사이라 소개했고, 또 한 명의 젊은 남성은 자신을 이시야마라고 소개하며 경찰 수첩을 제시했다. 두 사람 다 니시카마쿠라 서의 형사였다.

그 자리에서 두 사람이 하자마와 가즈의 진술을 듣기 시작했다. 1층으로 내려가라는 지시를 받은 리사와 요코는 대기 중이던 이치카와라는 여자 형사에게 자세한 정황을 들려주었다. 두 사람씩 나눈 이유는 증언이 일치하는지를 확인할 필요가 있어서인 듯했다.

이치카와가 리사와 요코에게 레나의 죽음은 변사 사건으로 처리될 것이라고 짤막하게 설명했다.

"사망 원인이 명확해질 때까지 현장을 이대로 보존해야 합니다."

이치카와는 안타까워하며 그렇게 말하고서 어떤 경위로 레나의 사체를 발견하게 되었는지 물었다. 리사는 요코와 함께 최대한 상세하게 상황을 설명했다.

어제, 저녁에 방으로 들어가는 모습을 마지막으로 아무도 레나의 모습을 보지 못했고 셰어하우스의 특성상 필요 이상으로 다른 입주민에게 간섭해서는 안 된다는 규칙 때문에 레나가 보이지 않아도 크게 개의치 않았다고 전부 솔직하게 이야기했다.

"그렇다면 마지막으로 오타 레나 씨와 이야기를 나눈 사람이 당신이군요." 하고 이치카와가 리사 쪽을 돌아봤다. "뭔가 미심쩍었다거나 혹은 인상에 남는 일은 없었습니까?"

딱히 없었다고 대답하며 리사는 고개를 저었다.

"그저 잡담 수준의 이야기였고 레나가 잠깐 자고 오겠다면서 방으로 돌아가기는 했지만 특별히 이상한 점은 없었어요. 저녁 시간이었지만 대학생은 누구나 어느 정도 생활이 불규칙하잖아요."

"그럼요, 저도 알죠." 하고 이치카와가 희미하게 웃었다.

"저도 그랬거든요. 졸릴 때 잘 수 있는 것은 대학생의 특권이니까……. 그 후에 저녁 식사 시간에도 내려오지 않았지만 자고 있는 중이라 생각해서 이상하게 여기지는 않았다, 이 말씀이죠?"

그렇다고 하며 리사는 고개를 끄덕였다. 그 후에 벌어진 일에 대해서는 리사도 요코도 아는 바가 전혀 없었다.

아침 식사 시간에도 레나가 모습을 보이지 않았다는 사실은 알고 있었지만 솔직히 크게 신경 쓰진 않았다.

애초에 써니 하우스에는 아침 식사 시간이 따로 없다. 각자 습관이 다르고 아침 식사를 하느냐 마느냐는 순전히 본인이 결정할 문제이기 때문이다.

"오늘 9시 반 전에 셰어하우스로 돌아오셨죠?" 이치카와가 시계를 보며 요코에게 확인을 받았다.

"선물 받은 게 있어서 같이 먹으려고 오타 씨의 방문을 두드렸지만 답이 없었다. 그리고 문도 잠겨 있었다. 자고 있다고 생각해서 전화를 걸었지만 역시 받지 않았다."

요코가 고개를 끄덕이며 "네." 하고 대답했다.

"여기서 함께 살고 있는 하자마라는 분과 이야기를 나누던 중에 그쪽에서 갑자기 이상하지 않느냐고……. 레나가 어제 저녁부터 오늘 아침까지 방에서 나오질 않는다, 자고 있는 중이라고 해도 이건 지나치지 않냐고 했어요. 어디가 아프다거나 방에서 쓰러졌을 지도 모르니까 강제로 문을 열어서라도 안에 들어가는 게 좋지 않겠냐고 의논하고 있었어요. 그때 마침 여기 옆에 리사하고 다른 한 사람, 가즈가 돌아와서 다 같이 레나 방으로 몰려갔어요. 그리고……."

"이치카와."라는 목소리가 들리고 계단에서 이시야마가 내려왔다. 2층 복도에서 구급 대원이 들것을 준비하고 있는 모습이 아래에서도 보였다.

이시야마가 이치카와의 귓가에 대고 무언가 속삭였다. '아나필락시스'라는 단어가 얼핏 들렸다.

그 뒤로 들것을 든 구급 대원 두 명이 계단에서 내려와 레나의 유체를 밖으로 옮기려 했다. 가사이를 따라 하자마와 가즈도 계단을 내려왔다.

"죄송하지만 지금부터 감식반이 와서 오타 씨의 방을 조사할 겁니다." 그렇게 많은 시간이 소요되지는 않을 거라고 가사이가 말했다. "지금이 11시니까……. 오래 걸려도 3시간 정도면 될 겁니다. 여성분들은 2층을 사용하신다고 들었습니다만, 끝날 때까진 올라가지 말아 주십시오. 사건의 가능성은 없어 보이지만 만일에 대비해 부탁드리겠습니다."

요코가 어떻게 된 일이냐고 물으며 가사이의 팔을 붙잡았다.

"레나가, 대체 왜 저렇게 된 거죠?"

잠시 입을 꾹 다물고 있던 가사이가 옆에 있던 이시야마에게 눈길을 보냈다. 자신이 설명하겠다며 이시야마가 입을 열었다.

"확실하다고 말씀드리기는 어렵지만 오타 씨는 벌에 쏘여 아나필락시스 쇼크를 일으킨 것으로 보입니다. 오타 씨의 사인은 그겁니다."

"아나필락시스 쇼크요? 그게 뭡니까?"

큰 소리로 묻는 가즈에게 일종의 알레르기 반응이라고 이시야마가 대답했다.

"이건 제 짐작이지만, 오타 씨는 과거에 말벌, 혹은 쌍말벌에 쏘이셨던 것 같습니다. 이 경우 체내에 항체가 생기게 되는데, 두 번째로 쏘이면 벌침 독에 강한 거부 반응이 나타나 사망에 이르게 됩니다. 이것을 아나필락시스 쇼크라 부르는데 개인차가 있어 오타 씨의 경우 격심한 쇼크 증세를 일으키셨던 것 같습니다. 운이 나빴다고 할 수밖에 없죠."

"오타 씨의 방에 창문이 이 정도 열려 있었습니다." 하고 가사이가 엄지손가락과 집게손가락으로 5센티 정도 되는 간격을 만들어 보였다.

"밖이 어두워 확실히 보지는 못했습니다만, 넓은 정원이 있는 것 같더군요. 주위가 온통 잡목림이니 어딘가에 말벌이 둥지를 틀었겠죠. 그중 한 마리가 방으로 들어와 오타 씨를 쏘았다, 저는 그렇게 보고 있습니다. 확인해 보니 장마가 끝나는 시기부터 말벌의 활동이 활발해진다고 하더군요. 과거에도 가마쿠라 시내에서 비슷한 사건이 몇 번 있었습니다. 9월, 10월에 가장 많이 일어나지만 6월에도 충분히 일어날 수 있는 일입니다."

"그러고 보니." 하고 요코가 중얼거렸다.

"대학에 들어가기 전에 어머니와 가루이자와에 갔다가 커다란 벌에 쏘인 적이 있다고 얘기하는 걸 들었어요. 권투 글러브를 낀 것처럼 손이 부풀어 올라서 엄청 고생했다는 뭐 그런 얘기였는데……."

"역시 그렇습니까." 하고 이시야마가 납득한 듯 고개를 끄덕였다.

"다만, 자세한 사정은 저희도 아직 모릅니다. 아나필락시스 쇼크로 사망했다고 말씀드렸지만 어디까지나 그럴 가능성이 높다는 이야기지, 그 이상은 의사가 아니면 판단할 수 없습니다. 그렇지만 목 부근에 남아 있는 작은 자상을 저와 가사이 형사가 확인했으니 거의 틀림없을 겁니다……."

열려 있던 현관으로 짙은 남색 점퍼를 입은 남자 몇 명이 집 안으로 들어왔다. "2층이다." 하고 가사이가 위를 가리켰다.

리사는 자기도 모르게 눈물을 흘렸다. "괜찮아." 하고 요코가 어깨를 감쌌다.

5

가사이가 말한 대로 3시간이 지나 새벽 2시가 되자 감식반 사람들이 계단을 내려왔다. 수상한 점은 없었다고 보고하는 목소리가 리사의 귀에도 들렸다.

"오타 씨의 본가에는 제가 연락했습니다." 하고 마지막으로 남아 있던 이치카와가 말했다.

"어머님께 연락이 닿았는데 아버님과 함께 곧바로 병원으로 오시겠답니다. 시내에 있는 미조이케 종합 병원입니다. 도쿄에 살고 계시지만 차로 두세 시간 정도면 도착하실 겁니다. 그 무렵이면 사인도 명확해지겠죠. 여러분도 충격을 받으셨겠지만, 사건의 가능성은 없다고 생각하셔도 좋습니다."

이치카와는 "너무 상심하지 마십시오." 하고 가볍게 인사를 한 후 써니 하우스를 떠났다. "말이 돼?" 가즈가 소파에 털썩 주저앉았다.

"벌에 쏘여서 죽었다고? 아니, 어떻게 그럴 수 있지."

하자마가 예전에 그런 이야기를 들어 본 적이 있다고 하며 가즈 옆에 앉았다.

"TV 정보 프로그램에서 매년 약 10명 정도가 아나필락시스 쇼크로 죽는다고 했어. 두 번째라서 위험한 게 아니고 한 번만 쏘여도 사망할 위험성이 있다나 뭐라나……. 그나저나 집 주위에 말벌이 있을 줄은 꿈에도 몰랐는데."

"충분히 그럴 수 있죠." 하고 요코가 고개를 절레절레 흔들었다.

"언덕 위에 집이라고는 써니 하우스 하나뿐이고 주위는 전부 잡목림이잖아요. 저도 말벌이 있을 거라고는 상상도 못 했는데 둥지를 지었다고 해도 이상한 일은 아니죠."

"그냥 넘어갈 문제가 아닌데요." 하고 가즈가 어깨를 떨궜다.

"집주인도 그렇고 부동산도 그렇고 그런 얘기는 한마디도 안 했잖아요. 위험한 장소인 줄 알았으면 이런 데서 안 살죠."

요코 역시 들은 바가 없다고 했다.

"집주인도 몰랐을 거야. 써니 하우스를 막 완공했을 때는 말벌이 없었을지도 모르잖아."

하자마가 일단 진정하자고 하며 고개를 들었다.

"우리가 난리 친다고 달라지는 건 없어. 나하고 가즈는 그나마 괜찮은데, 요코 씨, 리사, 두 사람은 좀 어때? 이런 말 하면 죽은 사람에 대한 예의가 아니지만, 레나가 자기 방에서 죽은 건 사실이고 그 방이 두 사람 맞은편 방이잖아. 그러니까 당연히 꺼림칙하게 느낄 수도 있어. 여기도 괜찮고, 아니면 지하에 영화 감상실이나 라운지도 괜찮으니까 오늘은 그쪽에서 지내는 게 어때?"

"무섭다거나 그렇지는 않은데." 하고 요코가 쓴웃음을 지었다.

"자살이면 꺼려질 수도 있는데 병사잖아요? 리사는 어때? 역시 무서워?"

오늘은 거실 소파에서 자겠다고 리사가 말했다.

"조금만 쉬고 아침에 병원에 가 봐야죠……. 레나가 불쌍하기도 하고 부모님이 많이 놀라셨을 거예요. 어쩌다가 레나가 죽게 됐는지 자세한 이야기도 듣고 싶고."

내일은 토요일이라고 했던 하자마가 "아, 이젠 오늘인가." 하고 정정했다.

"나도 병원에 갈게. 미조이케 종합 병원이라고 했지? 서너 시간은 잘 수 있겠다. 가즈, 너도 자 둬. 갈 거지?"

"당연히 가야죠." 하고 가즈가 눈을 비볐다.

"아니, 어떻게 이럴 수 있지. 이게 말이 돼? 사람이 벌에 쏘여서 죽다니……. 스즈키도 그렇지만 레나도 진짜 운이 없지. 대체 뭐가 어떻게 돌아가는 거야?"

하자마가 진정하라고 하며 가즈의 등을 어루만졌다. "전 이불 좀 가져올게요." 하고 리사는 계단을 올라갔다.

기분 탓이지만 어쩐지 공기가 싸늘하게 느껴졌다. 한 번 그렇게 의식하고 나니 복도도 어두워 보였다.

"리사."

뒤에서 부르는 소리에 작게 비명을 지르며 뒤돌아봤다. "서운하게 뭐야." 하고 쓴웃음을 지으며 요코가 서 있었다.

"생각해 보니까 나도 1층에서 자야겠다 싶어서……. 무섭지는 않은데 기분이 그냥 좀 그래."

리사는 자기 방으로 들어가 베개와 이불만 가지고 복도로 나왔다. 레나의 방은 문이 닫혀 있었지만 예전에 들어가 본 적이 있어서 대강 어떤 모습인지는 알았다.

방의 구조는 리사의 방과 같았다. 창문이 몇 센티 열려 있었다고 가사이가 말했는데, 침대 옆에 달린 창문을 말하는 듯했다.

"거기서 뭐 해?"

이불을 품에 안고 방에서 나온 요코가 리사를 불렀다. "레나가 왜 창문을 열어 두고 잤는지 궁금해서요." 하고 리사가 계단을 내려가며 말했다.

"저희가 방으로 돌아간 시각이, 어제……. 정확히는 그저께 저녁이었는데요. 오후 4시가 넘어서였어요. 5시는 안 됐을 거예요. 크게 덥지도 않았는데 왜 창문을 열어 두었을까요."

"환기하려고 그랬던 거 아닐까?"

리사는 그럴 수도 있겠다며 고개를 끄덕였다. 레나가 무슨 목적으로 창문을 열었는지는 아무도 알 수가 없다.

6월 후반이라 달력상으로는 여름이지만 그저께는 날씨가 꽤 선선했다. 정말 환기를 하려고 창문을 열었는지 어떤지는 모르지만 벌이 실내로 들어왔다고 하니 분명 방충망도 열려 있었을 것이다. 하다못해 방충망이라도 닫아 두었더라면 일이 이렇게 되지는 않았을 것이다.

레나도 방충망을 열어 둔 일로 자신이 죽게 될 줄은 꿈에도 몰랐을 것이다. 무심코 한 행동이 엄청난 결과를 부르는 경우가 있는데 이번 일 역시 그렇지 않은가 생각했다.

두 사람이 내려온 것을 확인한 하자마가 가즈의 등을 떠밀어 각자의 방으로 돌아갔다.

리사는 두 개 있는 소파 중 하나에 몸을 누이고 머리까지 이불을 푹 뒤집어썼다. 레나의 해맑은 미소가 머릿속에 어른거려 한참이 지나도록 잠이 들지 않았다.

6

몸을 일으키니 주방에서 커피를 준비하는 요코의 모습이 보였다.

"너도 마실래?"

"그럴게요." 하고 소파에서 일어났다. 시계를 보니 아침 7

시였다. 2시간 정도 잔 셈이다.

일단 방으로 돌아가 세수를 하고 옷을 갈아입었다. 따로 상복은 가지고 있지 않아 되도록 검은색에 가까운 옷을 골랐는데 스즈키가 죽었을 때도 똑같은 옷을 입었던 게 기억나 기분이 우울해졌다.

거실에 내려가 보니 요코는 없었다. 자신과 마찬가지로 옷을 갈아입거나 화장을 하기 위해 방으로 돌아간 듯했다.

커피포트에 담긴 커피를 잔에 따라 한 모금 마셨다. 씁쓸했지만 덕분에 정신이 번쩍 들었다.

"일어났어?"

하자마와 가즈가 들어왔다. 하자마는 검은 양복, 가즈는 암갈색 재킷을 입고 있다.

오가는 말 없이 셋이서 커피를 마셨다. 베란다로 나간 가즈가 비가 온다는 말을 했을 때 요코가 아래층으로 내려왔다.

"7시 반이구나." 하고 하자마가 손목시계를 봤다.

"많이 와?"

"아직은요." 하고 베란다에 있던 가즈가 말했다.

"근데 하늘이 새까매요. 일기 예보에서도 오늘은 하루 종일 비가 올 거라고 하던데요."

이만 병원으로 출발하자고 요코가 조용히 말했다.

"언제까지 오라는 말은 없었지만 어제 여자 형사님이 말씀하셨듯이 레나 부모님은 이미 가마쿠라에 도착하셨을 거야.

우리한테 듣고 싶은 이야기도 있지 않을까. 그리고 레나가 죽은 원인도 오늘 확실히 밝혀질 거라고 했잖아."

자신이 운전한다며 하자마가 왜건 열쇠를 집어 들었다. 그리고 곧장 지하 차고로 내려갔다. 비밀번호로 전자 잠금장치를 해제하고 그대로 밖으로 나갔다.

"병원 위치는 아세요?"

조수석에 앉은 요코가 그렇게 묻자 평소 거래처라고 하자마가 대답했다. 대화는 거기까지였다.

미조이케 종합 병원은 써니 하우스가 있는 가지노에서 가마쿠라 역을 지나 10분 정도 거리 있는 이타구라 정에 위치했다. 네 사람은 8시가 지나서야 도착했는데, 그 무렵 빗발은 더욱 거세어져 있었다.

접수처에서 오타 레나라고 이름을 대자 지하 영안실로 내려가라는 안내를 받았다. 계단에 도착하니 그곳에 이치카와와 가사이가 서 있었다.

이치카와가 네 사람이 온 것을 알아차리고 "일찍 오셨네요."라고 말했다. 뭐라고 대답해야 할지 몰라 리사는 다른 세 명과 함께 나란히 고개를 숙였다.

가사이가 먼저 서로 돌아가겠다는 말을 남기고 그 자리를 떠났다. "오타 레나 씨는 영안실에 안치되셨습니다."라고 이치카와가 설명했다.

"오타 씨의 부모님은 오늘 아침 5시 넘어 병원에 도착하셨습니다. 가사이 형사가 상황을 설명했고요. 두 분 다 충격이 크셔서 저희도 자세한 이야기는 듣지 못했습니다만, 레나 씨가 고3 여름에 가루이자와에 갔다가 벌에 쏘였던 일이 있다는 사실은 확인했습니다."

"그럼 역시 사인은 아나필락시스 쇼크인가요?"

하자마의 질문에 의사의 소견도 같았다고 하며 이치카와가 고개를 끄덕였다.

"경찰 측 입장에서 말씀드리면 변사(變事)나 병사(病死)가 아닌 사고사로 밝혀졌습니다. 불운한 사고지만 매년 꼭 발생하는 사고로, 사례가 많아 특별한 사건으로 보기도 어렵습니다. 셰어하우스에서 함께 살았던 오타 씨가 돌아가셔서 많이 괴로우실 텐데 무어라 위로의 말씀을 드려야 할지……."

가즈가 손바닥으로 벽을 쳤다. 그 어깨가 부르르 떨렸다.

레나를 볼 수 있냐는 요코의 질문에 부모님의 양해만 있으면 가능하다고 이치카와가 대답했다.

"지금 두 분 다 영안실에 계시니 제가 확인해 보겠습니다. 일단 아래로 함께 내려가시죠."

이치카와를 따라 계단을 내려가는 도중 고함치는 남자의 목소리가 들렸다. 진정하라며 남자를 달래는 목소리가 어쩐지 익숙했다. 어제 만났던 이시야마라는 젊은 형사다.

"뭐, 진정? 내 딸이 죽었는데 진정하라니! 당신 같으면 진정하겠어?"

계단을 다 내려오자 앞쪽에 어두컴컴한 복도가 이어졌다. 두 남자가 말다툼을 하고 있다. 그 안쪽에서 얼굴을 두 손으로 감싼 채 울고 있는 중년 여성이 레나의 어머니로 보였다.

"그런 어처구니없는 이야기가 어디 있냐고! 레나는 대학생이야. 갓난아기도 아닌데 벌에 쏘여서 죽다니! 아무리 생각해도 이상하잖아!"

이시야마가 화를 가라앉히라며 아버지의 팔을 꽉 눌렀다.

"의사한테 설명 들으셨을 겁니다. 따님의 사인은 벌침 독에 의한 급성 알레르기 반응, 흔히 말하는 아나필락시스 쇼크로 밝혀졌습니다. 틀림없는 사실이고 무척 괴로우시겠지만 이번 일은 사고입니다."

"그런 소리가 잘도 나오는군그래." 하고 레나의 아버지가 이시야마의 어깨를 쳤다.

"벌에 쏘여서 죽었다, 사고사니까 우리는 책임 못 진다, 그 말이 하고 싶은 거지?"

이시야마가 아무 말 없이 바닥으로 시선을 떨궜다. 대답하기 곤란하겠다고 리사는 생각했다.

예전에 레나 본인에게서 들었는데 아버지가 대기업의 부장이라고 했다. 충분히 상식적인 사회인이겠지만 갈 곳을 잃은 분노를 쏟아 낼 상대가 없어 감정적으로 변한 듯 보였다.

"경찰 책임이 아니면 누구 책임인데?" 레나의 아버지가 이시야마에게 삿대질을 하며 소리쳤다. "그래, 내 딸이 고3 때

자기 엄마하고 여름에 가루이자와에 놀러 갔다가 벌에 쏘인 거 맞아. 나도 똑똑히 기억하니까. 의사도 다음에 쏘이면 위험할 수 있다고 설명했어."

아무 말 없이 고개를 끄덕이는 이시야마에게 "그래서 내 딸은 조심했다고."라며 레나의 아버지가 다시 소리쳤다.

"벌에 쏘인 건 내 딸 책임 아냐! 도대체 누구의 책임이냐고!"

누구의 책임도 아니라고 하며 이시야마가 고개를 가로저었다. 몸을 돌린 레나의 아버지가 이번에는 "다 당신 때문이야." 하고 소리쳤다.

"그게 왜 내 탓이야." 울고 있던 레나의 어머니가 진하게 화장한 얼굴로 레나의 아버지를 똑바로 쳐다봤다. "당신이 애한테 소홀해서 생긴 일이야." 하고 아버지가 벽을 세게 찼다.

"레나는 당신하고 살았잖아! 가루이자와도 당신이 가고 싶다고 해서 간 거고. 당신이 레나를 죽인 거나 다름없어!"

양해를 구하고 대화에 끼어든 이시야마가 두 사람을 떨어뜨려 놓았다.

"방금 하신 말씀은 틀렸습니다. 별거 중이시라고 들었는데, 따님은 자신의 의지로 어머님과 살기를 선택하셨죠?"

레나의 아버지가 입을 비죽 내밀며 그렇다고 대답했다. 그곳이 어떤 곳이든 본인의 의지가 없었다면 여행을 따라가진 않았을 거라고 이시야마가 말했다.

"불행하게도 따님이 여행지에서 벌에 쏘이기는 했지만 그
것을 어머님의 책임으로 보기는 어렵습니다."

흘러넘친 눈물을 닦아 낸 레나의 어머니가 불현듯 뒤를 돌
아봤다. 화장이 반쯤 지워져 있었다.

무시무시한 그 모습에 리사는 자신도 모르게 고개를 돌렸
다. "너희가 우리 딸하고 함께 살았다는 애들이냐?" 하고 레
나의 아버지가 물었다.

"셰어하우스인지 뭔지 하는 그거?"

그렇다고 대답하며 고개를 끄덕이는 하자마에게 레나의 아
버지가 성큼성큼 다가가 대체 너희는 뭘 하고 있었냐며 호통
을 쳤다.

"사정은 저기 있는 여형사한테 들었다. 레나가 온종일, 아
니, 그것보다 훨씬 긴 시간 방에서 나오질 않았다는데 그 말
이 사실이냐?"

셰어하우스에서는 기본적으로 본인의 자유 의지를 존중한
다고 하자마가 입을 열었다.

"한 지붕 아래에 살고 있지만 옛날 기숙사하고는 다릅니다.
방에서 나오든, 가만히 틀어박혀 있든, 전부 본인의 자유입니
다. 그런 일로 일일이 참견하진 않습니다. 누구에게나 사람과
이야기하고 싶지 않은 날은 있으니까요. 그건 본인이 아니고
서는 알 수 없는 일이고 저희도 하루 종일 방에서 나오지 않

는 날이 있습니다."

걱정되지 않더냐고 물으며 레나의 아버지가 하자마의 양복 팔소매를 틀어쥐었다.

"적어도 괜찮으냐고 한마디 물어보는 배려 정도는 있었어야지! 내가 우리 딸이 처음 벌에 쏘였을 때 의사한테 자세한 설명을 들었다. 또 쏘이는 일이 생기더라도 곧바로 적절한 처치만 하면 죽지는 않을 거라고 했어. 너희가 일찍 알아차렸으면 우리 딸은 살았을지도 모르는 일인데!"

"아버님의 마음은 저희도 이해합니다." 하고 요코가 한 발짝 앞으로 나갔다.

"삼가 조의를 표합니다. 하지만 저희는 레나의 보호자가 아닙니다. 레나는 스무 살이 된 성인이었으니 뭘 하고 있는지 일일이 살펴볼 수는 없었고 그럴 의무도 없었습니다. 그 누구도 어쩔 수 없는 사고였다고 저는 생각합니다."

레나의 아버지가 고소할 거라고 소리치며 또다시 벽을 구두로 찼다.

"경찰일지, 너희들일지, 셰어하우스 관리 회사일지, 누구를 고소할지는 모르겠지만 반드시 책임 물을 거니까 두고 봐……. 레나를, 레나를 돌려 줘!"

오열하며 주저앉은 아버지의 어깨에 이시야마가 손을 얹었다.

"저도 자식이 있습니다. 아직 한 살이지만 아버님의 마음은 충분히 이해합니다. 하지만 지금은 따님의 명복을 빌어야 할 때가 아니겠습니까? 따님은 영안실에 잠들어 있습니다. 아버님이 슬퍼하실수록 본인도 괴로워할 겁니다."

부축하듯 레나의 아버지를 일으켜 세운 이시야마가 계단을 올라갔다. 이치카와가 레나의 어머니와 함께 그 뒤를 따랐다.

가즈가 걱정스러운 듯 하자마에게 괜찮으냐고 묻자 "아버님의 심정을 나도 이해 못하는 건 아냐."라고 대답하며 하자마가 손을 흔들었다.

"딸을 잃은 부모의 슬픔은 나도 짐작이 가. 엉뚱한 화풀이든 뭐든 누군가에게 분노나 슬픔을 쏟아 내고 싶으셨을 거야. 뭐라고 하건 그냥 참아야지."

"책임지라고 하면 좀 곤란하지만." 하고 요코가 씁쓸하게 웃었다. "그 상황에서 저희가 할 수 있는 일은 없었으니까요."라며 가즈가 동의한다는 듯 고개를 끄덕였다.

틀린 말이 아니라고 생각하면서도 리사는 마음이 복잡했다. 후회에 가까운 마음이었다.

레나는 자신과 헤어지고 방으로 돌아간 직후 벌에 쏘인 것으로 보였다. 그 후 리포트 작성을 마무리 짓고 저녁 7시쯤에는 저녁 준비를 하러 거실로 내려갔었다.

그때 레나에게 말을 걸었지만 대답은 없었다. 자고 있다고 생각해 그 이상 아무것도 하지 않았는데 그때 이변을 알아차렸더라면 레나를 구했을지도 모른다.

그런 리사의 생각을 알았는지 "네 책임이 아냐."라고 말하며 요코가 고개를 저었다.

"고민하고 그러진 마. 힘들면 나한테 얘기하고."

알았다고 고개를 끄덕이는 리사의 가방에서 벨소리가 새어 나왔다. 휴대폰을 꺼내 들자 화면에 다카세 히로시라는 이름이 보였다.

"여보세요, 리사? 지금 신칸센에 타려던 참이거든. 도쿄에는 10시 넘어서 도착할 거야. 가마쿠라 역에 도착하면 다시 연락—."

오늘 히로시가 가마쿠라에 오기로 했던 것을 까맣게 잊고 있었다. 역에서 만나기로 약속했지만 지금은 그럴 상황이 아니다.

종종걸음으로 복도 안쪽까지 걸어가서 무슨 일이 일어났는지 소곤소곤 설명했다. 잠자코 듣고 있던 히로시가 일단 그쪽으로 가겠다고 했다.

"만나서 얘기하는 편이 좋겠다. 나중에 연락할게."

뚝, 전화가 끊겼다. 히로시의 목소리에 서린 공포를 감지한 순간 손이 떨리기 시작했다.

뒤돌아보니 세 사람이 이쪽을 빤히 보고 있었다. 어찌할 바를 몰라 하며 리사는 휴대폰을 가방에 넣었다.

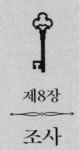

제8장

조사

1

그 후 얼마 동안 병원에 더 머물렀지만 네 사람은 레나와 집을 함께 썼을 뿐 그 이상의 관계는 아니었다. 친하게는 지냈지만 계속 병원에 붙어 있을 수만은 없었다.

11시가 지나 레나의 부모님에게 인사를 한 다음 차를 타고 써니 하우스로 돌아왔다.

차 안에서 네 사람은 대화를 거의 주고받지 않았다. 핸들을 쥐고 있는 하자마, 조수석에 앉은 요코, 평소 떠들기를 좋아하던 가즈도 입을 꾹 다물었다.

리사 역시 아무 말도 하지 않았다. 동갑내기인 레나의 죽음에 누구보다도 충격을 받았다.

써니 하우스로 이어지는 언덕길에 차가 들어섰을 때, 그제야 요코가 입을 열었다.

"레나 말이야, 참 괜찮은 아이였지."

가즈가 괴로운 듯 신음하며 믿기지 않는다고 했다.

"성격도 좋고, 밝고 솔직했잖아요. 그런데 고작 벌에 쏘였다고 죽다니……."

"그러니까 사고지." 하고 하자마가 천천히 핸들을 돌렸다.

"나는 전에 벌에 쏘인 적이 있다는 말도 처음 들었어. 아마 본인도 이런 일이 생길 줄은 몰랐을걸. 아나필락시스 쇼크 때문에 이렇게 됐다는데, 솔직히 그렇게 말해도 아는 게 거의 없어. 만약에 레나한테 들은 말이 있었다고 해도 어떻게 대처해야 하는지 몰랐을 거야."

"나는 알고 있었어." 하고 요코가 눈가를 눌렀다.

"우스갯소리처럼 얘기해서 나도 심각하게 받아들이진 않았어. 레나가 방에서 나오지 않는다는 사실을 알았을 때 그 얘기를 떠올렸더라면 죽지 않았을지도 모른다고 생각하니까……."

"그건 누나 탓이 아니에요."라며 가즈가 위로하듯 뒤에서 어깨를 토닥였다.

"누나가 그런 것까지 신경 쓸 수는 없고 방에 막 들어갈 수도 없는 노릇이잖아요? 문은 잠겨 있었고 서로를 감시하는 사이도 아닌데 자고 있다고 생각할 수밖에 없죠. 그 부분은 어쩔 수 없지 않나?"

가즈의 말이 옳다고 하며 하자마가 써니 하우스 지하 차고에 차를 넣었다.

"셰어하우스는 어디든 다 비슷할걸. 사생활 보호가 최우선이라 누가 방에서 쓰러졌다 해도 어떻게 할 방법이 없어. 레나는 운이 없었다고 생각해야 하지 않을까? 거실이나 공동 공간에서 벌에 쏘였으면 의식을 잃더라도 누군가가 발견해서 응급 처치를 하거나 구급차를 불렀겠지만, 방 안은 아무래도 발견이 늦어질 수밖에 없지."

"왜 하필 벌이 레나의 방에 들어간 걸까." 하고 요코가 한숨을 쉬었다.

"우리 중에 한 사람이 쏘였으면 물론 큰 소동은 일어났겠지만 그걸로 끝이었을 거 아냐. 그렇지 않아?"

엔진을 끈 하자마가 차 문을 열었다. 전자 잠금장치 때문에 일단 차고에서 밖으로 나가 현관으로 돌아가야 했다.

보슬보슬 내리는 빗속을 빠른 걸음으로 걸어가 현관문 앞에 섰을 때 리사의 휴대폰이 울렸다. 화면에 '다카세 히로시'라는 착신 표시가 떴다.

원래는 히로시와 가마쿠라 역에서 만나 곧장 패밀리 레스토랑으로 향해 그곳에서 이야기를 나누기로 했지만 갑작스러운 레나의 죽음에 그 약속은 지킬 수가 없게 됐다.

미안하다고 사과하자 히로시는 대수롭지 않다는 듯 괜찮다고 했다.

"뭐, 어쩔 수 없지. 난 내일 봐도 돼. 미리 예약했던 비즈니스호텔에서 묵으면 되니까. 대신 자세한 이야기는 지금 들을 수 있을까? 셰어하우스에서 함께 지내던 여대생이 죽었다고 아까 그랬지? 어떻게 된 거야?"

병원에 있을 때는 레나의 부모님에다 형사까지 있어서 상황을 자세하게 설명할 수가 없었다. 잠깐만 기다려 보라고 한 뒤 2층에 있는 자신의 방으로 들어가 문을 잠갔다.

"아까는 대강 설명할 수밖에 없었는데 결론은 레나의 죽음이 사고사라는 거야."

책상에 앉아 주위를 둘러봤다. 위화감은 없었다.

"레나라는 사람, 전에 네가 얘기했던 동갑 여대생이지? 방금 사고사라고 그랬는데 거기서 어떤 사고가 일어났다는 거야?"

리사는 레나의 사인인 아나필락시스 쇼크에 대해 알고 있는 사실을 전부 이야기했다. 들어 본 적이 있다고 하며 히로시가 고개를 끄덕이는 듯했다.

"불운한 우연이 부른 사고사라……. 두 달 반 전쯤에 거기 살던 사람이 이번하고 똑같이 사고사로 죽었다며? 남자 레슬링 선수였다고 하지 않았나, 이름이 뭐라고 했지?"

"스즈키."

학교 레슬링부 동아리방에서 훈련을 하던 스즈키가 손이 미끄러지는 바람에 들고 있던 바벨의 샤프트가 목을 직격해서 사망했다고 얼마 전에 통화를 하며 이야기했었다.

이상하지 않냐고 히로시가 말했다.

"세 달도 안 되는 단기간에 같은 셰어하우스에 살던 사람이 사고사로 둘이나 죽다니. 그런 우연은 있을 수 없다고 생각하는데."

하지만 두 사람 다 경찰이 사고사로 판단했다고 말하며 리사는 고개를 저었다.

"의사도 같은 의견이래. 우리는 같은 집에서 함께 살았으니까 경찰이 자세한 정황을 물어보기도 했고 반대로 자세하게 설명도 들었거든. 두 사람의 죽음은 어느 쪽이든 사고사로 처리됐어. 그건 사실이야."

히로시가 입을 다물었다. 무언가를 생각하고 있는 듯했다. 덜컹덜컹, 전철이 달리는 소리가 들렸다.

"어쨌든 내일 그쪽으로 갈게." 뭔가 이상하다고 히로시가 말했다. "내 직감인데, 당장 거기서 나오는 게 좋을 것 같아. 그냥 단순히 생각해도 불길하지 않아? 8명이 살던 셰어하우스에서 두 사람이 죽어 나갔잖아. 4분의 1, 25퍼센트 확률이야. 그런 곳에 더 있어 봤자 좋을 일 하나 없어. 기분 나쁘지 않아?"

"나도 나갈 생각이야." 하고 리사는 고개를 끄덕였다.

"아무리 사고사라지만 사람이 죽었다는 사실은 변함없잖아. 유령이 나오지는 않을까, 뭐 그런 걱정은 안 하지만 그래도 역시 무서워. 이미 다른 집은 찾고 있어. 조건만 맞으면 당장이라도 이사하고 싶은 마음이야."

그러는 편이 나을 거라고 하며 히로시가 크게 재채기를 했다.

"내일 몇 시에 갈까?"

"9시도 괜찮아? 나도 너무 이르다고는 생각하는데……."

"너만 괜찮으면 몇 시든 상관없어." 하고 히로시가 또다시 재채기를 했다.

"주소는 아니까 9시에는 도착하도록 할게. 나도 널 빨리 만나고 싶거든. 그쪽에 도착하면 얘기하자."

히로시가 짧은 인사와 함께 전화를 끊었다. 리사는 휴대폰을 책상 위에 내려 두고 한숨을 내쉬었다.

2

밤이 되어 침대에 들어갔지만 쉽게 잠이 오지 않았다. 레나와 나이가 같다는 이유로 써니 하우스 안에서 누구보다 사이가 좋았다. 스즈키의 죽음과는 의미가 달랐다.

2시간 정도 선잠을 자고 아침 7시 전에 일어나 샤워를 하고 옷을 갈아입었다. 일요일이라고 해서 잠옷 차림으로 있을 수는 없다.

1층 거실로 내려가니 요코, 하자마, 가즈가 앉아 있었다. 세 사람 다 잠이 턱없이 부족해 보였다.

1년 이상 같은 셰어하우스에서 살았으니 리사와 다른 감정이 드는 것은 당연한 일이다.

"좀 잤어?"

그렇게 인사를 건넨 요코에게 거의 자지 못했다고 대답하며 냉장고 문을 열었다. 식욕이 없다. 미리 사 둔 요구르트와 컵에 따른 우유를 가져와 비어 있는 자리에 앉았다.

다들 마찬가지라고 이야기하며 가즈가 좌우를 번갈아 봤다.

"너도 알겠지만, 셰어하우스라고 해서 우리가 죽고 못 사는 사이처럼 지내진 않았잖아. 그래도 1년이나 한 지붕 아래에서 살았단 말이야. 나름대로 추억도 있고. 그래서 생각이 많아."

"친구가 온다고 했지?" 하고 하자마가 고개를 들었다.

"몇 시쯤에 와? 남자 친구라고 가즈가 그러던데······."

"9시쯤에 올 거예요."라고 리사가 대답했다.

"남자 친구는 아녜요. 같은 고등학교를 다녔을 뿐이지 딱히 그런 관계는······."

부끄러워할 필요 없다며 가즈가 웃었다.

"졸업할 때 고백했던 남자애잖아? 지금은 나가노에 있는 대학에 다닌다고 했나? 가마쿠라까지 만나러 올 정도면 아직 너한테 마음이 있다는 거야. 남자 친구가 아니라고 딱 잘라 말하면 그 애가 좀 불쌍하잖아."

그런 게 아니라고 쫑알대며 리사는 요구르트를 입안에 밀어 넣었다.

누가 봐도 가즈의 말이 옳다. 히로시는 지금도 자신에게 호감을 가지고 있고 자신도 히로시에게 마음이 있다.

다만, 사귀었던 사이가 아니라서 그런지 '남자 친구'라는 말에는 위화감이 든다.

"9시⋯⋯." 하고 하자마가 시계를 봤다.

"그럼 1시간 남았나⋯⋯. 나도 인사 정도는 하고 싶은데. 두 사람 방해할 생각은 없어. 얼굴만 보고 방에 틀어박혀 있을 거니까."

"나는 얘기도 해 보고 싶은데."라고 말하며 요코가 조용히 웃었다.

"관심 있다고 하면 조금 가벼운 느낌이지? 근데 어떤 사람인지 궁금해서 그래."

"나도." 하고 가즈가 오른손을 들었다.

"압니다, 알아. 나 그렇게 눈치 없는 사람 아냐. 그래도 얼굴 정도는 보고 싶고 조금은 이야기도 하고 싶고, 응? 그게 뭐 이상한 일이야?"

아무 말 없이 우유를 쭉 들이켰다. 사람들이 얼굴만 보고 휙 가 버리면 히로시도 껄끄럽지 않을까. 두 사람 사이에 특별한 무언가가 있는 것은 아니니 대화를 나누는 정도야 상식선의 일이다.

얼마 기다릴 필요도 없이 8시 반이 지났을 때 현관 벨이 울렸다. 현관문을 연 리사 앞에 고교 시절보다 아주 조금 어른스러워진 다카세 히로시가 서 있었다.

어두운 남색 재킷에 와이셔츠, 그리고 회색 슬랙스. 넥타이는 하지 않았다.

오랜만이라고 쑥스러운 듯 웃는 히로시를 불러들여 거실로 안내했다.

요코와 하자마, 그리고 가즈가 호기심 가득한 눈으로 보고 있다. 히로시를 세 사람에게 소개하자 가즈가 조금 익살스러운 말투로 "웰컴 투 써니 하우스."라고 인사했다.

"후지사키와 고등학교 때 한 반이었던 다카세 히로시라고 합니다. 저기⋯⋯리사한테 굉장히 멋진 셰어하우스에 살고 있다는 말을 듣고 나중을 생각해서 한번 견학을—."

딱딱한 소리 말라고 하며 가즈가 히로시를 자리에 앉혔다.

"아무 말도 마. 네 마음은 아니까. 어떻게, 뭐 좀 마실래? 이렇게 아침 일찍부터 온 거 보면 어지간히도 하고 싶은 말이 많은 것 같은데. 용기도 북돋을 겸 맥주 어때?"

"헤매지는 않았어?" 가볍게 입을 놀려 대는 가즈를 요코가 가로막았다. "써니 하우스가 워낙 찾아오기 힘든 곳에 있어서 잘 찾아올 수 있을까 걱정했어. 마중을 나가는 편이 나았나 하고."

히로시가 리사를 가리키며 주소를 미리 들어 두어서 괜찮았다고 했다.

"길을 헤매면 안 되니까 그만큼 일찍 나왔는데 생각보다 쉽게 도착해서……. 일요일인데 이른 아침부터 찾아와서 죄송합니다. 혹시 제가 불편하게 해 드렸나요?"

"갑작스러운 일도 아닌데 뭘." 하고 하자마가 고개를 저었다.

"리사한테 얘기는 들었어. 내가 가즈는 아니지만, 아침은 먹었어? 커피라도 줄까?"

세 사람 다 히로시에게 관심이 많아 보였다. 가즈는 당연히 그러리라 예상했는데 요코와 하자마도 히로시의 이야기가 궁금한 듯 보였다.

"리사가 얘기한 것처럼 정말 근사한 집이네요." 주위를 둘러보던 히로시가 감동한 듯 숨을 길게 내쉬었다. "외관은 유럽의 대저택 같고 정원도 넓고 수영장도 있다죠? 월세가 한 달에 4만 5천 엔이라고 들었는데 정말 믿기지 않는데요."

교통편이 나빠서 그렇다고 말한 요코가 가즈에게 머그컵을 건네받아 히로시 앞에 내려놓았다.

"나중에 리사 따라서 구경해 보면 아마 더 놀랄걸. 정말 설비 하나는 대단하거든."

"여기서 함께 지내시던 분이 돌아가셨다죠." 하고 커피를 한 모금 마신 히로시가 갑작스럽게 말했다. 잠시 세 사람이 서로의 얼굴만 쳐다보다 "그래, 맞아." 하고 하자마가 떨떠름한 표정으로 대답했다.

"너희하고 같은 스무 살 된 여대생이었는데……. 방에서 벌에 쏘여 아나필락시스 쇼크를 일으켰어. 우리도 그런 일이 생긴 줄은 꿈에도 몰랐으니까 여러모로 늦어 버렸고. 더 빨리 알아차렸으면 어땠을까 그런 생각도 했지만 이제 와서 그래 봐야 무슨 소용이겠어."

"정말 안 된 일이네요." 하고 히로시가 웅얼거렸다. 장례식은 어떻게 할 거냐는 가즈의 질문에 요코가 손님 앞에서 할 이야기는 아니라고 나무라며 고개를 저었다.

"아무튼 편하게 놀다 가. 쌓인 이야기도 많을 텐데 난 이만 방으로 돌아갈게. 하자마 씨랑 가즈는?"

"나도." 하고 고개를 끄덕이던 하자마가 눈치를 주자, "알았어요, 알았어." 하고 가즈가 남아 있던 자신의 커피를 단숨에 들이켜고 자리에서 일어났다.

"점심은 같이 먹어도 되지? 함께 모여서 먹는 거 어때. 레나가 좋아했던 즈시의 피자 가게로 가면 어떨까."

"나중에." 하고 하자마가 가즈의 등을 밀었다. 요코는 2층으로 올라갔다.

두 사람만 남자 조금 어색한 침묵이 흘렀다. "오랜만에 다시 만났는데……"하고 리사는 잠시 할 말을 찾다가 무슨 말을 해야 할지 몰라 입을 다물었다.

괜찮아 보이는 사람들 같다며 히로시가 입을 열었다.

"요코 씨와 하자마 씨는 나이가 비슷해 보이던데, 맞아? 서른이나 그쯤 아냐? 가즈 씨는 꽤 말이 많은 사람이구나. 4학년이라고 하지 않았나?"

유급했다고 리사는 대답했다. "그건 그렇고 진짜 굉장하다." 하고 히로시가 주위를 두리번거렸다.

"2층 건물에 1층은 남성 전용, 2층이 여성 전용이란 말이지. 여기 거실 같은 경우에는 우리 집이 통째로 들어갈 정도로 넓은데?"

"그 정도는 아니지." 하고 웃으며 리사는 손을 저었다. 구경시켜 주겠냐며 히로시가 자리에서 일어났다.

"지하도 있다고 그랬지? 정원도 보고 싶은데. 물론 네 방도."

리사는 알았다고 고개를 끄덕인 후 응접실 옆에 있는 계단을 통해 지하 1층으로 내려갔다. 영화 감상실, 라운지, 세탁기가 있는 공간.

더 안쪽에 있는 문을 밀어 열자 그곳에 차고가 나타났다. 히로시가 나지막하게 휘파람을 불었다.

"누가 나한테 장난치는 기분인데. 차가 두 대 있다는 점도 그렇고 그 방송이랑 똑같잖아."

리사는 그저 우연이라고 하며 비밀번호를 눌러 밖으로 통하는 차고 문을 열었다.

"전에는 차고를 수동으로 열 수 있었는데 지금은 비밀번호를 눌러야만 열려. 방범 시스템이 작동 중이라 그런 거지만."

앞장서서 정원으로 나가자 뒤에서 히로시가 크게 숨을 들이쉬는 소리가 들렸다.

"그야말로 부자를 위한 별장이구나. 호화 저택 탐방 프로그램에서도 이렇게 넓은 정원이 있는 저택은 본 적이 없는데. 유명 배우가 사는 베벌리힐스의 주택 같아."

히로시는 아나운서 지망생이어서 그런지 계속 텔레비전 방송과 연관 지어 생각했다. "수영장도 제대로인데." 하고 정원을 걸어가며 히로시가 수영장을 가리켰다.

"난 오히려 이런 데서는 살고 싶지 않아. 관리비라는 단어만 떠올려도 머리가 아파지려고 하는데."

"정확히 내가 말한 대로지?"

그 이상이라고 하며 히로시가 정원 정중앙에 멈춰 서서 주위를 둘러봤다.

"저기 있는 조립식 건물은 뭐야?"

"집주인이 간이 창고로 썼던 곳이래. 전에 여기 살았던 와타누키라는 사람이 그랬어. 지금은 그냥 잡동사니를 넣는 창고로 쓰나 봐. 문이 잠겨 있어서 우리는 못 쓰지만."

가까이 다가간 히로시가 주위 한 바퀴를 돌아보았지만, 건물에는 창문조차 없어서 뭔가를 알아내기는 힘들었다.

"빗방울이 떨어지기 시작하는데."

손을 뻗은 히로시가 하늘을 올려다봤다. 어제 온종일 쉬지 않고 내리던 비는 날이 밝아 올 무렵에 그쳤지만 구름은 여전히 두터웠다. 뚝뚝 빗방울이 떨어지기 시작했다.

안에서 얘기하자며 히로시가 현관으로 향했다.

3

"정말 들어가도 돼?"

방문 자물쇠를 열자 히로시가 안절부절못하는 모습을 보이며 리사에게 물었다. 정리해 두어서 괜찮다며 리사가 고개를 끄덕였다.

처음부터 거실에서 이야기를 나눌 생각은 없었고 히로시도 방을 구경하고 싶다고 해서 아침 중에 정리를 해 두었다. "들어오시죠." 하고 손을 뻗자, "실례하겠습니다." 하고 머뭇거리며 히로시가 방으로 들어왔다.

"거기 있는 의자에 앉아. 난 소파." 리사는 평소 방치해 두었던 소파에 앉았다. "방은 이런 느낌이야. 구조는 다른 방도 똑같고."

"뭐 이런 데가 있지?" 하고 히로시가 중얼거렸다.

"아니, 대체 얼마나 넓은 거야? 10평은 족히 되어 보이는데. 냉장고까지 딸려 있어? 거기다 욕실은 별도……. 이러고도 4만 5천 엔이라니. 집주인이 제정신인지 의심스러울 정도인데. 이 정도면 당연히 10만은 넘어야지."

"돈 때문에 셰어하우스를 운영하는 게 아니래."라며 리사는 설명했다.

"유지 관리 때문이라고 들었어. 집은 사람이 안 살면 오히려 폐가가 되잖아? 어떻게 보면 우리 입주민들이 써니 하우스의 관리인인 셈이지. 그리고 사실 불편한 점이 한두 가지가 아냐. 홈페이지에는 언덕 위에 위치한 주택이라고 적혀 있지만 여기가 산중에 위치한 집이라는 거 다카세도 눈치챘지? 흔한 편의점조차 주위에 없어."

"방이 이렇게 넓은데 뭐 어때." 하고 히로시가 천장을 올려다봤다.

"편의점이 꼭 있을 필요가 있나. 컵라면이든 포테이토칩이든 미리 사 두면 되는데. 네가 왜 여기 있고 싶어 하는지는 알겠다. 이제 평범한 원룸에서는 살 수 없는 거 아냐?"

단호하게 아니라고 부정하는 리사에게 농담이라고 하며 히로시가 목소리를 낮췄다.

"네 얘기를 들어보자면 이 방에서 여러 가지 이상한 일들이 일어난다는 말이지? 누군가가 침입해서 서랍이나 네 개인 물건에 손을 댄다는 말이잖아."

리사는 고개를 까딱했다. 문이 닫혀 있다고 해서 큰 소리로 말할 수 있는 분위기는 아니었다.

"네 방 자물쇠는 아까 봤어. 일반적인 아파트에서 흔히 볼 수 있는 종류인데 구조가 복잡한 편은 아냐." 열쇠를 복사하기도 쉬울 거라고 히로시가 말했다. "네가 들어오기 전에 살았던 사람도 있을 거고, 그 사람이 아니더라도 써니 하우스에

사는 사람 중 누군가가 예비 열쇠를 만들었을지도 몰라. 그렇다면 어렵지 않게 방에 들어올 수 있을 거고. 그러니까 밀실은 아냐."

"근데 왜 하필 내 방일까?" 하고 리사가 히로시를 쳐다봤다.

"뭘 조사할 게 있어서? 3월 말에 여기 왔으니까 아직 3개월밖에 안 됐어. 나에 대해 뭘 알고 싶어서?"

"그중에는 별걸 다 알고 싶어 하는 인간이 있어." 하고 자리에서 일어난 히로시가 방안을 걷기 시작했다.

"아, 그리고 이런 말도 했지. 누군가 보고 있는 것 같다고 그러지 않았어?"

리사는 걷고 있는 히로시를 눈으로 좇으며 항상 그런 것은 아니라고 했다.

"그냥 어쩐지 그런 기분이 든다는 거고…… . 정원 쪽에서 소리가 들려올 때도 있어. 근데 그것도 일주일에 한 번이나 두 번 정도라 신경 쓰지 않으려면 그럴 수도 있는데…… ."

"그래도 신경 쓰인다는 거지?"

상하좌우로 휘 둘러보던 히로시가 "평범해 보이는데." 하고 중얼거렸다.

"가구는 원래 여기 있던 거지? 배치가 부자연스러워 보이진 않아. 침대, 책상, 의자, 소파, 테이블, 전부 기능적으로 배치되어 있어. 창문은 남쪽으로 나 있고. 이 옆은 누구 방이야?"

"요코 언니." 하고 리사가 대답했다.

"반대편이 레나, 그 옆에는 얼마 전에 여기를 떠난 에미라는 간호사가 살았어."

"그렇구나." 하고 히로시가 의자에 다시 앉았다.

"에미라는 그 여자가 와타누키라는 프리터랑 둘이 살기로 하고 써니 하우스를 나갔다고 했지. 두 사람한테서 연락은 왔어?"

입주민 전부 두 사람에게 라인을 받았다고 하며 리사가 휴대폰을 꺼냈다.

"내용은 같아. 결혼해서 가마쿠라를 떠나기로 했다, 홋카이도로 갈 생각이다, 뭐 그런 얘기가 쓰여 있었는데⋯⋯. 봐, 이거야."

"그러게." 하고 화면을 눈으로 좇던 히로시가 답장은 했냐고 물었다. 라인으로 축하 메시지를 보냈다고 하며 리사가 화면을 아래로 내렸다.

"그러고 끝이었어. 근데 당연한 거 아니겠어. 같은 셰어하우스에서 살았다지만 친하게 지내진 않았으니까. 두 사람 다 나보다 나이가 많은데다 특히 난 함께 지낸 기간이 두 달밖에 안 됐으니까 그 이상 할 말이 없었어. 다른 사람들은 그 후에도 몇 번 메시지를 주고받지 않았을까."

"그 두 사람이 나간 후에도 이상한 일은 계속됐어?"

"서랍 같은 경우에는 며칠 전에 일어난 일이라……. 네가 기분 탓이라고 할 수도 있는데 누가 보고 있는 듯한 느낌은 전이랑 같아. 근데 어디서? 나도 바닥이나 벽은 조사해 봤어. 100프로 확신할 수는 없지만 뭔가 이상한 점이 있으면 알았을 거야."

"애초에 널 감시하는 목적이 뭘까?" 하고 히로시가 어깨를 으쓱했다.

"이 중에 누군가 훔쳐보는 취미가 있어서? 그건 아닌 것 같은데. 가즈라는 사람은 그런 부류로 보이진 않았고 여자인 요코 씨가 옷을 갈아입는 네 모습을 보고 좋아할 리가 없잖아. 하자마 씨는 조금 우울한 구석이 있어 보였지만 성실한 사람 같았어. 뭐, 말은 이렇게 해도 이건 단순히 인상만 보고 말한 거라 틀릴 수도 있어."

"돈이 없어졌다거나 그러면 모르겠는데 그런 일도 없어." 하고 리사는 말했다.

"금품을 훔치는 게 목적은 아닌 것 같아. 그런데 누군가가 나를 지켜보고 방에도 침입했어. 확실하지는 않지만 컴퓨터에도 손댄 것 같아. 근데 비밀번호가 있는데 어떻게 열었지……."

"반대일 수도 있겠는데." 하고 히로시가 말했다.

"컴퓨터를 열어 보려고 네 물건에 손댔을 수도 있잖아. 비밀번호를 어디다 적어 놓는 사람도 있으니까. 나도 네가 어떤 비밀번호를 쓰는지는 모르지만 생일이나 개인 정보와 관련된 숫자를 토대로 설정하는 사람도 많고. 너도 전화번호나 학번 같이 잊어버리기 어려운 숫자를 골랐을 거야. 개인의 보안 의식이야 빤하지 뭐. 그렇게 철저하진 않잖아."

"듣고 보니 그래."

"이건 누구나 그렇겠지만 리사도 컴퓨터로 자기 개인 정보를 관리하지? 친구 번호나 개인 일정도 휴대폰이랑 동기화하면 자동적으로 공유되니까 말이야. 그런 세부 정보를 알아내고 싶었던 거라고 생각하면 방에 침입한 이유도 어느 정도는 이해돼."

"글쎄, 그것도 잘 모르겠어." 하고 리사는 고개를 저었다.

"내 개인 정보를 알아서 뭐 하게? 알아낸다고 해서 무슨 이득이 있다고."

"그것도 그래." 하고 히로시가 팔짱을 꼈다. 평범한 여대생에 지나지 않는 리사를 조사해 모든 것을 알아낸다고 해도 그것으로 무엇을 할 수 있을까.

리사를 사칭해서 은행 계좌에 있는 돈을 자신의 계좌로 옮기는 범죄를 꾸미고 있을지도 모르지만 그만한 위험을 감수할 정도로 예금된 돈이 많지 않다는 사실은 깊이 생각해 볼 필요도 없이 금세 알 수 있다.

"잠시만." 하고 히로시가 침대 가까이로 다가갔다. 뭘 하려는 거냐는 말이 나오기도 전에 히로시가 침대에 몸을 누였다.

"뭐야, 너무하네. 갑자기 여자 침대에 드러눕다니, 실례 아냐?"

"이 침대는 바닥에 고정되어 있나 보네." 하고 히로시가 천장을 바라봤다. "처음부터 그랬어." 하고 리사가 말했다.

"좀 불편하지만 침대를 옮기고 싶을 정도는 아니라서……."

고개를 좌우로 돌려 보던 히로시가 "이상하다." 하고 중얼거렸다. 그러고는 한동안 말이 없었다.

4

즈시의 고쓰보 해변 공원 근처, 바다와 접한 피자 가게 '리비에라'에서 리사는 히로시를 비롯한 써니 하우스 사람들과 점심을 먹었다. 일요일이지만 11시를 막 넘은 시간이라 그다지 붐비지는 않았다.

가즈가 점심 특선 메뉴인 믹스 피자에 손을 뻗으며 아쉬워했다.

"날씨만 좋았어도 테라스 자리에서 먹었을 텐데. 다카세한테도 즈시의 바다를 보여 주고 싶었거든. 바다 색이 얼마나 아름다운지 믿기지 않을 정도라고. 진짜 굉장해."

짐작은 간다고 하며 히로시가 미소 지었다. 길 하나를 사이에 둔 저편은 고쓰보 해안으로, 비만 내리지 않으면 수평선까지 다 볼 수 있었다.

하지만 해 뜰 무렵에는 가느다랗던 빗발이 시간이 갈수록 거세어진 탓에 바다는 어슴푸레하게만 보였다. 그럼에도 비에 흐려진 즈시의 바다는 아름다웠다.

"참 좋죠, 바다는. 저나 리사나 니가타 사람이라 똑같이 바다를 보며 자랐는데, 직접 보니까 동해와 태평양은 전혀 다른 느낌이네요. 그래도 호수 특유의 냄새나 해풍은 크게 다르지 않아요. 지금 저는 나가노에 살고 있는데 거기는 바다가 없어서 뭔가 허전하거든요."

늘 그랬듯 분위기를 이끌어가는 사람은 가즈였다. 요코와 하자마는 말수가 적다. 리사도 그랬다.

예전에도 이 가게에는 몇 번인가 찾아왔었다. 늘 레나가 함께였다. 그리고 이제 레나는 없다.

'리비에라'의 점심 세트는 1200엔이지만 양이 꽤 푸짐하다. 디저트에다 음료수까지 포함되니까 가성비는 나쁘지 않다.

식후 테이블 위에 올라온 디저트는 초콜릿 케이크와 유자 셔벗이었다. 요코는 리사에게 잠시 가방을 맡아 달라고 한 뒤 화장실로 갔다.

"요즘 자주 간단 말이야." 하고 가즈가 웃었다.

"나이 때문인가. 틈만 나면 화장실이던데."

그렇게 나이가 많은 편은 아니라고 말한 리사에게 가즈가 코를 슥 문지르며 "아줌마지." 하고 딱 잘라 말했다.

"서른 넘으면 다 아줌마야. 저 사람, 자기 입으로는 스물일곱이라는데 그거 분명히 거짓말이야. 서른다섯이나 여섯쯤 되지 않았을까."

"설마요." 하고 숟가락으로 셔벗을 뜬 히로시에게 "나도 같은 생각이야."라며 하자마가 엷은 웃음을 띠었다.

"요코 씨하고 이야기해 보면 내 사촌하고 화제가 비슷해. 내 사촌이 서른다섯인데 유행했던 물건이나 텔레비전 방송 얘기를 할 때 보면 사소한 거지만 똑같아서……. 적어도 나보다 나이가 적지는 않은 것 같아."

히로시가 그건 개인의 감상일 뿐이라고 하자, 가즈가 듣기 좋은 소리 잘한다고 하며 히로시의 등을 가볍게 쳤다.

"뭐, 그건 그래. 취향이라는 게 환경의 영향도 있으니까. 자기 위에 남자나 여자 형제가 있으면 영향을 받기도 하지. 근데 요코 누나는 경우가 좀 달라. 딱 봐도 어린 척을 하는 게 보여. 요즘에는 거의 한계인 모양이던데. 전에는 그렇게 생각 안 했는데……. 아니, 30대면 어때. 숨길 일은 아니잖아. 모르는 척 눈감아 주려니까 피곤해 죽겠어."

그런 이야기는 이제 그만하라며 리사가 말했다. 같은 여자로서 나이를 화제로 삼는 행동이 몹시 불쾌하게 느껴졌다.

"레나라는 분이 이 가게를 좋아하셨다죠."

자연스럽게 히로시가 화제를 바꿨다. 몇 번 같이 온 적이 있다고 하며 가즈가 끄덕였다.

"둘이서 가라고 했는데 차가 없으면 머니까. 그 녀석도 면허는 있었는데 장롱면허라 직접 운전하기는 싫다고 해서. 그래서 자주 어울려 다녔지."

일주일 전에도 레나와 여기서 밥을 먹었다고 하며 하자마가 커피를 입에 댔다.

"둘이서만 얘기하고 싶다고 해서 말이야. 어쩐 일로 레나가 진지한 얼굴로 그러길래 같이 여기까지 나왔어. 할 얘기가 있다더니 별 이야기는 없던데. 고민이 있어서 의논할 상대가 필요했는지 어땠는지는 몰라도 내가 영 믿음직하지 못했나."

리사는 레나와 마지막으로 나눈 대화를 떠올렸다. 레나는 하자마에게 호감을 품고 있었다. 성격이 조금만 더 밝으면 좋았을 거라고 아쉬워하기도 했다.

지난주 일요일, 하자마와 둘이서 '리비에라'에 다녀왔다는 이야기는 듣지 못했지만 레나는 고백할 생각이었는지도 모른다.

하지만 둘만 있을 기회가 생겨도 하자마는 평소와 다름없었을 것이다. 결국 아무 말도 하지 못한 채 써니 하우스로 돌아올 수밖에 없지 않았을까.

'둘만 있을 때도 그러면 좀 별론데. 아깝지만 역시 난 패스.'

레나의 목소리가 머리를 스쳤다. 단둘이서 식사를 해 보고 역시 그만두자고 생각했는지도 모른다.

결과론이지만 레나가 고백하지 않아 다행이었다. 마음을 전했다면 하자마도 크게 낙담했을 테니까.

"정말 부러운데요." 하고 히로시가 크게 기지개를 켰다.

"저런 셰어하우스에 살면서 아름다운 바다에다 산에 둘러싸여 지내면 하루하루가 즐거울 것 같은데. 저 같은 원룸에 사는 인간한테는 꿈만 같은 이야기네요. 리사한테 들었는데 원래는 돈 많은 사람이 별장으로 썼던 곳이라면서요?"

"시즈오카의 노부부가 지었다고 들었어."라고 대답하며 가즈가 고개를 끄덕였다.

"돈이 엄청 많은 사람이래. 써니 하우스는 방이 많은 편인데 그것도 다 자기 아들, 딸 내외에다 손자들까지 자고 갈 수 있게 지어서 그런 거래."

"세상에 돈이 남아도는 인간이야 얼마든지 있으니까." 하고 하자마가 말했다.

"결국은 5, 6년 전에 아들 내외가 런던으로 전근하면서 노부부도 함께 떠났다고 들었어. 그럼 저런 별장은 뭐 하러 지었나 싶기는 한데 달리 돈 쓸 데가 없었겠지 뭐. 절세용으로 지었는지도 모르고."

"땅값은 저렴했을걸요." 하고 가즈가 입을 비죽 내밀었다.

"집을 산 위에다 지었잖아요. 다니기 편한 위치도 아니고. 그러니까 수영장이니 영화 감상실이니 이것저것 만들고 차도 두 대나 주차할 수 있게 차고를 만들었겠죠."

"집주인 성함은 알고 계세요?"

히로시의 질문에, "시바야마인지 시바타인지." 하고 하자 마가 대답했다.

"아마 시바야마일 거야. 처음 써니 하우스에 왔을 때 어디 이름이 적혀 있는 걸 봤던 것 같은데. 주방이었나? 어느 날 보니까 지워져 있었지만."

"근데 그분들은 지금 런던에 계시는 거죠. 그럼 거기 있는 동안 관리는 누가 맡아서 하죠?"

"그야 부동산이지." 하고 가즈가 웃으며 대답했다.

"뭐야 너, 써니 하우스에서 살고 싶어서 그래? 보자. 뭐라 고 했더라. 얼마 전에 문자도 왔었잖아. 그 왜, 잠금장치 건 으로."

"가마쿠라 하우징의 가타가이 씨요." 하고 리사가 이름을 기억해 냈다.

"인터넷으로 써니 하우스를 찾아서 전화했을 때 그분이 도 움을 많이 주셨어. 정말 친절한 분이셔. 이미 신청서를 몇 건 이나 받았는데 내가 니치가쿠인 학생이라고 했더니 편의를 봐 주셔서……. 가타가이 씨가 담당이 아니었으면 써니 하우 스에 못 들어갔을걸."

"내가 전화했을 때도 꽤 친절한 분이 받으셨어." 하고 가즈 가 고개를 끄덕였다.

"좀 섹시한 느낌의 여자였는데, 설명도 알아듣기 쉬웠

고……. 이름은 기억이 안 나는데, 그 사람이 가타가이 씨였나?"

"가타가이 씨는 남자야." 하고 하자마가 말했다.

"내가 전화했을 때 목소리가 굉장히 카랑카랑한 남자가 받았는데, 자기를 가타가이라고 했던 기억이 나. 태도는 정중했는데 조금 거만한 면이 있었어. 그래도 일 처리는 빠른 사람이더라. 내가 얘기하자마자 곧장 서류를 보내줬거든. 그때는 나도 급했을 때라 도움이 많이 됐어. 세상 참 편리해졌지. 메일 한 통으로 모든 수속을 마칠 수 있으니."

자리로 돌아온 요코가 "비가 그칠 생각을 안 하네."라고 말하며 테라스 밖을 쳐다봤다.

"다카세는 이제 어떡할 거야? 리사하고 가마쿠라에서 데이트할 생각으로 온 것 같은데 이렇게 비가 많이 와서야 돌아다닐 수나 있겠어?"

"저는 도쿄로 돌아가려고요." 하고 히로시가 말했다.

"다음 주에 제가 들어가 있는 아나운서 연구회에서 합숙을 하는데 준비할 게 있으니까 당장 돌아오라고 조금 전에 선배한테서 연락이 왔어요. 저야 더 있고 싶지만 비가 이렇게 내리면 움직이기 힘들잖아요. 저희 대학만 합숙에 참가하는 게 아니라서 1, 2학년 막내들은 잡다하게 할 일이 많아요."

"벌써 가는 거야?" 리사는 자기도 모르게 히로시의 얼굴을 빤히 쳐다봤다. 약속하진 않았지만 히로시가 저녁때까지는 가마쿠라에 있을 거라 생각했고 본인도 그럴 생각으로 온 게 분명했다.

"미안. 선배 명령은 거스를 수가 없어서." 히로시가 미안하다고 하며 두 손을 모아 사과했다. "합숙이 끝나면 다시 들러도 될까? 그때는 날씨가 좋아야 할 텐데."

"그럼 가마쿠라 역까지 데려다줄게."라고 말하며 하자마가 남아 있던 커피를 모두 마셨다.

"리사도 배웅하고 싶지? 할 얘기도 더 있을 거고 우리 셋은 써니 하우스로 먼저 돌아갈 건데, 괜찮겠어?"

"네." 하고 고개를 끄덕이며 리사는 커피를 마시고 있는 히로시의 옆얼굴을 쳐다봤다. 대체 가마쿠라까지 온 이유가 뭔지, 지금 무슨 생각을 하고 있는지, 전혀 알 수가 없었다.

5

가마쿠라 역에 리사와 히로시를 내려 둔 왜건이 점점 멀어졌다. 비가 내리는 와중에 조수석에 앉은 가즈가 차창을 열고 손을 흔들었지만 금세 보이지 않게 됐다.

개찰구 쪽으로 걷기 시작한 히로시를 리사가 바짝 쫓았다. 시간은 아직 오후 1시다.

"정말 지금 가? 밤까지만 돌아가면 되는 거 아냐?"

"맞아." 하고 고개를 끄덕이던 히로시가 개찰구 앞을 그냥 지나쳤다. 어디로 가는 거냐고 묻자, 재킷 안쪽 주머니에서 인쇄해 온 종이 몇 장을 꺼냈다.

"그게 뭐야?"

히로시는 여기로 오기 전에 인터넷으로 써니 하우스 가마쿠라에 대해 검색해 봤다고 하며 휴대폰으로 구글 지도를 열었다.

"난 오늘 처음 실제로 써니 하우스를 봤어. 거기서 살 마음은 없으니까 객관적으로 판단할 수 있겠지만, 아무리 불편한 위치라 해도 주소지는 가마쿠라 시 가지노 정이야. 외딴섬에 지은 별장이나 시골 산골짜기에 지은 저택이 아니라고. 아무리 생각해도 저 정도 설비를 갖추고서 월세가 4만 5천 엔이라는 건 말이 안 돼. 세입자 입장에서는 가격이 저렴하면 저렴할수록 좋지만 깊이 생각해 볼 필요도 없이 이건 지나치게 저렴해. 뭔가 이상하단 말이야."

"그건 집주인이 사정이 있어서 그런 거라고……."

확인해 볼 필요가 있다고 하며 히로시가 간이매점에서 비닐우산 두 개를 샀다.

"가마쿠라 하우징 주소는 홈페이지에 있었어. 봐, 여기." 히로시가 인쇄물을 들고 가장자리 쪽을 손가락으로 가리켰다. "구글 지도에 입력해 보니까 역 바로 근처더라. 일단 가보자."

리사는 건네받은 우산을 쓰고 히로시의 뒤를 따랐다. 휴대폰 화면을 보며 가마쿠라 하우징으로 향하는 경로를 더듬어 가던 히로시가 우뚝 멈춰 섰다. 그곳에 있는 것은 유료 주차장이었다.

"주소는 여기가 틀림없는데." 히로시가 주위를 둘러봤다. "내가 형사나 탐정은 아니지만 아무것도 모르는 내가 봐도 이건 최근에 생긴 주차장이 아냐. 간판이나 정산기에 녹이 슬어 있는 거 보이지? 여기가 예전부터 주차장이었다는 증거야."

"근데 난 가마쿠라 하우징에서 중개해 준 덕분에 써니 하우스에서 살게 됐단 말이야."

"인터넷에서 찾은 물건이잖아." 하고 히로시가 우산을 다른 손으로 바꿔 쥐었다.

"나도 나가노에서 원룸을 구할 때는 부동산 회사 홈페이지를 이용했어. 면허증이나 여권처럼 신분을 증명할 수 있는 서류는 팩스로 보내고, 보증금이랑 수수료를 입금했더니 그걸로 모든 절차가 끝나더라. 공동 현관 비밀번호랑 내가 쓸 원룸 비밀번호를 받을 때까지 부동산 회사 직원을 직접 본 적은 없어."

"요즘은 그런 경우가 많다고 들었는데……."

"원룸 비밀번호는 직접 변경하라고 그쪽에서 설명했어." 요즘은 그런 식으로 하는 경우가 많다고 히로시가 말했다. "하물며 써니 하우스는 셰어하우스잖아. 네가 처음에 도착했을 때도 입주민 중 누군가가 널 맞이해 주지 않았어?"

리사는 고개를 끄덕이며 와타누키와 가즈가 기다리고 있었다고 대답했다.

"내 기억으로는 집주인인지 부동산인지, 아무튼 새로운 입주민이 올 거라는 문자를 받았다고 한 것 같아. 그래서 내가 오길 기다렸다고……."

"집주인은 아냐. 아까 들은 대로라면 시바야마인지 뭔지 하는 노부부는 지금 런던에 있어야 해. 관리는 부동산에서 맡고 있지? 발신인이 시바야마라는 이름이었다 해도 실제로 문자를 보낸 사람은 가마쿠라 하우징의 직원이야." 하지만 그 실태는 이와 같다며 히로시가 주차장을 가리켰다. "즉, 그런 회사는 존재하지 않는다는 거야. 내 생각은 그래. 누군가가 가마쿠라 하우징이라는 가공의 회사를 만들고 홈페이지를 개설한 뒤 파격적인 집세를 제시해서 입주자들을 모으고 있어."

"모아서 뭘 어쩌려고?"

"그걸 알면 이 고생은 안 하지." 하고 히로시가 고개를 갸웃했다.

"그냥 불길한 예감이 들어. 네가 3월 말에 입주했을 때만 해도 써니 하우스에는 너를 포함해서 8명이나 살고 있었잖아. 그런데 고작 3개월 만에 두 명이 죽고 두 명이 써니 하우스를 떠났어. 네가 불안해할까 봐 말을 안 했는데, 나간 두 사람도 뭔가 좀 이상해."

"이상하다고? 와타누키 오빠랑 에미 언니가 왜?"

"네 휴대폰으로 두 사람한테서 각각 라인이 왔지? 그리고 넌 두 사람이 보낸 메시지에 답을 했고. 근데 거기에 읽음 표시가 없어."

리사는 자기 휴대폰을 꺼내 라인 앱을 열었다. 신경 써서 보지 않았지만 히로시가 말한 대로 리사의 답장에 읽음 표시가 없었다.

"내가 너무 예민하게 생각하는 것일 수도 있어. 단순히 두 사람은 이야기를 전할 생각으로만 라인을 보내서 답장에는 크게 신경 쓰지 않았을 가능성도 있어. 그 집에서 너희가 함께 지낸 시간이 두 달 정도라며? 아주 친밀한 관계도 아니고 친구도 아니었잖아. 너도 그냥 예의상 적당히 답장한 거지? 그러니까 읽었는지 어떤지 확인도 안 한 거잖아. 근데 두 사람 다 네 답장을 안 봤다는 건 아무리 생각해도 이상해. 답장하느냐 마느냐는 둘째 치고, 보기는 할 거 아냐. 그런데 읽었다는 표시가 없어."

"……그럼?"

누군가가 두 사람의 휴대폰을 가지고 있는 거라며 히로시가 소리를 낮춰 속삭였다.

"써니 하우스를 나간 두 사람이 연락이 뚝 끊겨 버리면 이상하게 생각할 테니까 홋카이도로 간다고 사람들에게 라인을 보낸 거야. 하지만 그걸로 충분하다고 생각했기 때문에 답장은 확인하지 않은 거고. 내 짐작이지만 네가 와타누키와 에미라는 사람을 만날 일은 두 번 다시 없을 거야."

"다카세는……와타누키 오빠랑 에미 언니가 죽었다고 생각
해?"

그럴 가능성이 높다고 대답하며 히로시가 고개를 끄덕였
다.

"하지만 이건 전부 내 상상이야. 단지 가마쿠라 하우징이
홈페이지 기재된 주소에 존재하지 않는다고 해서 이런 식으
로 결론짓는 게 네 입장에서는 이상하게 보일 수도 있어. 그
래도 넌 지금 당장 그 집에서 나와야 해. 학교에 친한 사람은
없어? 며칠만이라도 신세 지면서 다른 집을 구하면 되잖아.
누가, 무슨 생각으로, 뭘 위해서 이런 짓을 하는지 우리가 알
아내지 못했으니까 대처도 못 해. 아무튼 지금으로선 그 집에
서 나와 도망치는 수밖에 없어."

가급적 빠른 시일 내에 써니 하우스를 나올 생각이었다고
리사가 말했다.

"근데 그렇게 쉬운 일이 아냐. 옷에다 다른 짐도 있잖아.
넌 다 내버려 두고 일단은 다른 데로 옮기라고 그러지만 난
도저히 그렇게 못 해."

"그것도 그렇겠지." 하고 히로시가 하늘을 올려다봤다. 빗
발이 더 거세어졌다.

"지금 당장 나오기 어려운 건 알겠어. 하지만 확실히 낙관
적으로 볼 수 있는 상황은 아냐. 나는 변사체가 된 네 모습은

보고 싶지 않아."

농담이라고 하며 웃었지만 히로시의 눈은 진지했다. "일단
은 써니 하우스로 돌아갈게." 하고 리사가 말했다.

"짐을 정리해서 언제든 움직일 수 있도록 할게. 대학 친구
중에 재워 달라고 부탁할 수 있는 친구가 몇 명 있는데 개인
사정도 있을 테니까 우선은 그것부터 확인해 봐야지······."

"도저히 안 되면 인터넷 카페나 비즈니스호텔에 묵는 방법
도 있어. 뭣하면 내 방도 괜찮고."라며 히로시가 씩 웃었다.
"난 내일 아침에 체크아웃하니까 리사가 쓸 수 있는 침대는
있어."

"재미없으니까 그런 농담은 하지 마."라며 리사는 고개를
저었다.

"넌? 이제 어떡할 거야?"

"조사하고 싶은 게 있어. 집주인인 시바야마라는 노부부에
대해 알아보려고. 시즈오카에 살던 자산가라고 했지." 하고
히로시가 시계를 봤다. "거기서 뭔가 알아낼 수 있을지도 몰
라. 아무튼 넌 써니 하우스로 돌아가서 이사까지 염두에 두고
준비를 시작하는 게 좋을 거야. 뭔가 알아내면 연락할게. 그
리고 이 말은 꼭 해야겠어. 조심해. 무슨 일이 일어날지 모르
니까."

"버스 정류장까지 데려다줄게." 하고 히로시가 말했다. 리
사는 가마쿠라 역 방향으로 걸어가기 시작했다. 비가 아닌 무

언가가 등을 적셨다.

6

써니 하우스에 돌아오니 2시 반이었다. 비밀번호를 누르고 현관문을 열자 그곳에 낯선 검은색 가죽 구두가 보였다.

거실에서는 남자의 나지막한 목소리가 들려왔다. "저 왔어요." 하고 간단히 인사하며 안으로 들어가니 거실 테이블에 요코, 하자마, 그리고 가즈가 나란히 앉아 있었다. 맞은편 자리에는 양복을 입은 중년 남성이 있었다.

낯익은 얼굴이었다. 써니 하우스에 살게 된 지 일주일 정도가 지났을 때 방문한 니시카마쿠라 경찰서의 형사다.

"몇 번을 말씀드리지만 저희도 기누가사 씨에 대해서는 잘 모릅니다."

하자마가 지긋지긋하다는 표정으로 설명하고 있다. "어서 와." 하고 작은 목소리로 대답한 요코가 옆에 있는 의자를 가리켰다.

리사는 그곳에 앉았다. "니시카마쿠라 경찰서의 노지마 형사야." 하고 들릴락 말락 한 목소리로 요코가 말했다.

"제가 여기서 살게 된 게 대충 2년 반 정도 되는데 기누가사 씨는 제가 들어오고 1년 반 정도 뒤에 여기를 나갔습니다." 하자마의 설명이 계속됐다. "둘이서 얘기해 본 적도 거의 없습니다. 저는 회사원이고 그 사람은 밴드인지 뭔지를 하느라 시간대가 안 맞았으니까요."

"사정은 알겠습니다." 하고 노지마가 리사 쪽을 쳐다보며 얇은 입술을 움직였다.

"다만, 저희 입장도 이해해 주시죠. 3일 전, 여기서 살았던 오타 레나 씨가 돌아가셨죠. 그 전에 스즈키 씨 일도 있고요. 써니 하우스에 대한 조사가 필요하다는 의견이 경찰서 내에서 나왔습니다. 그 조사에는 기누가사 씨 일도 포함되어 있고요. 단순한 실종 사건이 아닐 가능성도 있습니다."

"전에도 말씀드렸던 것 같은데요." 하고 요코가 입을 열었다.

"제가 기억하는 건 기누가사 씨가 자기 입으로 여기를 나가겠다고 했다는 것과 정확한 일시는 기억나지 않지만 그 말을 한 뒤 일주일 정도 뒤에 아무 말 없이 나갔다는 것뿐이에요. 하지만 나갈 때 기누가사 씨가 메시지는 남겨 놓았어요. 그동안 신세 졌다, 언젠가 또 보자, 그런 말이었을 거예요."

"저 화이트보드에다 말이죠." 하고 노지마가 고개를 돌렸다.

"기누가사 씨 본인도 본가에 있는 부모님께 문자를 통해 여기를 자발적으로 나갔다고 알렸습니다. 여러분을 의심하는 것이 아니라 자세한 이야기를 들어 보려는 겁니다. 워낙 불확실한 점이 많아서 말이죠."

눈을 치켜뜨고 노지마를 보고 있던 가즈가 "불확실하다니, 뭐가요?" 하고 물었다. "비단 기누가사 씨만의 문제가 아닙니다." 하고 감정 없는 목소리로 노지마가 대답했다.

"여기 입주했었던 와타누키 신야 씨, 도야마 에미 씨가 이달 초에 써니 하우스를 나가셨죠. 와타누키 씨는 일정한 직업이 없으셨던 탓에 정보가 거의 없습니다만, 도야마 씨는 근무했던 병원 관계자로부터 이야기를 들을 수 있었습니다."

홋카이도로 간다는 연락을 받았다는 요코의 말에 노지마가 고개를 끄덕이며 병원 동료들에게도 라인을 보냈다고 이야기했다.

"하지만 도야마 씨와 직접 이야기를 나눈 사람이 한 사람도 없었습니다. 친구 몇몇이 전화를 해 봤지만 모두 받지 않았다고 합니다. 경리 담당자는 출근 기록부가 나오지 않아 미지급된 급여나 잔업 수당 문제로 할 이야기가 있다고 메시지를 남겼지만 오늘까지 답변이 없었다고 하더군요. 이상하다고 생각하지 않으십니까."

귀찮아서 그런 게 아니냐고 가즈가 말했다.

"에미 누나가 원래 그래요. 갑자기 병원도 그만두게 됐는데 잔업 수당이 무슨 필요가 있냐, 누나라면 그러고도 남을걸요."

"세상에는 분명 그런 사람도 있을 겁니다." 하고 노지마가 이해한다는 듯 고개를 끄덕였다.

"하지만 적어도 두 분이 홋카이도로 가지 않은 것은 확실합니다. 6월 5일, 와타누키 씨와 도야마 씨가 이곳을 나갔다고 하셨는데 그 후 국내선 홋카이도행 비행기 탑승자 명단을 전부 조사해 봤지만 두 분의 이름은 어디에도 없었습니다. 가명을 쓸 이유는 없겠죠. 다른 교통수단을 이용했다고 보기는 어려우니 결론적으로 홋카이도로는 가지 않았다는 말이 됩니다."

너무 성급하게 결론을 내린 것 같다며 하자마가 입을 비죽 내밀었다.

"신칸센으로 갔을지도 모릅니다. 그리고 야간 버스나 여객선도 있지 않습니까. 꼭 비행기를 이용하라는 법은 없죠."

저가 항공 회사를 이용하면 도쿄에서 삿포로까지 가는 편도는 1만 엔도 되지 않는다고 하며 노지마가 쓴웃음을 지었다.

"야간 버스와 여객선을 갈아타며 삿포로까지 가도 금액은 거의 같습니다. 애초에 두 사람이 어째서 홋카이도로 가려고 마음먹었는지 그 이유를 설명할 수 있는 사람은 아무도 없었습니다. 여러분은 어떻습니까?"

직접 듣진 않았지만 에미의 성격을 생각하면 충분히 가능한 일이라고 요코가 말했다.

"자기를 아는 사람이 없는 곳에서 새로 시작해 보고 싶다, 뭐 그런 이야기를 한 적이 있거든요. 진심으로 한 말인지, 뭘 새로 시작해 보고 싶다는 말이었는지는 못 들었지만요."

"저도 들었어요." 하고 리사는 고개를 끄덕였다. 확실히 에미에게는 그런 면이 있었다. 일종의 현실 도피인 것이다.

"가령 두 사람이 홋카이도로 가지 않았다 치죠. 그게 뭐 어쨌다는 겁니까?" 하자마가 들고 있던 페트병에 입을 댔다. "기누가사 씨 일과 어떤 연관이 있다는 겁니까. 어쨌든 저희는 기누가사 씨가 지금 어디서 뭘 하는지 아는 게 없습니다."

"저도 가즈도 기누가사 씨와 대화를 나누어 본 적은 거의 없어요." 하고 요코가 가즈 쪽으로 시선을 돌렸다.

"밴드니 아르바이트니 하며 늘 어디를 쫓아다니느라 여기에는 잠만 자러 오는 정도였어요. 자세한 이야기를 듣고 싶다고 하셨지만 이 이상 말씀드릴 게 없어요."

가즈가 몇 번이고 고개를 끄덕이며 요코의 말에 동의했다. "곤란하군요." 하고 노지마가 얼굴을 찌푸렸다.

"저희도 이제 막 조사를 시작한 터라 정확한 사실을 파악하고 있지는 않습니다. 여러분께 이야기를 들어 보면 뭔가 알수 있을지도 모른다고 생각했는데……. 오늘은 이만 돌아가지만 다시 찾아뵙게 될 것 같습니다. 그때는 지금보다 조금더 내용이 충실한 대화가 가능했으면 좋겠군요."

"그럼 이만." 하고 자리에서 일어난 노지마가 빠른 걸음으로 현관을 나갔다. "저 자식 뭐야." 하고 가즈가 한숨을 토했다.

"사람을 묘한 눈으로 쳐다보고 말이야. 우리가 기누가사 형한테 무슨 짓이라도 한 것처럼 말하던데 그게 말이 된다고 생각해요? 기분 더럽네, 정말."

하자마도 이해가 안 된다는 듯 고개를 갸웃거렸다. 요코도 마찬가지였다.

리사는 2층으로 올라가 자기 방으로 들어갔다. 아무 근거는 없지만 불길한 예감이 가슴속에 번져 가는 것을 똑똑히 느낄 수 있었다.

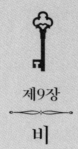

제9장

비

1

누가 말을 꺼내지는 않았지만 저녁 6시가 지나자 다들 거실에 모여들었다.

쉬지 않고 내리는 비가 더 거세어진 탓도 있었다. 리사도 그렇지만 다른 세 사람 역시 외출할 마음이 들지 않았다.

서로 눈치만 보던 중에 가즈와 둘이서 저녁 식사 준비를 하게 됐다. 간단하게 준비하라고 하자마가 말하자, 간단한 음식밖에 못 한다며 가즈가 웃었다.

냉장고에 있던 삼겹살과 양배추를 썰어 같이 볶고 인스턴트 컵 수프를 곁들였다. 커다란 접시를 테이블 위에 놓자 다들 젓가락을 들었다가 이내 손이 멈췄다.

"그 형사는 대체 뭘 조사하고 있는 거지." 하고 하자마가 고개를 갸웃했다.

"단순히 기누가사 씨 일만 조사하는 게 아닌 것 같은데. 스즈키, 와타누키, 에미, 그리고 레나······. 뭔가 관계가 있다고 생각하나."

그다지 유쾌한 느낌은 아니었다고 하며 요코가 머그컵에
담긴 수프에 입을 댔다.

"눈빛이 불쾌했어. 의심받는 기분이라……."

"우리한테 물어서 어쩌자는 건지." 하고 가즈가 머리를 긁
적였다.

"저는 정말 아무것도 모른단 말이에요. 그 형사는 기누가사
형이나 와타 형, 에미 누나를 찾고 있는 모양이던데 우리가
뭘 알겠어요. 같은 집에 살았다고 해서 뭐든 다 아는 게 아닌
데 나간 뒤의 일은 우리도 모르죠."

노지마라는 형사가 무슨 생각을 하고, 무엇을 의심하는지,
리사 안에서는 이미 답이 나와 있었다.

스즈키도 레나도 사고사가 아니다. 그리고 기누가사나 와
타누키, 에미도, 단순히 써니 하우스를 나간 것이 아니다.

이미 세 사람 다 죽었다고 노지마는 생각하고 있는 것이다.
그리고 스즈키와 레나를 포함해 그들의 죽음에 누군가가 관
여했다.

하지만 그 사실을 입 밖에 낼 수는 없었다. 다른 세 사람도
노지마의 생각을 알아차린 듯했다.

그것을 언급하지 않는 이유는 무언가를 인정하고 싶지 않
아서고 한마디라도 언급했다가는 문제가 생길 것을 예감했기
때문이다.

하자마가 커피라도 타오겠다며 일어나려 하자 요코가 손으로 가로막으며 자리에서 일어나 커피메이커를 세팅하기 시작했다. 도와주겠다는 리사의 말에도 그냥 앉아 있으라고 하며 조용히 미소 지었다.

"많이 피곤하지? 이 정도는 내가 할게. 가즈, 설탕이랑 우유 좀 꺼내 줄래?"

"그러죠, 뭐." 하고 가즈가 냉장고에서 우유 팩을 꺼내 그대로 테이블 위에 내려놓았다. 얼마 지나지 않아 향긋한 커피 향기가 풍기기 시작했다.

요코가 잔에 따라 온 커피를 넷이서 함께 마시며 앞으로의 일에 대해 조금 의논하다 대화는 어중간하게 끝이 났다.

"내일부터 또 출근이구나." 하고 우울한 목소리로 말한 하자마가 텅 빈 잔을 싱크대에 내려놓고 그대로 자기 방으로 돌아갔다.

"결국은 저런 인간인 거지." 가즈가 커피에 우유를 넣고 티스푼으로 휘저었다. "레나도 그렇고 다른 사람들 일에는 전혀 관심 없어. 자기밖에 모르는 인간이라고."

"최근에는 좀 변했다고 생각했는데." 하고 요코가 한숨을 쉬었다.

"근데 따지고 보면 남이잖아. 레나가 그렇게 되었다고 해서 가족도 아닌데 죽상만 하고 있을 수는 없지. 냉정한 이야기지만 이해 못하는 건 아냐."

"저도 방으로 돌아갈게요." 하고 리사는 자신과 하자마가 쓴 잔을 가볍게 헹궈 식기세척기에 넣었다. 히로시에게 전화를 해 봐야겠다고 생각했다.

집주인인 시바야마라는 노부부에 대해 조사해 보겠다고 했는데 뭔가 알아냈을지도 모른다.

계단을 올라가는데 어쩐지 아래로 시선이 쏠렸다. 요코와 가즈가 소곤거리며 대화를 계속 이어 나갔다.

2

방문을 잠그고 침대에 앉아 휴대폰을 집어 들었다. 전화, 메일, 라인에 착신 표시는 없었다. 히로시의 번호를 눌렀지만 음성 사서함으로 연결될 뿐이었다.

연락 달라는 메시지를 남기고 그대로 침대에 누웠다. 지쳐 있었다.

레나가 죽은 후에 벌어졌던 일들이 머리를 스쳐 지나갔다. 어째서 그런 일들이 벌어진 걸까.

한동안 누운 채로 생각에 빠져 있다가 갑자기 벌떡 몸을 일으켰다. 휴대폰을 바지 뒷주머니에 찔러 넣고 그대로 살금살금 방을 빠져나갔다. 거실에서 요코와 가즈의 대화 소리가 희미하게 들려왔다.

리사는 레나가 쓰던 방의 문을 열었다. 하자마와 가즈가 부수고 들어갔던 그날 이후로 문은 망가진 채 방치되어 있었다.

동갑이라는 이유로 몇 번쯤 서로서로 방에 놀러 갔었다. 인테리어나 가구 배치는 자신의 방과 동일했다. 다른 점이 있다면 레나의 방은 창문이 정원 쪽으로 나 있다는 정도다.

리사는 곧장 창문 쪽으로 다가갔다. 거의 8시가 다 되어서 그런지 밖은 깜깜했다.

빗발이 얼마나 거세어졌는지는 소리로 알 수 있었다. 가나가와 현 일대에 호우 경보가 내려졌다는 인터넷 뉴스가 떠올랐다.

'레나는 왜 창문을 열고 있었을까.'

레나가 벌에 쏘인 것은 목요일 저녁 이후가 틀림없다. 마지막으로 대화한 사람은 자신이고 대화를 일단락 지은 후 방으로 돌아간 시각은 5시쯤이었다.

그날은 날씨가 꽤 쾌적했다. 낮 기온은 20도가 넘었지만 습도가 높지 않은 상쾌한 날씨였고 저녁부터는 갑자기 선선해져서 카디건을 걸쳤던 것까지 기억한다.

레나라고 해서 별반 다를 리 없다. 더위 때문에 창문을 열었다고 생각하지는 않는다. 환기를 시키려고 했던 걸까.

'근데 그런 거라면 방충망은 닫았을 거야.'

써니 하우스의 각 방에 달린 창문에는 방충망이 설치되어 있다. 산 위에 지어진 주택이라 벌레가 날아 들어오는 경우가 있어 그것을 방지하려고 방충망을 설치했다고 홈페이지에도 나와 있다.

환기를 시키려고 창문을 열었다 쳐도 방충망까지 열 필요는 없다. 많은 여성이 그러하듯 레나도 벌레를 싫어했다. 리사도 마찬가지라 그 이야기로 한참 떠들어 댄 적도 있다.

창문을 열더라도 방충망을 닫아 두었으면 벌이 방으로 들어올 일은 없었다. 레나는 벌에 쏘이지 않고 죽지도 않았을 것이다.

레나가 자기 손으로 방충망을 열었던 게 아님을 직감했다. 틀림없다는 확신조차 들었다.

그렇다면 어째서 벌이 레나의 방에 들어왔던 것일까. 답은 하나다. 누군가가 레나의 방에 의도적으로 벌을 풀었기 때문이다.

갑자기 울리는 벨소리에 리사는 자신도 모르게 그 자리에 웅크려 앉았다. 뒷주머니에서 휴대폰을 꺼내 보니 화면에 히로시의 이름이 표시됐다.

"지금 어디야?"

서론을 생략하고 히로시가 물었다. 전철에 타고 있는 듯했다. "써니 하우스."라고 리사가 작게 대답했다.

"레나 방에 있어. 들어 봐, 뭔가 이상해. 그 애가 자기 손으로 창문이랑 방충망을 열었다는 건 말이 안 돼. 틀림없이─."

"알아." 하고 나지막한 목소리가 들려왔다.

"누군가가 그 방에 벌을 풀었어. 그리고 그건 널 제외한 입주민 중 한 사람이야. 지금으로서는 그 사람이 누구인지 특정할 수 없지만. 대신, 내가 알아낸 게 있어. 내가 말했던 시바야마라는 자산가 노부부에 관한 거야."

"써니 하우스의 소유주 말이지? 어떻게 알아봤어? 그 사람들은 런던에 살고 있잖아?"

"아나운서 연구회 합숙." 하고 히로시가 빠르게 말했다.

"전국에 있는 여러 대학에서 사람들이 모인다고 했던 거 기억나? 꽤 규모가 큰 행사라서 사전에 준비할 일이 많아. 거기에 시즈오카에 있는 사립대에서 구니토모라는 녀석이 와 있거든. 큰 기대 없이 뭔가 알고 있는 게 있는지 물어봤는데 시바야마 가는 시즈오카 현에 있는 하마마쓰에서 그 이름을 모르는 사람이 없을 정도로 유명한 부자라는 거야. 메이지 초기에 제지 회사를 설립해서 현 사장은 5대째라고 시바야마 제지 홈페이지에 나와 있었어. 써니 하우스를 지은 사람은 선대 사장이야. 10년 이상 지난 일인데 경영에서 물러나서 가마쿠라에 큰 별장을 짓고 유유자적 살고 있다는 얘기가 그 지역에서 유명하대. 구니토모의 부모님이 시바야마 제지의 자회사에 근무하셔서 꽤 자세하게 알고 있었어."

"그래서?"

"5, 6년 전에 런던에서 수입 잡화 회사를 경영하는 차남하고 같이 살겠다면서 영국으로 건너갔대. 근데 얼마 지나지 않아 귀국하고 요 몇 년간 일본 전국에 있는 온천을 부부끼리

돌고 있다는 이야기를 시청 소식지였나, 아무튼 어디서 읽었다고 했어. 시바야마 제지의 현 사장, 그러니까 장남하고 딸들은 정기적으로 문자로 연락을 하거나 가끔 전화도 한다는데 직접 노부부를 만난 사람은 없대."

그게 무슨 뜻이냐고 물은 리사에게 히로시도 그 이상은 말하기가 어렵다고 대답했다.

"써니 하우스는 시바야마 제지의 휴양 시설 중 하나로 등록되어 있는 것 같아. 실제로는 노부부의 별장이지만 세금 문제 때문이겠지. 그래서 재산세나 광열비 같은 세금은 회사에서 내고 있을 거라고 구니토모가 그랬어."

"그런 게 가능해?"

"나야 모르지." 하고 히로시가 말했다.

"다만, 시바야마 제지는 창업자인 시바야마 일가의 동족 회사라고 들었어. 우리 아버지가 근무하시는 회사도 비슷한 곳이라 대충 어떤 느낌인지 알아. 그다지 공사 구분이 없는 회사일 거야."

"설마……."

"맞아." 하고 히로시가 잠긴 목소리로 말했다. 전철이 덜컹거리는 소리에 섞여 목소리를 알아듣기 힘들었다.

"내가 생각하기로는 노부부는 이미 이 세상을 떠났을 거야. 하지만 누군가가 노부부의 명의를 사칭해서 별장을 빼앗고 셰어하우스로 쓰고 있어. 의심받지 않도록 온갖 수단을 쓰고 있겠지."

"시바야마 제지는 써니 하우스 관리에 직접 관여하고 있진 않은 것 같아." 하고 조금 큰 소리로 히로시가 말했다.

"선대 사장의 별장이라 간섭을 못하는 거겠지. 정기적으로 연락도 오고 하코네니, 유후인이니 하며 사진도 보내니까. 현 사장으로서는 경영에 이래저래 간섭받기 싫을 테고 평소 관계가 썩 좋은 편은 아니었다고 하니까 별 탈 없이 지내고 있으면 됐다, 뭐 그 정도로 생각하는지도 몰라."

"그래도 부모님이잖아? 일 년에 한 번 정도는 만난다거나 그러지도 않는단 말이야?"

"그건 개인 문제니까." 하고 히로시가 혀를 찼다.

"타인은 이해할 수 없는 사정도 있는 거야. 이건 인터넷으로 알아본 내용인데, 시바야마 제지는 시즈오카 현에 본사를 두고 있는 회사 중에서 다섯 손가락 안에 들 정도로 규모가 큰 회사에다 계열사도 많대. 동족 회사라서 내부 인간관계도 복잡할 거야. 근데 뭔가 이상하단 말이야." 하고 히로시가 말을 이었다. "문자는 노부부의 휴대폰을 이용해서 누구든 보낼 수 있잖아. 화상 편집 소프트웨어를 이용하면 노부부와 하코네 역 사진을 합성하는 정도는 간단한 일이고. 목소리를 흉내 내서 전화하면 우리 부모님은 우릴 속일 분들이 아니다, 이런 선입견을 가진 자식들은 납득하겠지. 노인들에게 자식인 척 전화해서 사기 치는 수법의 반대라고 생각하면 돼.

스즈키랑 레나를 사고로 보이게끔 살해한 것도 그 사기꾼 녀석이겠지. 네가 보기에는 내 추측이 지나치다고 할 수도 있겠지만 와타누키라는 사람이나 에미라는 간호사도 자기 의지로 써니 하우스를 나간 게 아냐. 아니, 정확히는 거기에서 나가지도 않았을걸."

"⋯⋯그게 무슨 말이야?"

"써니 하우스 어딘가에 사체가 숨겨져 있다는 뜻이야." 하고 히로시가 무거운 목소리로 말했다.

"근거는 거의 없다고 봐도 돼. 생각나는 대로 말하는 거냐고 하면 그 말도 맞아. 하지만 틀림없어. 지금 도쿄에서 가마쿠라행 기차를 타고 가는 중이야. 앞으로 한 시간 정도면 도착할 거야. 이대로 가다가는 무슨 일이 벌어질지 몰라. 네가 걱정이야."

"경찰에 전화할게."

이미 했다고 말하며 히로시가 또 한 번 혀를 찼다.

"니시카마쿠라 경찰서 형사한테 사정을 설명했는데 내 말만 듣고 움직일 수는 없대. 경찰 입장에서는 그렇게 대답할 수밖에 없겠지. 아무 증거도 없고 스즈키와 레나 건은 사고사로 처리됐으니까 말이야. 다만 노지마라는 형사가 몇 번인가 써니 하우스를 찾아갔다던데. 전에 거기서 살았던 사람이 행방불명돼서 신고를 받았고 그것과 관련해서 조사 중이라고⋯⋯."

"기누가사 씨."라는 리사의 혼잣말에 이름은 가르쳐 주지 않았다고 히로시가 말했다.

"노지마 형사와 얘기할 수 있게 해 달라고 부탁했거든. 연락해 보겠다는데 그 후로 1시간쯤 지났어. 아무튼 내가 그쪽으로 갈게. 가마쿠라 역에서 택시로 빨리 가면 써니 하우스까지 30분도 안 걸릴 거야. 리사, 2시간만 기다려 줘. 방문을 잠그고 나나 경찰이 갈 때까지 절대로 열지—."

비명 소리가 들렸다. 써니 하우스 안이다. 다시 걸겠다는 말을 하고 리사는 레나의 방에서 뛰쳐나왔다.

3

계단을 뛰어 내려가니 지하에서 올라온 가즈가 주위를 두리번거리고 있었다.

"무슨 소리 들리지 않았어?"

"들었어요." 하고 리사가 고개를 끄덕였다. 남자가 아닌 여자의 목소리다. 자신과 요코 외에 써니 하우스에 여자는 없다.

"하자마 오빠는요?"

가즈가 하자마의 방문을 몇 번 두들겨 보더니 다시 돌아왔다.

"잠겨 있어. 방에는 없는 것 같은데."

"요코 언니는요?"

소리가 아래에서 들렸다고 하며 밑을 가리키던 가즈가 지하로 이어지는 계단을 내려가기 시작했다. 불을 켜 봤지만 영화 감상실에는 아무도 없었다. 라운지도 마찬가지였다.

"차고인가." 하고 가즈가 좌우를 살피며 앞으로 나아갔다. 그런 가즈의 팔꿈치를 리사가 세게 붙잡았다.

"왜?"

리사는 시선을 피한 채로 저기를 보라며 손을 뻗었다. 어째서 자신의 목에서 비명이 터져 나오지 않는지 믿기지 않았다.

자리에 풀썩 주저앉은 가즈가 격하게 헛구역질을 했다. 세탁실 세탁기의 뚜껑이 열려 있고 그곳에 요코의 몸이 다리부터 처박혀 있었다.

몸을 젖히고 누운 요코는 뒤로 꺾인 목에 짙은 남색 줄무늬가 들어간 넥타이를 감고 있었다. 혀는 길게 축 늘어져 있고 코에서는 피가 흘러나왔다.

"요코 언니!"

곁으로 달려가려는 리사의 손을 가즈가 붙잡으며 비틀비틀 자리에서 일어났다.

"건드리면 안 돼. 이미 죽었으니까. 경찰을 불러야 하는데……. 휴대폰 가지고 왔어? 난 방에 놓고 와서……."

"누가 이런 짓을." 하고 리사가 혼잣말을 함과 동시에 가즈가 신음하며 하자마의 짓이라고 단정 지었다.

"그 자식이 요코 누나를 죽인 거야. 설마 스즈키나 레나도? 하지만 왜 그런 짓을…….."

"경찰에 전화할게요." 하고 리사는 뒷주머니에서 휴대폰을 끄집어냈다. 그와 동시에 두 가지 일이 동시에 벌어졌다.

전등이 갑자기 꺼지며 주위가 깜깜해졌다. 그리고 리사의 휴대폰이 울리기 시작했다.

'하자마'라는 표시가 떴다. 액정 화면만이 빛을 발하고 있다. 통화를 누르고 휴대폰을 귀에 댔지만 아무 소리도 들리지 않았다.

"하자마 오빠, 어디세요? 당장 불 켜요!" 스피커폰으로 전환한 리사가 큰 소리로 외쳤다. "대체 어디 계세요? 무슨 말이든 해 봐요! 우리한테 왜 이래요? 정말로 오빠가 요코 언니를 죽였어요?"

대답은 없었다. 경찰을 부르라며 가즈가 고함쳤다.

리사는 걸려 온 전화를 끊고 전화 기능을 불러오려고 했지만 금세 다시 하자마에게서 전화가 걸려왔다. 이래서는 경찰에 신고할 수가 없다.

"어떻게 됐어? 그 자식은 어디래?"

하자마에게서 걸려 온 전화를 몇 번이나 끊었지만 틈을 주지 않고 휴대폰은 다시 울렸다. 하자마만이 아니다. 등록되지 않은 번호로도 전화가 걸려왔다.

올라가자고 하며 가즈는 마른세수를 하고서 리사의 팔을

끌었다.

"내 휴대폰이 있잖아. 방으로 돌아가서 경찰에 신고하자."

두 사람은 그대로 계단으로 향했다. 주위는 어두웠지만 계속 울리는 리사의 휴대폰이 광원이 되어 흐릿하게나마 주위가 보였다.

더듬더듬 계단을 올라가던 가즈가 누군가 있다며 소곤거렸다. 리사는 휴대폰을 높이 들었다.

거실, 주방. 아무도 없다.

냉장고 위에 있는 차단기를 비춰 보고 본체가 망가져 있다는 사실을 알았다. 이러면 전등은 켤 수 없다.

리사의 왼손을 꼭 쥔 채로 가즈는 자신의 방으로 향했다. 문손잡이에 손을 올렸지만 문은 열리지 않았다.

"왜 이러지? 난 잠근 적 없는데……."

쉬지 않고 울리는 휴대폰을 뒷주머니에 찔러 넣고 리사도 손잡이를 쥐었지만 그저 겉돌기만 했다.

"하자마야." 가즈가 문을 주먹으로 쿵쿵 두들겼다.

"뭔가 장치했어. 내가 문을 닫으면 열리지 않도록……. 젠장, 이제 어쩌지?"

리사가 들릴락 말락 한 목소리로 도망치자고 했다. 하자마가 어디에 있는지는 모른다.

그런 상황에서 써니 하우스 안에 계속 머무는 것은 위험하다. 도움을 요청하려면 밖으로 나가는 수밖에 없다.

"안 돼." 하고 가즈가 고개를 저었다.

"하자마는 차단기 자체를 부쉈어. 그래서 불이 전부 꺼진 거고. 써니 하우스는 정전 상태가 되면 전자 잠금장치가 작동해서 현관이나 그 외의 문은 열리질 않아. 그러니까 밖으로는 절대로 못 나가."

"그럼 창문은요." 하고 리사가 외치자 셔터가 내려가서 안 된다고 하며 가즈는 곁에 있던 소파를 힘껏 걷어찼다.

"저것도 정전이 되면 안 열려. 젠장, 우리를 어쩔 생각이지. 왜 이런 짓을 하는 거냐고!"

"다카세가 이쪽으로 오고 있어요." 하고 리사는 손목시계를 봤다. 디지털 시계의 숫자가 희미하게 빛을 냈다. 8시 45분. 휴대폰은 계속 울리고 있다.

"다카세한테서 연락이 온 게 10분 정도 전이에요. 2시간이면 써니 하우스에 도착할 거라고 했어요. 경찰에 신고도 했다고……. 2시간 후에는 도와줄 사람이 와요. 어쩌면 더 일찍."

가즈가 작은 목소리로 숨어 있자고 했다. 그런 가즈의 얼굴조차 보이지 않는 칠흑 같은 어둠이다.

거실에 있으면 불리하다는 사실을 리사도 알고 있었다. 사방이 뚫려 있어서 하자마가 접근해도 알아차릴 수가 없다.

리사는 자신의 방으로 가자고 하며 휴대폰으로 계단을 비췄다.

"문은 하나밖에 없으니까 걸어 잠그면 아무도 못 들어올 거예요."

"그래." 하고 작은 소리로 나지막하게 대답한 가즈가 앞장 서서 계단을 올라갔다. 리사는 뒤에서 휴대폰의 미약한 빛으로 그 등을 비췄다.

손에서 휴대폰이 벨소리를 내며 진동하고 있다. 그리고 리사의 손도 격심하게 떨렸다.

4

"열쇠는." 하고 문 앞에 선 가즈가 작게 소곤거렸다. 리사는 잠그지 않았다고 대답하며 고개를 한 번 끄덕였다.

"조심하세요. 하자마 오빠가 매복하고 있을지도 모르니까……."

"맙소사." 하고 머리를 감싸 쥔 가즈에게 잠깐만 기다려 보라고 말을 한 뒤, 리사는 반대편에 있는 레나의 방으로 뛰어들었다.

레나는 다이어트용 덤벨을 가지고 있었다. 그 정도면 무기로 사용하기에 충분했다.

책상 아래에 있던 2개의 덤벨을 쥐었을 때, 어마어마한 천둥소리에 리사는 무심코 창밖을 바라봤다. 번개가 번쩍이며 아주 짧은 시간이지만 정원 전체가 보였다.

뒷걸음질 치며 복도로 돌아와 쪼그려 앉아 있던 가즈에게 덤벨 하나를 건네며 문을 열어 달라고 작게 말했다.

"조심하세요. 하자마 오빠가 나타나면 이걸로 때려서……
저도 도울게요."

"그래, 너만 믿는다." 하고 말한 가즈가 손을 뻗어 손잡이
를 돌렸다. 소리도 없이 문이 열렸다.

리사는 방 안을 들여다봤다.

"가즈 오빠, 욕실 쪽을 확인해 줘요."

그대로 몸을 웅크린 채 침대 아래를 휴대폰 빛으로 비췄다.
아무도 숨어 있지 않았다. 욕실 문을 연 가즈가 걱정할 필요
없다고 하며 돌아왔다.

"또 그 자식이 숨을 만한 곳은 없어? 벽장은?"

없다고 하며 벽장문을 열고 리사는 고개를 저었다. "그럼
한숨 돌려도 되겠구나." 하고 침대 끝에 걸터앉은 가즈가 방
문을 잠그라고 했다.

"하자마 이 자식, 대체 어디 있는 거야?" 얼굴을 두 손으로
감싼 채 가즈가 중얼거렸다. "경찰에 신고는……. 어렵겠구
나."

리사의 휴대폰은 여전히 쉬지도 않고 울려 댔다. 휴대폰을
여러 대 써서 전화가 끊기면 다른 전화가 자동적으로 연결하
도록 설정되어 있는 듯했다.

"소리 좀 낮춰 줘." 하고 가즈가 말했다.

"이제는 머리가 지끈거릴 지경이야. 끈질긴 놈."

리사는 버튼을 눌러 볼륨을 최소로 낮췄다.

"대체 일이 어떻게 돌아가는 거야? 왜 하자마가 요코 누나를 죽인 거냐고. 스즈키도 레나도 그 자식이 죽인 거야?"

휴대폰을 비춰 보니 가즈의 얼굴이 새파랗게 질려 있다.

"세 사람만 죽인 게 아닐 수도 있어요. 와타누키 오빠, 에미 언니, 그리고 모습을 감춘 기누가사 씨, 그리고 써니 하우스의 주인인 노부부까지."라고 리사는 말했다. "이유는 모르지만 살해당한 것 같아요."

"그건 어떻게 안 거야? 아니 물론, 하자마가 여기서 겉돌기는 했어. 딱 잘라 말하자면 다들 싫어했지. 근데 그건 본인도 알았을걸. 지내기가 불편하면 자기가 나가면 그만이지."

"무슨 계기가 있었을 거예요."라고 말하며 리사는 손목시계를 봤다. 9시 정각.

"그건 본인밖에 모르는 일이겠죠. 별것 아닌 것처럼 보이는 사소한 일이 계속 마음에 남아 있었다거나……. 다른 사람한테는 별 의미 없는 일이지만 계속 원망하는 마음을 품고 있었다거나 그런 걸지도 모르죠."

"넌 이 상황에서도 꽤 침착하구나."라며 가즈가 뺨을 타고 흐르던 눈물을 닦았다.

"그래서 뭐, 우리가 하자마한테 해코지라도 했어? 본인한테 문제가 있으니까 우리가 싫어한 거잖아. 그래, 적반하장으로 우리를 원망할 수 있다고 쳐. 근데 죽일 필요까진 없잖아.

요코 누나 얼굴 봤어? 그런 끔찍한 짓을 저지르다니……. 용서 못해."

"지금은 기다리는 수밖에 없어요. 반드시 히로시가 구하러 올 거예요. 경찰도요. 남은 한 시간 반 동안 여기 있으면 살 수 있어요."

가즈가 간절한 목소리로 빨리 와 달라고 빌며 엉거주춤 일어섰다.

"문은 잠갔어? 근데 문이 튼튼한 편은 아니라서. 레나 방에 달린 문도 나하고 하자마가 부쉈잖아. 도구만 있으면 쉽게 부술 수 있어. 어쩌지, 바리케이드라도 만들까?"

"가구는 못 움직이잖아요." 하고 리사가 고개를 저었다.

"책상도 침대도 고정되어 있어요. 그건 가즈 오빠도 아시잖아요? 진정하세요. 문을 부수려고 하면 반드시 소리가 날 거예요. 휴대폰을 끄면 이 방은 깜깜해질 거예요. 그럼 상대한테 우리 모습은 안 보일 테니까 그 틈을 노려서 도망쳐요."

가즈는 쉬울 것 같지 않다며 나직이 말했다.

"그 자식은 우리를 죽이려고 하잖아. 차단기를 부수지 않나, 너한테 전화하는 것만 봐도 그렇고, 전부 미리 준비한 거야. 손전등 정도는 가지고 있겠지. 그럼 우리가 도망쳐 봤자—."

쉿, 하고 리사가 자신의 입술에 손가락을 댔다.

"무슨 소리……. 안 들리세요? 욕실 쪽에서 나는데."

가즈는 아무 소리도 안 들린다고 하며 욕실 쪽으로 고개를 돌렸다.

"그리고 안은 이미 내가 확인했어. 아무도 없었어."

리사는 가즈 쪽으로 휴대폰을 비추며 확실하냐고 물었다.

"전부 보셨어요? 어두웠잖아요. 욕조 안은요?"

"안 봤어." 하고 얼굴을 찌푸린 가즈가 벌떡 일어났다. "숨어 있는 거예요." 하고 간신히 들릴 만한 목소리로 리사가 말했다.

"하자마 오빠는 욕실에 있어요. 덤벨 챙겨요. 제가 뒤에서 비출 테니까."

잠시 아무 말 없이 서 있던 가즈가 결심한 듯 덤벨을 손에 들고 욕실 앞으로 돌아갔다. 문은 닫혀 있었다.

가즈의 등 뒤에 선 리사는 휴대폰을 돌렸다. "연다." 하고 가즈가 손잡이에 손을 올렸다.

리사는 오른손에 들고 있던 덤벨을 무방비 상태인 가즈의 후두부에 힘껏 내리쳤다. 납작하게 찌부러진 개구리 같은 비명을 지르며 가즈가 쓰러졌다.

덤벨을 던져 버리고 리사는 방문을 열었다. 손이 떨려서 제대로 움직여지지가 않았다.

기다리라는 말과 함께 가즈의 신음 소리가 들렸다.

"리사, 대체 왜……."

발목을 붙잡은 가즈의 손을 걷어차고 열린 문을 통해 복도로 뛰쳐나갔다.

'어떡하지, 어디로 도망치지?'

요코를 죽인 사람은 가즈였다. 하자마도 마찬가지.

레나의 방에 덤벨을 가지러 들어갔을 때, 번개가 치며 번쩍이는 빛이 정원을 비췄다. 정원에 심은 소나무의 두꺼운 나뭇가지에는 분명 하자마가 매달려 있었다.

가즈가 하자마를 죽이고 정원 나무에 매달았다. 자살로 위장할 생각이었을 것이다.

하지만 그 장면을 요코가 목격했다. 들켰다는 사실을 알게 된 가즈는 요코도 죽였다. 맨손으로 목을 졸라 죽인 것이 틀림없다.

요코의 목에는 하자마의 넥타이가 감겨 있었다. 하자마가 요코를 죽이고 자살한 것처럼 보이게 하려고 꾸민 것이다.

요코가 지른 단말마의 비명을 듣고 1층으로 내려갔을 때 가즈는 지하에서 올라왔다. 그리고 아무것도 모르는 척 무슨 일이냐고 했다. 사람을 죽여 놓고서.

깜박 속아 넘어갔다. 가즈가 이 모든 일의 범인이었다.

문 저편에서 가즈의 움직임이 느껴졌다. 정신없이 덤벨로 후려치면서도 한편으로는 힘을 누르고 있었다. 가즈는 살인자이지만 도저히 죽일 수는 없었다.

그럼에도 두개골은 골절되었던 것 같다. 손에 그만한 감촉은 전해졌다.

하지만 가즈는 살아 있다. 마지막으로 남은 나를 죽일 생각이다. 숨어야 한다. 하지만 어디에?

써니 하우스에서 나갈 수는 없다. 히로시, 혹은 경찰이 도우러 올 때까지 함부로 움직일 수는 없다.

생각하기 전에 몸이 먼저 움직였다. 쥐고 있던 휴대폰을 무음으로 바꾼 뒤 신고 있던 슬리퍼를 계단으로 던졌다. 슬리퍼는 몇 번이고 이리저리 부딪치며 계단을 굴러 내려가 아래로 떨어졌다.

그대로 옆방인 요코의 방으로 다가가 문손잡이를 돌렸다. 문은 잠겨 있지 않았다. 안으로 미끄러져 들어가 조용히 문을 잠갔다.

가즈는 슬리퍼가 떨어지는 소리를 듣고 내가 아래로 내려갔다고 생각할 것이다. 어린애 장난 같은 잔꾀지만 머리에 중상을 입은 가즈는 거기까지 생각하진 못할 것이다.

나를 찾으려고 1층, 그리고 지하까지 내려가겠지. 중상을 입은 가즈는 이동에 시간이 걸린다. 지금은 무엇보다 시간을 벌어야 한다.

암흑 속에서 리사는 요코의 침대 밑으로 숨었다. 달리 숨을 곳이 없었다. 뒷주머니에 쑤셔 넣은 휴대폰이 소리 없이 계속 진동했다.

가즈는 어째서 하자마와 요코를 죽였을까. 암흑 속에서 눈을 크게 뜬 채로 계속 생각했다.

그 두 사람만이 아니다. 스즈키, 그리고 레나도 마찬가지다.

아마도 와타누키와 에미, 기누가사도 살해했을 것이다. 하지만 동기를 알 수 없었다.

처음 써니 하우스에 왔던 날을 지금도 생생히 기억한다. 나를 맞이해 주었던 사람은 와타누키와 가즈였다. 그리고 써니 하우스에서 가장 즐겁게 지냈던 사람도 가즈다.

놀거나 밥을 먹거나 술자리를 가질 때에도 가즈의 제안에 다른 멤버가 응해서 어울리는 경우가 많았다.

가즈는 자신의 위치를 잘 알았고 남을 배려하며 자신도 즐길 줄 알았다. 남을 잘 챙길 줄 아는 성격이고 또 그런 모습이 잘 어울렸다.

남을 이끌기 좋아하는 부류는 아니지만 사람들이 모인 자리가 어떻게 해야 원활하게 돌아가는지 그 방법을 알고 있었다. 가즈만큼 분위기를 잘 살리는 사람은 없었고 모두가 가즈를 믿고 있었다. 그런 가즈가 어쩌다 사람을 죽이게 된 걸까.

마음속에 답답함이 쌓여 있었던 걸까. 연상인 와타누키나 요코를 늘 높이 대우했고 표면상으로는 하자마도 잘 따랐다.

그것은 써먹기 좋은 후배로 이용당했다는 말도 된다. 그런 자신이 싫어져서 살인을 계속했던 걸까.

믿기지 않는다며 고개를 저었다. 그런 음험한 남자라고 생각되진 않았다. 오히려 아무 생각이 없으니까 매일 그렇게 밝고 쾌활하게 지낼 수 있지 않았을까.

계속 진동이 울리는 휴대폰을 주머니에서 꺼냈다. 끊임없이 전화가 오고 있다.

전원을 끄는 편이 나을지도 모른다. 가즈가 휴대폰의 진동 소리를 듣기라도 하면 이 방에 들어올 테니까.

피로 물든 덤벨은 무서워서 버렸기 때문에 무기로 쓸 물건은 없었다. 중상을 입었어도 가즈는 남자다. 힘으로는 이길 수 없을 것이다.

이 방에 뭔가 없을까 하고 리사는 휴대폰을 침대 밖에 비췄다. 요코의 방에는 들어와 본 적이 없었다.

그것은 셰어하우스의 규칙이다. 허락해 주지 않으면 타인의 방에는 들어갈 수가 없다.

희미한 빛으로 비추자 자신의 방이나 레나의 방과 배치가 다르다는 것을 알 수 있었다. 긴 철제 책상이 있고 그곳에 여러 대의 컴퓨터가 놓여 있다.

웹디자이너인 요코에게 컴퓨터는 필수품이고 일을 편하게 하기 위한 배치로 보였다.

하지만 그보다 신경 쓰이는 물건이 있었다. 벽에 9장의 사진이 걸려 있다. 요코의 가족사진이었다.

그곳에 찍혀 있는 가족들은 아버지, 어머니, 오빠, 여동생인 듯했다. 정중앙에 찍힌 요코와 어딘가 모르게 닮았다.

다만 위화감이 들었다. 배경은 각각 달라도 가족들은 전부 같은 표정, 같은 복장, 같은 포즈를 하고 있다.

그리고 요코만이 나이를 먹고 있다. 초등학생 요코, 중학교 교복을 입은 요코, 성인식인지 기모노 차림을 한 요코, 사회 초년생으로 보이는 요코, 모노톤의 심플한 옷을 입은 요코, 그리고 현재의 요코.

침대 아래에서 기어 나와 사진 쪽으로 다가갔다. 손을 뻗는 순간 사회 초년생 복장을 한 요코의 사진이 떨어져 나오며 바닥으로 떨어졌다. 눈앞에 8인치 사이즈의 모니터가 보였다.

누군가의 기척을 느끼고 뒤돌아봤다. 문손잡이가 돌아갔다. 뒷걸음질 쳤지만, 곧장 벽에 등이 닿았다.

눈을 크게 뜬 채로 굳어 있는 리사 앞에서 문이 천천히 열렸다.

5

휴대폰을 비춰 보니 바닥에 가즈가 쓰러져 있었다. 한눈에 봐도 가즈는 숨을 쉬고 있지 않았다.

"이미 죽었어."

목소리가 들렸다. 희미한 휴대폰 불빛 속, 그곳에 서 있는 사람은 목에 넥타이를 감고 있는 요코였다.

"이 방에도 차단기가 있어."라고 말하며 얼굴을 찌푸린 요코가 오른손으로 벽에 있는 스위치를 눌렀다. 방에 불이 켜졌다.

"계속 빼고 있었더니 혀뿌리가 아파……. 응, 뭐야? 리사. 그렇게 겁먹은 표정 지을 필요 없어."

리사는 벽 쪽으로 눈을 돌렸다. 모니터에 영상이 비치고 있다. "내 방." 하고 혼잣말이 새어 나왔다.

고개를 한 번 끄덕인 요코가 다른 사진 패널을 전부 뜯었다. 숨겨져 있던 모니터에 6개의 방과 거실, 그리고 지하 라운지가 비쳤다.

"우리를……감시했어요?"

처음부터 쭉 그랬다며 요코가 고개를 끄덕였다.

"왜 이런 짓을 했죠? 여기는 시바야마라는 자산가 노부부의 별장이고……."

"별장이었지." 하고 요코가 근처에 있던 의자에 걸터앉았다.

"10년 전에 난 부동산 회사인 가마쿠라 하우징과 계약해서 임대 건물 웹디자인 일을 맡고 있었어. 그 무렵에 시바야마 씨 부부와 알게 됐지. 런던에 사는 동안 자기들이 지냈던 별장을 셰어하우스 형태로 임대하고 싶다고 했어. 내가 만든 부동산 소개 홈페이지를 보고 무척 마음에 들어 하셨고 그걸 계기로 친해지게 된 거야. 사모님도 무척 좋은 분이시라 나이차이가 나는 친구에 가까웠지."

두 사람과 대화도 많이 했다며 요코가 미소 지었다.

"서로 개인적인 이야기도 자세히 털어놓았어. 시바야마 제지는 시즈오카 현 안에서는 유명한 대기업인데 동족 회사인 만큼 복잡한 문제도 많았어. 지금 사장은 시바야마 씨의 장남인데 사이가 나빠서 사실은 차남에게 물려주고 싶었다느니 그런 불평도 들었어. 혈연관계인 만큼 문제도 많다고……. 시바야바 씨가 경영에서 물러난 이유도 그런 다툼에 지쳐서래. 더 세부적인 이야기도 들었어. 세금 문제 때문에 써니 하우스는 회사 명의로 되어 있는데 전 사장의 별장이라 사원들은 써니 하우스에 머무를 수 없다고……."

"그래서……언니가 여길 빼앗았어요? 두 분을 죽여서?"

가마쿠라 하우징은 8년 전에 도산했다고 하며 요코는 고개를 돌렸다.

"시바야마 씨한테 부탁받아서 내가 관리인이 됐어. 그 후에 두 분은 차남과 함께 살려고 런던으로 떠났는데 며느리와 사이가 썩 좋지 않아서 곧장 일본으로 돌아오셨어. 빼앗다니, 그럴 의도로 관리인이 된 게 아냐. 하지만 시바야마 씨가 여기서 지내기 불편하다면서 팔고 싶다고 하질 않나, 내 방식에 자꾸 참견하는 일이 많아지니까 나도 불만이 쌓였었지."

"참견이라니……. 어떤 걸요?"

요코는 그 질문에 대답하지 않고 그 두 사람을 진짜 가족처럼 생각했다고 말했다.

"근데 내 착각이었지 뭐야. 우리 아빠도 아니고 엄마도 아

닌데. 가족이 아닌 사람과 함께 살 수는 없잖아. 그래서 내보
냈어. 거기다 오빠랑 가나코도 없고. 그럼 그건 가족이 아니
잖아?"

리사는 떨어져 있던 패널 쪽으로 시선을 돌렸다. 그곳에 있
는 젊은 남자의 얼굴이 눈에 익었다.

딱 한 번 보았던 요코의 휴대폰 대기 화면 사진.

"우리 가족은 사이가 정말 좋아."라고 말하며 요코가 환하
게 웃었다.

"아빠하고 엄마는 서로를 아주 많이 사랑하셔. 우리 형제도
무척 예뻐하시고. 우리 오빠는 나보다 5살이 많은데 고등학
교 축구부 주장에다 밸런타인데이만 되면 초콜릿을 몇십 개
나 받아올 정도로 인기가 많아. 가나코는 7살인데 우리 집의
아이돌이야. 그렇게 귀여운 아이는 세상 어디에도 없을걸."

"가나코는……여동생인가요? 무슨 일이 있었던 거죠?"

"너무 흔해 빠진 이야기라 얘기할 가치도 없어." 하고 요코
가 말했다.

"매주 일요일마다 오빠는 가나코를 뒤에 태우고 자전거로
공원에 갔어. 전에는 내 지정석이었는데 나는 이제 혼자서 자
전거도 탈 수 있고 언니니까 동생한테 양보해야 했거든. 물론
아빠랑 엄마도 같이 갔어. 어때, 정말 화목하지 않아? 오빠랑
가나코가 탄 자전거가 앞장서서 달려갔고 나는 그 뒤를 따랐
어. 아빠랑 엄마는 그걸 보고 웃으셨어. 근사하지?"

리사는 다시 한번 무슨 일이 있었냐고 물었다. "말했잖아. 얘기할 가치도 없는 일이라고."라며 요코는 불쾌한 듯 뺨을 부풀렸다.

"공원에서 집으로 돌아가는 길에 내가 오빠의 자전거를 앞질렀어. 우리 오빠가 엄청 고집불통이거든. 이번에는 오빠가 내 자전거를 앞지르려고 속도를 올렸어. 근데 멍청한 노인네가 반대편에서 운전하다 차선을 넘어온 거야. 조금만 타이밍이 어긋났어도 일이 그렇게 되진 않았을 텐데. 어때, 너무 흔한 이야기지? 고작 그 약간의 차이로 오빠랑 가나코는 천국으로 가 버렸어."

"……두 사람 다 죽은 거군요."

"그래서 우리 집은 망가져 버렸어." 하고 요코가 한숨을 쉬었다.

"아빠랑 엄마는 서로 네 탓이라고 그러면서 매일 크게 싸웠어. 그런 건 가족이 아냐. 두 사람은 이혼했고 나는 친척 집에서 맡겨졌지. 그게 끝이야."

"요코 언니는 뭘 하고 싶었던 거예요?"

리사의 질문에 "간단해." 하고 요코가 대답했다.

"여기서 전부 다시 시작할 수 있을 것 같았어. 이렇게 근사한 집, 넌 본 적 있어? 엄청 크고, 넓은 정원이 있고, 수영장에 영화 감상실까지 있고 차도 두 대나 있잖아. 어때, 이상적인 집이지? 그래서 셰어하우스로 써야겠다고 생각했어. 처음에는 시바야마 씨도 그걸 원했고 여기서는 다들 가족이 될 수 있을 거라는 걸 알았거든."

"근데 의외로 어려웠어." 하고 요코는 흥미가 떨어졌다는 듯 목에 감긴 넥타이를 풀었다.

"우리 아빠처럼 자상하고 잘생긴 사람도, 우리 엄마처럼 예쁘고 세련된 사람도, 우리 오빠처럼 멋진 사람도, 가나코처럼 귀여운 여자애도 좀처럼 나타나질 않았어. 외모도 물론 중요하지만 되도록이면 성격도 좋았으면 했거든. 마음에 안 드는 사람은 바로 쫓아냈어. 마음에 드는 멤버를 모으려고 내가 얼마나 고생했는데."

어째서 써니 하우스의 입주민들이 전부 반듯한 외모를 가졌는지, 리사는 이제야 이해했다.

처음 왔던 날 모든 입주민과 인사를 나누었는데 마치 텔레비전으로 보았던 방송 같다고 생각했던 것을 지금도 똑똑히 기억한다.

텔레비전 방송 같은 것이 아니라 방송 그 자체였다.

써니 하우스의 입주민이 되기 위해서는 오디션을 거쳐야 했다. 방송과 다른 점은 멤버들을 조사하는 사람이 요코 한 사람이라는 것.

기준을 정하는 사람도 요코. 합격과 불합격을 정하는 사람도 요코.

"꽤 많은 사람이 여길 왔어." 하고 요코가 하품을 했다.

"그야 올 수밖에 없지. 집은 근사한데 집세는 엄청 저렴하잖아. 교통이 좀 불편하면 어때. 그 정도야 참을 수 있잖아. 리사도 그렇게 생각하지?"

대학생에게 집세는 저렴하면 저렴할수록 좋다. 그것은 사회인에게도 마찬가지다.

그렇다고 해서 3평도 안 되는 한 칸짜리 저렴한 연립 주택에서 살 수는 없다. 집이라면 당연히 욕실과 화장실이 딸려 있어야 한다.

가급적이면 겉보기에도 근사한 집이 좋다고 누구라도 그렇게 생각하지 않을까.

하지만 이상과 현실은 다르다. 그 또한 누구나 알고 있는 사실이다.

만약 굉장히 저렴한 가격에 살 수 있는 셰어하우스가 있다면 누구든 달려들 수밖에 없다. 모든 것은 요코의 계획이었다.

"대가족은 참 좋아." 하고 요코가 미소 지었다.

"우리 집은 5인 가족이라 오빠랑 가나코밖에 없었는데 남동생이나 언니가 있었으면 좋겠다고 늘 생각했어. 꼭 한 사람씩 더 있을 필요는 없어. 난 몇 명이 더 생기든 상관없거든. 왜냐하면 사람이 많을수록 더 즐겁잖아? 리사는 어때? 너도 그렇게 생각하지?"

요코의 시선이 좌우로 흔들린다. 질문하고 있는 것이 아니다. 답을 듣고 싶은 것도 아니다. 리사가 보기에 요코는 자신만의 세계에 빠져 있었다.

"근데 내 생각처럼 되진 않았어." 하고 요코가 깊은 한숨을 쉬었다.

"가족이니까 당연히 싸울 수도 있지. 이유 없이 미워진다거나 꼴도 보기 싫어진다거나……. 그래도 사실 마음은 이어져 있거든. 서로 사랑하고 믿고 있어. 그게 가족이야. 근데 안 그런 사람도 있었어. 질투하고 욕하고 험담하고 사람들을 제멋대로 분류하고 자기가 더 잘났다고 거만하게 굴기까지. 고작 8명밖에 안 되는 가족인데 그런 짓을 하다니 믿겨져?"

"설마…… 험담했다고 죽였어요? 근데 그 사람들을 가족이라고…….."

요코가 천천히 고개를 돌려 리사 쪽을 바라봤다. 눈의 초점이 맞지 않는다. 사마귀처럼 머리가 위아래로 까딱까딱 흔들렸다.

"가족을 죽여? 내가 그런 짓을 어떻게 하겠어. 남이니까 죽인 거지." 하고 요코가 느긋하게 고개를 기울였다.

"누군가 당신에 대해 나쁜 말 할 수도 있는 거 아닌가요? 고작 그런 이유로 죽이다니……."하고 리사는 작게 소곤거렸다.

"나도 한두 번 그런다고 해서 사람을 죽이진 않아." 하고 요코가 모니터를 응시했다.

"리사는 문과라서 컴퓨터에 대해서는 잘 모르지? 근데 난 웹디자이너너라서 어지간한 남자들보다 잘 알아. 시바야마 부부가 사라진 뒤로 이것저것 개조를 많이 했어. 이 방에 차단기도 달고, 정전이 되면 내가 지정한 방을 제외하고는 문이 잠기도록 설정하고, 각자의 방에 카메라도 설치하고⋯⋯."

"매일 계속 관찰했어." 하고 요코가 말했다.

"회사에 가는 척하고 매일 PC방에서 원격 조작 카메라로 거실, 식당, 라운지에서 사람들이 나누는 대화를 확인했어. 방에서 하는 혼잣말이나 통화 내용도 모니터링했지. 인간은 더러운 존재야. 나도 그렇지만, 누가 없어지면 그걸 기다렸다는 듯이 험담하는 사람도 있거든. 웃음거리로 만들고, 조롱하고⋯⋯. 너무하지 않아? 험담하는 인간은 정말 최악이야. 도저히 웃어넘길 수가 없어. 난 그런 꼴 못 봐. 우린 가족이잖아? 그런 행동 용서 못해."

"하지만." 하고 리사가 말을 채 끝내기도 전에 "또 있어!"라며 요코가 손바닥으로 책상을 세게 내리쳤다.

"가족인데, 남매인데, 음란한 짓거리를 하는 인간들이 있어. 말이 돼? 세상에 여동생과 사귀고 싶어 하는 오빠가 어디 있다고 그래? 무슨 라노벨인 줄 아나, 웃겨."

"근데 써니 하우스 안에서 연애는 자유라고⋯⋯."

"가족끼리는 사귀면 안 된다고 법으로도 정해져 있잖아." 라며 요코가 두 손을 쓱쓱 비벼 닦았다.

"나는 말이지, 사람들하고 가족이 되고 싶었던 거야. 예전처럼 같이 어울려 놀고, 장난치고, 웃고, 가끔은 고민도 털어놓고, 서로 격려하고, 위로도 하는 그런 관계⋯⋯. 하지만 전부 헛수고였어. 가족이 되기란 어렵구나."

써니 하우스에서 살게 된 후로 리사에게는 신경 쓰이는 점이 있었다. 어디선가 들려오는 무언가가 스칠 때 나는 소리.

그 정체를 이제야 알게 됐다. 요코가 설치해 놓은 카메라가 방향을 바꿀 때 내는 소리였다.

워낙 미미한 소리라 그동안은 창밖에서 들려오는 소리라 생각했었는데, 전혀 아니었다. 실내에 설치된 카메라가 움직일 때마다 내는 소리였다.

"스즈키 오빠는 왜 죽였죠? 친절한 사람이었는데⋯⋯."

"우리 오빠랑 꼭 닮은 사람이었지."라며 요코가 입을 비죽 내밀었다.

"키는 작았지만 운동 신경이 좋고 성격도 좋았어. 근데 사랑한 만큼 한 번 미워하게 되면 그 증오가 몇 배는 더 커진다는 말, 들어 봤지? 스즈키가 나보고 속을 알 수 없는 기분 나쁜 여자라고 하지 뭐야. 우리 오빠는 그런 말 안 해."

"⋯⋯어떻게, 죽였어요?"

그날 스즈키가 아침 연습을 하러 학교에 간다는 사실을 알고 있었다고 요코가 말했다.

"그 학교는 캠퍼스 부지 뒤편에 동아리방이 있어서 외부인도 들어갈 수가 있거든. 내가 들어가니까 어쩐 일이냐고 깜짝 놀라더라. 응원하러 왔다고 하고 스즈키가 바에다 바벨을 올려놓으려고 할 때 머리 위로 돌아가서 살짝 누르기만 했어. 그랬더니 바벨이 떨어지면서 스즈키의 목에 파고들었는데……. 얼마나 불쌍했는지 몰라. 무척 괴로워했거든."

"레나의 방에 벌을 풀어놓은 사람도 당신이죠." 하고 리사가 중얼거리자, 그럴 만했다고 하며 요코가 혀를 쏙 내밀었다. 어린아이 같은 행동이었다.

"내가 나이가 좀 많아도 그렇지. 자꾸 아줌마 취급을 하니까 화가 나잖아. 예전에 레나가 벌에 쏘였다고 이야기하는 걸 들었거든. 말벌은 인터넷에서도 살 수 있는데 알고 있었어? 일산화탄소 가스로 재워서 보내 주기까지 해."

머리가 점점 띵해지는 느낌에 리사는 관자놀이를 꾹 눌렀다. "그날 내가 들어왔을 때 레나는 자고 있었어."라고 요코가 말했다.

"내가 모든 방의 예비 열쇠를 가지고 있거든. 난 그냥 문을 열고 그 틈으로 말벌을 방에 풀어 놓기만 했어. 쏘일지 어떨지도 모르고 확실히 죽는다는 보장도 없이. 근데 난 사실 어찌 되든 상관없었어. 결과적으로 죽어 버렸지만. 모두가 문을 부수고 방에 들어갔을 때 창문과 방충망을 살짝 열었어. 다들 혼란스러워서 눈치채는 사람이 아무도 없더라."

"와타누키랑 에미 얘기도 해 두는 편이 낫겠지." 하고 요코가 혀로 입술을 적셨다.

"그 두 사람, 방에서 난잡한 짓 했던 건 알지? 그날 밤도 그 랬어. 모니터로 전부 봤어. 행위가 끝나면 두 사람 다 업어 가도 모를 만큼 푹 잠이 들어. 그래서 동이 틀 무렵에 방에 들 어가서 로프로 목만 졸랐어."

"……두 사람의 시체는요?"

"그건 비밀!"이라고 말하고 자리에서 일어난 요코가 리사 에게 다가갔다. 빤히 얼굴을 들여다보던 요코가 "넌 달라." 하고 천사처럼 상냥한 미소를 띠웠다.

"리사는 다른 사람을 나쁘게 말하지 않아. 가나코랑 같아. 그 애도 그랬어. 처음부터 너한테는 다른 사람과 다른 무언가 를 느꼈어. 줄곧 찾고 있었던 가나코가 너라는 걸 알았어."

숨이 닿을 만큼 요코의 얼굴이 가까이 다가왔다. 아무 말도 못한 채 리사는 질끈 눈을 감았다.

"네 방에 몇 번이나 들어가서 이것저것 많이 찾아봤어. 컴 퓨터를 봤는데 다른 사람을 욕하거나 불평불만을 남겨 놓은 것조차 없더라. 넌 진짜 내 여동생이야. 그러니까 리사한테는 아무 짓도 안 해. 진심이야."

요코는 리사의 어깨를 가볍게 쓰다듬고서 원래 자리로 돌 아갔다. 리사는 일부러 정중하게 "이제 어떻게 할 계획이죠." 하고 물었다.

그러자 요코가 어깨를 으쓱하며 계획 같은 것은 없다고 했다.

"내가 요란하게 일을 벌린 건 인정해야겠지. 네 남자 친구가 여기로 오고 있지? 사고라고 둘러대 봤자 믿을 리는 없고, 또 머리도 좋아 보였거든. 아마 경찰에 신고도 했을 거야. 그러니까 나는 도망갈래."

"자수하라는 말은 하지 말아 줘."라며 요코가 한쪽 눈을 찡긋했다. "그럼요." 하고 리사는 고개를 세차게 끄덕였다.

"가족을, 나의 언니를 경찰에 체포당하게 둘 수는 없죠. 히로시가 곧 도착할 거예요. 그러니까 얼른 도망치세요!"

"가나코라면 그렇게 말할 줄 알았어."라며 요코가 의자에서 일어났다.

"이런 일에 끌어들여서 미안해. 하지만 걱정 마. 너한테는 아무 책임도 없으니까. 우린 곧 다시 만날 거야. 그래, 1년 뒤에 다시 볼 수 있지 않을까? 가나코가 2학년이 되면 내가 축하해줘야지. 그러니까 당분간 안녕."

손을 흔들던 요코가 방을 나갔다. 계단을 내려가는 발소리. 현관문이 열렸다가 닫히는 소리가 났다.

리사는 그 자리에 무너지듯 주저앉았다. 살아남은 걸까. 정말 요코는 달아났을까.

휴대폰 진동 소리가 계속 울렸다. 주의를 집중해 보았지만 아무런 소리도 들리지 않는다. 인기척도 느껴지지 않는다.

그래도 불안해서 30분 정도 상황을 보고 있었지만 아무 일도 일어나지 않았다.

신중하게 계단을 내려갔다. 도망가는 척하고 요코가 숨어 있을지도 모른다.

명백히 그녀는 이상했다. 마음속은 망상과 의심으로 가득하고 질투심이 강했다.

발소리는 위장이고 어딘가에서 나를 감시하고 있다 해도 이상할 게 없다. 순간적인 기지로 여동생 흉내를 냈지만 고작 그 정도로 속일 수 있는 상대는 아니다.

불이 들어와 있는 덕분에 1층 전체가 한 눈에 다 보였다. 평소와 다름없는 모습이다. 요코는 보이지 않았다.

가즈의 방 앞에 서서 다시 한번 좌우를 살폈다. 요코의 모습이 보이지 않는 것을 확인한 후 손잡이에 손을 올렸다.

아까 전과 달리 손잡이가 겉도는 일 없이 문이 열렸다. 전기가 들어오면 잠금장치가 열리도록 설정되어 있는 듯했다.

안으로 들어가 우선은 욕실을 확인했다. 아무도 없다. 확인이 끝나자 그대로 가즈의 책상을 뒤적였다.

분명 여기 어딘가에 휴대폰이 있을 터. 당장 경찰을 불러야 한다. 자신의 휴대폰이 무용지물이 된 이상 가즈의 휴대폰으로 신고하는 수밖에 없다.

충전기에 연결된 전선 끝에 휴대폰이 매달려 있었다. 홈 버튼을 눌렀지만 잠금이 걸려 있었다.

휴대폰에는 긴급 통화 기능이 있지만 리사와 다르게 가즈

는 안드로이드 휴대폰 사용자였다. 긴급 통화 버튼의 위치를
알 길이 없었다.

발목에 극심한 통증이 느껴져 비명을 지르며 그 자리에 주
저앉았다. 금속 배트로 흠씬 두들겨 맞은 것 같은 고통이었
다. 발밑에 피가 고여 웅덩이가 생겨 있었다.

침대 밑에 단검을 쥔 요코가 있었다.

"널 믿었는데. 동생으로 여겼는데. 어디에 전화하려고 했
어?"

아킬레스건이 단검에 잘려 나갔다. 걷기는커녕 서 있을 수
조차 없었다.

오해라고 외치려 했지만 소리가 나오지 않았다.

"못 말리겠다니까, 가나코는."

문득 요코가 부드럽게 미소 지었다.

"정말 나쁜 아이구나. 휴대폰은 장난감이 아니야. 애들은
건드리면 안 된다고 언니가 계속 말했지? 안 되겠다, 벌을 줘
야지."

요코에게 떠밀려 바닥에 쓰러진 채 두 손은 뒤에서 포박됐
다. 피를 대량으로 쏟은 탓인지 의식이 점점 흐려진다.

리사는 입술만 간신히 움직여 용서를 구했다.

"언니, 미안해. 혼내지 마. 가나코, 다시는 이런 장난 안 칠
게. 그러니까 이제 제발 그만해."

"바보 같긴." 하고 부드럽게 머리를 쓰다듬던 요코가 리사

를 등에 업었다. 거실로 나온 요코는 베란다를 통해 밖으로 나갔다. 무섭게 쏟아지는 비에 순간 온몸이 흠뻑 젖었다.

"언니, 추워. 집으로 돌아가자."

필사적이었다. 무슨 말을 해도 소용없을 걸 알았지만 동생인 가나코의 말이라면 요코의 귀에 닿을지도 모른다고 생각했다.

"그러게, 태풍 같아." 요코가 들뜬 목소리로 외쳤다. "우리 정원에서 놀자. 뭐 할까? 숨바꼭질?"

리사는 모르겠다고 하며 고개를 흔들었다. 정말 이제는 아무것도 모르겠다는 생각이 들었다.

"그럼 언니가 술래." 하고 요코가 리사를 등에 업은 채로 걷기 시작했다.

"귀여운 가나코한테 무서운 술래는 어울리지 않는걸. 어디 숨을래? 늘 숨던 거기?"

순간 의식이 끊기고 정신을 차려 보니 바닥에 누워 있었다. 요코가 조립식 건물의 자물쇠를 열고 문을 활짝 열었다.

"자, 얼른 숨어." 요코가 리사의 몸을 조립식 건물 안으로 질질 끌고 들어갔다. "조금 춥지만 내가 금방 찾아줄게. 열까지 세고 찾으러 갈게."

"어두우면 무섭지." 하고 요코가 벽에 달린 스위치를 눌렀다. 작은 전구에 불이 켜졌다.

리사는 목이 찢어질 정도로 크게 비명을 질렀다.

조립식 건물 안은 냉동고로 되어 있었다. 커다란 4단 선반 여러 개가 나란히 놓여 있고 그곳에 꽁꽁 얼어붙은 시체가 처박혀 있었다.

바로 눈앞에 보이는 선반에는 절단된 와타누키와 에미의 머리가 놓여 있었다.

"쉿, 조용해야지. 금방 들키잖아." 요코가 리사의 입에 손수건을 쑤셔 넣었다. "그럼 시시하잖아, 안 그래? 열까지 세. 언니가 금방 찾으러 올게."

카랑카랑한 목소리로 웃던 요코가 조립식 건물의 문을 닫았다. 자물쇠를 채우는 소리가 들렸다.

도와 달라고 외치고 싶었지만 입을 움직일 수가 없었다.

찌르는 듯한 냉기가 온몸을 덮쳤다. 이대로 있다가는 동사하고 말겠지. 어떻게 하면 좋을까.

"요코 씨." 하고 부르는 소리가 들렸다. 히로시다. 히로시의 목소리다.

히로시, 구해 줘. 나, 여기 있어! 조립식 건물 안이야!

"다카세?" 요코가 큰 소리로 대답했다. "도와줘! 리사가, 리사가……."

"리사가 어떻게 됐는데요?"

히로시의 목소리가 가까워지는 것을 느꼈다. 두 사람은 조립식 건물 앞에 있다. 건물 지붕을 두드리는 빗소리에 히로시의 목소리가 겹쳐졌다.

"가즈가 갑자기 리사를 나이프로 찔렀어. 왜 그런 짓을 한 거지……. 내가 쫓아갔는데 비가 너무 많이 와서 놓쳐 버렸어……."

"리사는 어디 있죠?"

"지하 차고에."라고 요코가 대답했다.

"경찰하고 구급차는 불러 놨어. 10분 내로 도착할 거라고는 하던데……."

"리사는 무사한 거죠?"

"살아 있어." 하고 요코가 눈물 섞인 목소리로 대답했다.

"근데 의식이 없어서……. 도와줘, 리사를 위로 옮겨야 해! 내 힘으로는 힘들어. 구급차가 오면 한시라도 빨리 진료받을 수 있게……."

리사는 억지로 몸을 일으켜 무릎으로만 섰다. 의식은 거의 없었다. 지금 상황에서 할 수 있는 일은 한 가지밖에 없었다.

얼어붙은 와타누키의 머리에 자신의 이마를 부딪쳤다. 둔탁한 소리가 났다.

제발, 히로시. 알아차려 줘. 난 여기 있어. 구해 줘.

"리사를 구해 줘!"

요코가 비명과도 같은 목소리로 외쳤다. "지금 무슨 소리 들리지 않았어요?"라고 히로시가 고함쳤다.

"뭔가 두드리는 것 같은 소리였어요. 그게 어디서……."

리사는 정신없이 자신의 이마를 와타누키의 머리에 부딪쳤다. 이마가 찢어지며 피가 눈으로 조금씩 들어왔다. 꽁꽁 언 와타누키의 머리가 깨져 있었다.

"방금 그 소리……."

"됐어!!" 하고 요코가 소리쳤다.

"다카세는 리사가 어떻게 되든 상관없나 보구나. 나라도 리사를 구해야겠어!"

요코의 발소리가 멀어져 간다. 리사는 나란히 놓여 있던 에미의 머리에 대고 자신의 머리를 내리쳤다. 불쾌한 소리와 함께 피가 사방으로 튀었다.

"기다려 주세요, 저도 갈게요!"

히로시가 급하게 뛰어나가는 소리가 세찬 빗소리에 겹쳐 들렸다. 리사는 그대로 기우뚱 고꾸라졌다.

끝이다끝이다끝이다끝이다끝이다끝이다끝이……다.

마지막으로 히로시의 얼굴이 뇌리를 스쳤다. 히로시도 죽는다. 저 여자에게 살해당하겠지. 멈출 수 있는 방법은 없다.

"미안해." 하고 중얼거리던 입술이 멈췄다. 그리고 더 이상 아무것도 보이지 않았다.

요코는 컴퓨터 모니터로 디자인 작업을 하며 문제점을 기록했다.

　벽이나 천장에 심어 놓은 초소형 카메라의 위치를 바꾸기는 어려우니 각 방에 설치된 침대와 그 외의 가구는 고정할 수밖에 없다. 제멋대로 가구를 옮기면 모니터링을 할 수 없으니까.

　현 상태를 유지할 수밖에 없지만 욕실 수도꼭지에 설치한 사자 머리 커버는 없애는 편이 나을 듯하다.

　디자인이 구식이고 방 분위기에 어울리지 않는다. 카메라가 설치되어 있다는 사실을 알아차리는 사람이 생길지도 모른다.

　더 중요한 이유는 카메라 각도를 변경할 때 발생하는 소음이다. 나뭇가지가 스치는 소리라고 생각하는 사람만 있으리라는 법은 없다. 의심을 받을 수 있으니 카메라를 전부 신형으로 바꾸는 편이 나을 듯하다.

결국, 이번에도 다 떠나고 말았다. 처음부터 다시 시작이다. 이번에야말로 이상적인 가족을 만들어야 될 텐데.

가족이니까 서로를 이해해야만 한다. 가족을 욕하고 험담해서는 절대로 안 된다. 그런 인간은 가족이 아니다.

말로 하지는 않지만 컴퓨터나 휴대폰에 동거인의 결점을 기록해 놓는 인간도 있었다.

다들 어쩜 그리도 보안 의식이 낮은지. 제 딴에는 잠금을 해 놓았다는데 사용하는 비밀번호를 보면 대부분이 생일이나 그 순서만 뒤바꾼 번호라서 일일이 조사할 필요조차 없었다.

홈페이지를 갱신하면 또다시 입주 신청서가 쇄도하겠지. 면허증 사진 등으로 외모가 어떤지는 충분히 판단할 수 있고 전화로 얘기해 보면 됨됨이는 대략적으로 알 수 있다.

목소리 변조 기능을 이용하면 남자 목소리든 여자 목소리든 마음대로 낼 수 있으니까 전화 대응도 가능하다. 남자 목소리로 변조하면 지금 목소리에서 조금 카랑카랑한 목소리가 되지만 그것을 이상하게 여기는 사람은 없었다.

부동산 업자가 집을 실제로 구경하는 자리에 따라나서는 일은 예전에 비해 줄었다. 특히 셰어하우스의 경우 당연히 누군가가 살고 있다고 생각하니까 그럴 필요도 없다.

집에 대한 정보만 명확히 제시하면 직접 찾아가는 것이 상식인지라 특별한 문제는 없었다.

필요한 사진이나 서류를 메일에 첨부해서 보내기만 하면

모든 절차를 끝내고 써니 하우스에서 살 수 있다.

그 후 부동산 회사에 문의를 하는 사람이 있어도 적당히 대답하면 그만이고 회사 그 자체가 어디에 있는지 확인하는 사람은 지금껏 한 명도 없었다.

아무튼 모든 것이 끝났다. 노지마라는 형사가 몇 번이나 찾아와서 이것저것 물었지만 나를 제외한 입주민은 집에서 사람이 죽었다는 이유로 나갔다고 대답했더니 더 이상 아무것도 묻지 못했다.

분명 뭔가를 의심하고 있는 듯 보였다. 어째서 당신은 이곳을 나가지 않느냐는 표정으로 쳐다봤지만 딱히 신경 쓰진 않는다.

왜냐하면 여기는 나의 집이니까.

요코는 새로 디자인한 사진에 광고 문구를 배치했다. 새 입주자를 구한다는 말을 넣어야 할지 말지로 고민했지만 나머지는 완벽했다.

다시 가족을 만날 수 있다는 생각에 얼굴에는 미소가 번졌다.

가마쿠라에서 만나는
남프랑스풍 건물의
셰어하우스

녹음이 짙은 정원, 전용 수영장,

영화 감상실…… 넉넉한 평수의 개인실,

그리고 사생활을 보호받을 수 있는 공간과

친구들과 마음껏 대화할 수 있는 공간.

혼자이지만 외롭지 않아요.

이곳은 셰어하우스라는 이름의

「가족이 모이는 집」.

당신을 기다리고 있습니다.

써니 하우스 가마쿠라
Sunny House Kamakura

원본

「Web J-노벨」 배포

2017년 10월~2018년 6월 「셰어하우스」라는 제목으로 연재.

단행본화를 거치며 개제, 가필, 수정 되었습니다.

머더하우스

초판 1쇄 ㅣ 2022년 12월 7일

지은이 이가라시 다카히사 ㅣ **옮긴이** 김지윤
펴낸이 서인석 ㅣ **펴낸곳** 제우미디어 ㅣ **출판등록** 제 3-429호
등록일자 1992년 8월 17일 ㅣ **주소** 서울시 마포구 독막로 76-1 한주빌딩 5층
전화 02-3142-6845 ㅣ **팩스** 02-3142-0075 ㅣ **홈페이지** www.jeumedia.com

ISBN 979-11-6718-218-0
*파본은 구입하신 서점에서 교환해 드립니다.

　제우미디어 트위터 twitter.com/jeumedia
　제우미디어 페이스북 facebook.com/jeumedia

만든 사람들
출판사업부 총괄 손대현 ㅣ **편집장** 신한길
책임편집 민유경 ㅣ **기획** 신은주, 장재경
영업 김금남 ㅣ **제작** 김용훈
디자인 총괄 디자인그룹 헌드레드